우리의 추억은 이곳에 남아

UNE BELLE VIE
© Éditions Flammarion, 2023
All rights reserved.

Korean translation rights arranged with Éditions Flammarion through ALICE Agency, Seoul.
Korean translation copyright ⓒ2025 by Evening Moon Publishers

이 책의 한국어판 저작권은 앨리스에이전시를 통한 저작권사와의 독점 계약으로 저녁달에 있습니다. 저작권법에 의해 한국 내에서 보호를 받는 저작물이므로 무단 전재와 복제를 금합니다.

일러두기
* 추가적인 설명이 필요한 부분에는 옮긴이 주를 달았습니다.

Une belle vie

우리의 추억은 이곳에 남아

비르지니 그리말디 소설

박주리 옮김

저녁달

독자에게 보내는 메시지

Chère lectrice, cher lecteur,

Je vous confie Emma et Agathe, le temps d'un été au pays Basque.
Je vous souhaite une belle lecture (et une belle vie).

Amitiés,
Virginie Grimaldi

사랑하는 독자 여러분,

엠마와 아가트를 바스크 지방에서의 한여름 동안 여러분께 맡깁니다.
아름다운 독서, 그리고 아름다운 삶 되시길 바랍니다.

우정을 담아,
비르지니 그리말디

마치 보이지 않는 사슬이
우리가 태어난 날, 우리의 손목을 연결한 것 같아.
그러니 네가 가라앉으면, 나도 함께 가라앉겠지.
그리고 나는 삶을 너무 소중히 여기기에
그럴 수가 없어.

클라라 루치아니, 〈나의 자매〉

나의 동생에게.

UNE BELLE VIE

차례

독자에게 보내는 메시지　4

우리의 추억은 이곳에 남아　12

감사의 말　344

과거

1985년 4월

엠마, 다섯 살

오늘 아침 내 여동생이 태어났다. 못생겼다.
온통 빨갛고 쭈글쭈글하다.
아빠가 내게 기쁘냐고 묻길래 아니라고 대답했다. 하나도 기쁘지 않았다. 나는 동생을 원하지 않았다. 엄마 아빠가 그 애를 병원에 두고 오면 좋겠다.
그 애에게 내 장난감을 빌려주지 않을 거다.
하지만 그 애의 애착 인형은 마음에 든다.

현재

8월 5일

엠마

14시 32분

대문이 열려 있었다. 문을 밀자 삐거덕 소리가 났다. 마치 오랫동안 오지 않은 나를 꾸짖는 듯했다. 하얀색 페인트가 여기저기 벗겨져 원래의 검은색이 드러나 있었다. 이 집에 강도가 든 이후, 나는 할머니에게 자물쇠와 집 주변 여러 개의 동작 감지등 말고도 경보기를 설치하자고 지겹도록 설득했다. 하지만 할머니는 온갖 핑계를 댔다. "고양이 때문에 경보가 울릴 수도 있잖니.", "창문을 열 수 없을 거야.", "말루아 씨 집에도 강도가 들었는데, 경보기가 작동하지 않았다는구나.", "너무 비싸잖니.", "어차피 이 집에서 훔칠 것도 없어.", "엠마, 나 좀 내버려두렴. 너도 네 아빠만큼 고집이 세구나."

내가 먼저 도착했다. 덧문은 닫혀 있었고, 잡초가 테라스의 타일 사이로 비집고 올라와 있었으며, 토마토 나무의 줄기는 열매 무게에 휘어져 있었다. 할머니는 언젠가 내 생일에 이 토마토 나무를 심었고, 나무를 심자마자 내게 전화했었다. 손톱 밑에 흙이 끼었다고 투덜대면서 아무리 씻어도 잘 안 지워진다고 했다.

"쾨르 드 뵈프* 토마토를 심었단다. 네가 그 토마토를 좋아하잖니. 다음에 오면 맛있는 샐러드 만들어줄게."

나의 토마토 나무 바로 옆에는 아가트가 가장 좋아하는 방울토마토 나무도 한 그루 있다. 나는 방울토마토 하나를 따서 셔츠에 쓱쓱 닦고 한입에 넣었다. 껍질이 터지고, 과육이 터져 입술 위로 넘쳤다. 신맛이 나는 과즙이 혀 위로 흘러 씨가 퍼졌고, 바로 그 순간, 어린 시절의 기억이 강렬하게 밀려왔다.

"벌써 와 있었네?"

아가트의 목소리에 깜짝 놀랐다. 다가오는 소리를 듣지 못했기 때문이었다. 아가트가 두 팔로 나를 꽉 껴안았고 나는 팔을 허공에 휘저었다. 우리 가족은 애정을 표현하는 데 꽤 인색한 편인데 아가트는 달랐다. 아가트는 다정한 말을 자주 건네곤 했고, 감정을 숨기지 않는 사람이었다.

"만나서 너무 좋다!" 안았던 팔을 풀면서 아가트가 말했다. "이렇게 오래간만에…."

아가트가 잠시 말을 멈추더니 나를 똑바로 바라봤다. 우리의 시선이 마주치는 순간, 감정이 휘몰아쳤다.

"언니 문자메시지 받고 깜짝 놀랐어." 아가트가 말을 이었다. "언니가 말한 아이디어 좋은 것 같아. 할머니 집이 팔리는 건 화가 치밀지만, 우리의 친애하는 삼촌이 그런 거라면 놀랍지도 않지. 삼촌은 내가 여덟 살 때 삼촌이 나한테 빌려주었던 20상팀**을 아직도 갚으라고 한다니까? 분명 전생에 주차 미터기였을 거야."

---

* coeur de boeuf, 토마토 품종 중 하나로 소의 심장과 크기와 모양이 비슷하여 붙여진 이름이다.
** cemntime, 프랑스와 스위스, 벨기에의 화폐 단위. 1상팀은 1프랑의 100분의 1이다.

"삼촌 머리가 네모난 게 이제야 이해가 되네."

"응. 삼촌 코를 누르면 주차권이 뿅 하고 나오는 거지. 이제 집 안으로 들어가볼까?"

나는 아가트를 따라 문 쪽으로 걸어갔다. 햇살이 아가트의 머리칼에 부서졌고, 금발 속에 긴 흰머리 몇 가닥이 보였다. 세월의 흔적이 내 가슴을 조여왔다. 내 눈에는 동생이 늙지 않는 것만 같았는데, 지난번 만남 이후 벌써 5년이 지났고, 어느새 아가트는 어른이 되어 있었다.

"내가 열쇠를 어디다 뒀더라."

아가트는 가방을 현관 매트 위에 쏟아부었다. 껌과 담뱃갑들 사이에 긴 열쇠가 놓여 있었다.

"찾았다!"

열쇠가 거기에 없었다면 좋았을 텐데…. 집 안으로 들어갈 수 없어서 돌아서야 하고, 포기할 수밖에 없는 그런 상황이었다면 좋았을 텐데…. 할머니 집이 다른 사람에게 팔리기 전에 우리의 마지막 여름휴가를 여기서 보내자고 내가 제안하지 않았더라면 좋았을 텐데…. 이 문이 열리는 걸 보는 기분, 그리고 신발을 벗으라던 할머니의 목소리를 더 이상 들을 수 없는 기분을 알지 못했더라면 좋았을 텐데….

과거
1986년 9월
엠마, 여섯 살

아가트가 또 욕조에 똥을 쌌다. 그 애가 싼 똥이 내 주변 여기저기 떠다녔다. 엄마가 소리를 지르며 욕조에서 아가트를 끄집어냈다. 아가트가 태어난 이후로 엄마는 자주 소리를 질렀다.

아빠가 퇴근하고 돌아오자 엄마가 욕조에서의 일을 이야기했다. 아빠가 웃어서 엄마도 웃었다. 나는 엄마와 아빠를 껴안았다.

내일이면 나는 초등학교에 입학한다. 세실과 같은 반이면 좋겠고, 마르고와는 같은 반이 아니면 좋겠다. 마르고는 긴 머리로 너무 잘난 척을 하고, 게다가 보조 바퀴 없이는 자전거를 못 탄다고 나를 바보라고 불렀다.

나도 머리를 길게 기르고 싶었지만 엄마가 싫어했다. 내 머리가 곱슬이라 머리 감기기가 힘들다고 했다. 그러고는 커다란 주황색 가위로 내 머리카락을 싹둑 잘라버렸다. 나중에 크면 나도 마르고처럼 머리를 길러야지.

현재
8월 5일
아가트

14시 35분

경보기가 울리기 시작해서 집 안으로 한 발짝도 못 들였다. 하도 요란하게 울려서 눈물을 멈추게 하는 효과는 있었다. 언니는 놀라서 팝콘처럼 뛰어올랐다가 귀를 막았다. 나중을 위해서 기록해둔다. 혹시 도둑질을 계획하게 된다면 언니를 데리고 가지 말 것.

키패드에 비밀번호를 입력했다. 할머니가 병원에 입원했을 때, 고양이에게 밥을 챙겨주라며 내게 비밀번호를 알려주었다.

8085

할머니의 두 손녀가 태어난 해였다.

나는 아래쪽 덧문을 열었고, 언니는 위쪽 덧문을 열었다. 우리는 할머니 방에서 다시 만났다. 언니는 화장대 앞에 멈춰 서 있었다. 보석함이 열린 채로 텅 비어 있었다. 언니가 고개를 저으며 말했다.

"보아하니 삼촌이 자기한테도 엄마가 있었다는 걸 기억해냈나 봐."

"그 보석들이 대부분 가짜라는 걸 알게 됐을 때의 삼촌 얼굴을 볼 수만 있다면 돈은 얼마든지 낼 텐데."

"우리가 여기 있는 걸 삼촌이 알까?"

"아니, 모를 거야. 장례식 이후로 삼촌이랑 연락한 적 없거든."

침묵이 흘렀다. 내가 금기어를 꺼내버렸다. 언니는 할머니 장례식에 오지 않았다. 수학여행에 빠질 수 없었다는데 그 말이 진짜인지는 모르겠다. 어떻게 수학여행이 할머니와의 작별보다 우선일 수 있는지 이해가 잘 안 됐지만, 그때는 내가 언니를 데려올 수 있는 상황도 아니었다.

우리는 다시 거실로 내려왔다. 작은 나무 테이블에 깔린 방수포 위에는 5월 27일 텔레비전 편성표가 펼쳐져 있었고, 바구니 속 사과는 시들어 있었다.

할머니가 병원에 있을 때 내게 이렇게 말했다.

"치즈랑 과일은 너희 집으로 가져가렴. 병원에 오래 있게 될지도 모르는데 그럼 상할 거야."

나는 쓸데없는 걱정이라며 거절했다. 할머니는 매일 조금씩 회복 중이었고, 의사들도 낙관적이었다.

"그 맛없는 치즈를 내가 먹을 리 없잖아요." 내가 말했다. "냉장고 문만 열어도 냄새로 한 도시를 박살 낼 수 있을걸요. 카망베르 치즈가 있는데 사람들은 왜 핵폭탄을 만들고 있는지 모르겠다니까요."

할머니가 웃었다. 나는 말을 이어갔다.

"왜 할머니 이가 다 빠졌다고 생각하세요? 나이 때문이 아니에요, 할머니. 그건 치즈 냄새 때문이라고요."

간병인이 저녁을 가져왔고, 할머니는 셀로판지에 싸인 맛없는 치즈 조각을 보고 미소 지었다. 나는 할머니의 이마에 입을 맞추고, 다음 날 다시 오겠다고 약속했다. 하지만 그날 새벽 4시 56분, 이전보다 강한 뇌

졸중이 우리의 모든 내일을 앗아갔다.

언니가 냉장고를 열었다.
"우리 장 보러 가야겠다."
"그건 내일 해도 되지 않아? 난 해변에 가고 싶은데. 날씨가 엄청 좋잖아. 여기선 이런 날씨 오래 안 가거든."

언니는 굳이 말로 강요하지 않아도 눈빛으로 메시지를 전달했다. 언니가 테이블에 앉아 장 볼 목록을 적기 시작했다. 신혼 같은 달콤함은 몇 분도 못 가고 예전의 모습으로 돌아왔다. 마치 한 번도 떠난 적이 없던 것처럼.

"아침으로 뭐 먹을 거야?"
"커피." 나는 실망을 숨기려 애쓰며 대답했다.

언니가 받아 적었다. 짧은 머리를 한 언니의 옆모습이 꼭 엄마를 닮았다. 언니가 엄마를 이렇게나 많이 닮았다는 걸 나는 이제야 깨달았다.

사람들은 내가 아빠를 많이 닮았다고 말했다. 특히 코를. 감사해야 하는지는 잘 모르겠다. 성형수술을 하려고도 했었지만 결국 그대로 두었다. 언젠가 쓸모가 생길지도 모른다는 생각이 들었기 때문이었다. 가령 배를 탔는데 키가 제대로 작동하지 않을 경우에 내 코를 이용할 수 있지 않을까 하는 생각 말이다.

"오늘 저녁에 송아지 요리할까?" 언니가 제안했다.
"나 채식해."
"언제부터?"
"2~3년 정도 됐어."
"아, 그래도 닭고기는 먹지?"

"아니. 근데 언니 먹고 싶으면 먹어도 돼."

"어쩔 수 없네. 그럼, 생선 먹자."

"나 생선도 안 먹어."

"그럼 뭘 먹고 살아? 곡식 같은 것만?"

"응, 곡식만. 사실 좀 조심해야 해. 이상한 걸 발견했거든. 여기 봐."

나는 언니에게 다가가 티셔츠 소매를 걷어 올렸다.

"아무것도 안 보여." 언니가 말했다.

"여기 좀 더 잘 봐봐. 안 보여?"

"응?"

"깃털이 나기 시작했어. 그리고 며칠 전에는 알도 낳았다니까."

언니는 장보기 목록으로 다시 눈을 돌렸지만 애써 웃음을 참으려는 입술을 나는 분명히 봤다.

과거

1986년 11월

아가트, 한 살 반

싫다.

현재

8월 5일

엠마

15시 10분

슈퍼마켓에는 사람이 거의 없었다. 모두 해변에 갔고, 몇몇 노인들만 냉동식품 코너의 시원함을 즐기고 있었다. 서로 달라붙은 수건들, 모래를 튀기며 뛰노는 아이들의 발, 걱정스러운 부모의 외침, 다른 사람들의 웃음소리, 지독히도 뜨거운 햇살을 상상해봤다. 이제 나는 어린 시절 내가 뛰어놀던 파도에도, 청소년 시절 밟던 뜨거운 모래에도 더 이상 매력을 느끼지 못했다. 나는 바다와의 이별이 끝날 날만 헤아렸다. 언제나 떠날 때보다 돌아올 때의 바다가 더 아름답게 느껴졌다. 이제는 남은 내 삶에 바다가 없는 것도 상상할 수 있었다. 바다를 싫어하는 건 아니었다. 그보다 더 심했다. 바다가 이제 내게 없어도 되는 존재가 된 것이다.

"휴지 찾아 올게." 아가트가 멀어지며 말했다.

나는 장보기 목록에서 휴지를 지웠다. 목록을 구역별로 나눴다. 먼저 건조식품, 그다음 신선식품, 마지막으로 냉동식품.

아가트가 물건들을 잔뜩 안고 돌아왔는데 휴지처럼 생긴 건 아무것도 없었다.

"초콜릿 칩 브리오슈를 찾았어! 할머니네서 먹던 거 기억나?"

"아가트, 우리 목록 만들었잖아…."

"그건 언니가 만든 거지." 아가트가 맞받아쳤다. "우리가 이번 주에 먹을 메뉴를 미리 짜두자고 '언니'가 제안했잖아."

나는 대꾸하지 않았다. 우리는 고작 몇 시간 전부터 함께 있었고, 앞으로 일주일을 함께해야 했다. 위기의 순간은 지금 말고도 충분히 있을 것이었다.

아가트가 포장지를 열어 손가락으로 브리오슈 한 조각을 뜯었다.

"먹을래?"

아가트는 내가 거절할 거라고 예상한 것 같았지만, 나는 손으로 브리오슈 조각을 집어 들고 입안으로 밀어 넣었다. 아가트가 나를 융통성 없는 인간이라고 생각하지 않기를 바라면서.

그 말은 알렉스가 가장 좋아하는 무기였다. 내가 알렉스의 주도적이지 못한 태도를 지적할 때마다 꺼내 드는 잔소리 말이다.

"식기세척기를 채울 때마다 당신이 다시 확인하고, 내가 요리할 때마다 항상 흠을 잡고, 어디 나가자고 말해도 절대 동의하지 않잖아. 내가 하는 일은 항상 잘못되니까 이제 아무것도 못 하겠어."

반박할 수 없었다. 솔직히 말하면 완전히 틀린 말도 아니었다.

나는 오랫동안 세상을 살아내는 알렉스의 방식을 좋아했다. 알렉스는 특유의 담담함으로 삶을 바라보는 사람이었다. 삶을 기꺼이 받아들이고 그 흐름에 몸을 맡길 줄 알았다. 알렉스는 내가 가지지 못한 평온, 그 자체였다. 그래서 설령 그 평온을 느끼지 못한다고 해도 나는 그 결핍과 함께 살아갈 수 있었다. 나를 어린 시절에서 끌어내주길 바라며 나는 알렉스에게 매달렸다. 내 불안을 알렉스의 단단한 몸속에 묻어두었고, 알렉스는 넓은 품에 나를 통째로 감싸안았다. 그렇게 나는 알렉스의 품 안에서 숨을 쉴 수 있었다.

하지만 시간이 흐르면 장점도 단점처럼 보이게 되는 법이었다.
아가트가 브리오슈 포장을 닫고 내게 당당하게 웃어 보였다.
"감자칩도 좀 찾아볼게. 언니가 목록에 그건 안 쓴 것 같지만."
아가트는 초콜릿 수염을 달고 있는 것도 모르고 감자칩이 있는 코너로 걸어갔다. 나는 굳이 그 사실을 알려주지 않고 그대로 두었다.

과거

1987년 12월

엠마, 일곱 살

우리는 할머니 집에서 크리스마스를 보냈다. 장이브 삼촌 그리고 사촌 로랑과 제롬도 있었다. 우리 가족은 아래층 방에서 다 같이 잤는데 재밌었다. 아가트가 감기에 걸려서 그르렁거리는 소리를 냈는데 그 소리가 마치 아빠의 잔디깎이 소리 같았다. 우리는 아침에 일어나자마자 화장실도 가지 않고 산타 할아버지가 다녀가셨는지 크리스마스트리 밑을 확인하러 갔다.

학교에서 마르고가 산타 할아버지는 없다고 말했고, 나는 있다고 했다. 그런데 선생님은 마르고 편을 들었다. 그래서 나는 쉬는 시간 내내 울었다. 저녁에 아빠가 그건 다 헛소리일 뿐이라고 설명해줬지만 나는 누가 진실을 말하는지 알 수 없었고 그래서 또 울었다. 아빠가 내게 방에 들어가 있으면 산타 할아버지가 실제로 존재한다는 걸 증명해주겠다고 했다. 단, 문을 열지 않겠다고 약속해야 했다. 나는 그러겠다고 약속하고 소매로 코를 닦았다.

잠시 후에 아빠가 내 방문 너머에서 말했다. 아빠가 지금 산타 할아버지와 함께 있는데 나는 산타 할아버지의 목소리만 들을 수 있다고 했다. 뱃속이 설렘으로 두근거렸다. 굵은 목소리가 말했다.

"호호호. 엠마, 나는 산타 할아버지란다. 너에게 내가 존재한다는 걸 알려주러 왔지. 곧 너와 동생을 위해 선물을 가져올 거야. 올해 착하게 지냈니?"

나는 그렇다고 대답했다. 아가트의 접시에 있던 감자튀김을 딱 한 번 훔쳐 먹긴 했지만 말이다. 산타 할아버지는 다 알고 계신다고 하지만 감자튀김이 너무 맛있었다.

산타 할아버지는 오래 머물지 않았는데 그건 괜찮았다. 이제 그가 정말로 존재한다는 걸 알았으니까. 학교에서 말하지 않겠다고 산타 할아버지와 약속했지만 결국 세실에게는 말하고 말았다. 마르고, 올리비에, 쿠움바, 나타샤, 그리고 내가 좋아하는 뱅상에게도 말해버렸다.

선물은 크리스마스트리 밑에 있었고, 할아버지와 부모님은 아직 자고 있었다. 깨어 있는 사람이 할머니뿐이어서 우리는 다들 일어나기를 기다려야 했다. 할머니는 우리에게 초콜릿 칩 브리오슈와 따뜻한 우유를 준비해주었다.

나는 포플즈 인형도 하나 받았는데, 선물 중에 가장 마음에 드는 건 딕테 마직*이었다. 그날 하루 종일 게임기를 가지고 놀아서 배터리를 갈아야 할 정도였다! 이게 바로 산타 할아버지가 존재한다는 증거였다. 엄마가 산타 할아버지에게 보낸 내 편지에 정확히 쓴 그대로였다. 뚱보 거짓말쟁이 마르고.

아가트는 소변을 보는 (역겨운) 티니 인형과 반딧불이 인형을 받았다. 반딧불이 인형은 배를 누르면 머리에서 빛이 났다. 아마 이제 복도 불을 켜고 자지 않아도 될 것이다. 복도 불을 켜지 않으면 아가트가 울음을 터뜨린다는 사실을 잘 알았다. 그 불빛 때문에 나는 잠을 잘 자지 못했지만 그걸 크게 문제 삼지는 않았다. 동생이 가끔 귀엽긴 했지만 그래도

---

* 1978년에 출시된 교육용 게임기.

아가트가 태어나기 전이 더 편했다. 이 부분도 산타 할아버지에게 보내는 편지에 썼는데 아마도 산타 할아버지가 내 편지를 이해하지 못한 것 같다.

과거

1987년 12월

아가트, 두 살 반

자기 싫다.

현재
8월 5일
아가트

16시 1분

자동문이 열리자 더위가 슈퍼마켓 안으로 밀려 들어왔다. 카트는 가득 차 있고, 물건들은 재활용 가능한 가방에 종류별로 정리되어 있었다. 나는 언니가 물건들을 알파벳순으로 정리할 생각이었을 거라고 추측했다.

"언니가 좋아하는 거 했으니까 이제 내 차례지?"

"뭘 하려고?"

"플라야*!"

언니가 못 말린다는 듯이 하늘을 올려다봤다. 언니는 내가 절대 포기하지 않는다는 걸 알고 있었다. 내 놀라운 재능은 상대방을 지치게 해서 원하는 걸 얻어내는 것이었다. 그렇게 취직도 했고, 내 집도 얻었다. 그렇게 해서 마티외도 쫓아냈다. 머저리 같은 놈. 함께하는 미래를 생각했던 건 마티외가 처음이었는데, 그 자식은 체험판 기간이 끝나기도 전에 도망가버렸다.

"좀 도와주면 안 될까?"

언니가 차 트렁크를 가득 채웠는데 마치 테트리스 화면 같았다. 나는

---

* playa, 에스파냐어로 '해변'이라는 뜻이다.

카트를 제자리에 두러 가면서, 이번 일주일을 함께 보내는 게 좋은 생각이었는지 스스로에게 물었다.

언니를 싫어한다고 말할 수는 없었다. 사실 할머니가 우리를 떠난 이후 언니는 의심의 여지 없이 내가 가장 편안하게 생각하는 사람이었다. 하지만 나는 깊이 체감했다. 누군가를 사랑하면서도 동시에 그 사람을 견디지 못할 수도 있다는 것을. 양파를 대할 때와 똑같은 느낌이었다.

우리가 피로 연결되어 있지 않았다면 나는 언니를 견디지 못했을 거라는 생각을 했다. 이제 우리가 공유하는 것은 오직 추억뿐이라는 생각도.

"좋아." 언니가 차 시동을 걸며 말했다. "그럼 우리 샹브르 다무르* 로 가자."

나는 관광객들에게 덜 알려진 카발리에 해변으로 가고 싶었지만, 뭐, 괜찮았다. 서로 양보하고 서로 만족하는 거지. 언니는 시선을 지평선에 고정한 채 운전했다. 눈썹을 잔뜩 찌푸리고 있다가 내가 지켜보는 것을 알아채자 활짝 웃어 보였다. 그래서 나도 웃었다. 우리가 어른인 척하며 서로 다른 삶을 살더라도, 들로름 자매는 여전히 이렇게 있기를.

16시 20분

할머니 집에 도착하니 환영위원회가 우리를 기다리고 있었다. 우리가 주차 미터기라고 부르는 장이브 삼촌과 그의 아내 주느비에브 숙모가 식탁에 앉아 있었다. 두 사람은 우리가 양손 가득 짐을 들고 들어오는 걸 아무 말 없이 지켜봤다.

우리 가족은 예절을 중요시했고 그 예절에 따르면, 나이가 어린 사람

---

* Chambre d'amour, 앙글레(Anglet)에 있는 '사랑의 방'이라는 뜻의 해변이다.

이 먼저 나이 많은 사람에게 인사해야 했다. 이런 건 씹지도 않고 삼켜버린 배움과 같아서, 평생 성실히 지키면서도 한 번도 의문을 품어본 적이 없었다.

"안녕하세요, 삼촌." 나는 몸을 숙여 삼촌의 뺨에 입을 맞추며 말했다.

"안녕, 얘들아. 엠마, 오랜만이네."

언니는 말을 더듬으며 삼촌의 뺨에 입을 맞췄다.

"장례식에 갈 수가 없었어요. 예상치 못한 일이라 너무 무서웠고… 죄송해요…."

언니의 얼굴이 빨개졌다. 그 변명은 말이 되지 않았다. 그런 일은 아무도 미리 계획하지 않을 테니까. 주느비에브 숙모가 의도치 않게 언니를 구해주었다.

"경보가 울렸다는 메시지를 받고 온 거란다. 너희가 여기 올 줄은 몰랐는데."

"마지막으로 한번 와보고 싶었어요." 언니가 대답했다. "집이 팔리기 전에요."

"열쇠가 있었니?" 장이브 삼촌이 물었다.

"아니요, 굴뚝으로 들어왔어요. 지금 문 앞에서 순록이 썰매를 지키고 있고요." 내가 대답했다. 언니는 고개를 숙이고 웃음을 참았다.

"미리 알려줬으면 좋았잖아. 강도가 든 줄 알았어." 삼촌이 퉁명스럽게 말했다.

"할머니 집에 오고 싶을 때 언제든 와도 된다고 생각했어요." 내가 반박했다.

"이제 더 이상 할머니 집이 아니야."

장이브 삼촌의 마지막 말이 날카롭게 울렸다. 심지어 본인도 놀란 것처럼 보였다. 뭐, 삼촌의 눈썹은 언제나 놀란 것처럼 보이는 모양새지만 말이다. 아마 해부학 수업에서 다른 사람의 두개골 안에도 뇌가 있다는 걸 알게 된 날부터일 거다. 불쌍해라. 큰 충격이었겠지.

"물론 여기 있어도 된단다." 숙모가 부드럽게 말했다. "하지만 집이 망가지지 않도록 조심해주렴. 구매자가 수리비를 청구할 수도 있거든. 다음 주에 업체가 들어와서 정리할 거니까 그때까지는 아무것도 건드리지 말고."

나는 언니를 바라보며 물었다.

"내일 계획을 취소해야 되나?"

미끼가 아무리 크더라도 우리의 삼촌은 그걸 덥석 물어버린다.

"무슨 계획이라도 있니?"

나는 어깨를 으쓱했다.

"아, 별거 아니에요. 그냥 포르노나 한 편 찍을까 했죠."

언니는 입술을 깨물었다. 주느비에브 숙모는 연민 어린 눈으로 나를 바라봤다.

"우리는 너희 적이 아니야, 얘들아. 항상 너희를 위해 여기 있었고, 너희를 도와주려고 최선을 다했어."

더 이상 웃고 싶지도 않았다. 우리한테 그동안 지원이랍시고 해준 게 뭐가 있냐고 따지고 싶었지만 간신히 억눌렀다. 사실 그들의 지원이라면 한 단어로 요약할 수 있었다. 없음. 우리는 그들의 조카가 아니라 신발 속의 돌멩이, 그들의 죄책감이 비친 거울이었다. 그들이 보는 우리의 모습은 역겨웠다. 차라리 다른 이야기를 만들어 믿는 편이 나았다. 사람들이 진실을 왜곡해 상황에 맞추고, 거짓말에 스스로를 설득하는 행동은 인간으로서 꽤 흔한 일이니까.

"얼마나 머무를 생각이니?" 장이브 삼촌이 물었다.

"일주일요." 언니가 대답했다.

주차 미터기와 그의 아내는 서로를 바라봤다. 두 사람은 마치 자신들이 관대하다는 걸 알아주길 바라면서도 정작 자신이 그걸 바라왔다는 사실은 들키고 싶어 하지 않는 듯한 표정으로, 우리가 할머니 집에서의 마지막 일주일을 보내는 것을 허락했다.

과거

1988년 4월

엠마, 여덟 살

아빠와 엄마가 싸웠다. 우리는 아빠 친구인 루이에 부부의 집에서 식사 중이었는데 갑자기 엄마가 일어나더니 그만 가자고 말했다. 디저트로 초콜릿 샤를로트*가 나왔는데도 말이다. 아빠는 엄마에게 조용히 말했고, 아가트는 울었고, 나는 삐졌지만 소용없었다. 결국 우리는 떠났다. 르노5 자동차 안에서는 라디오 소리만 들렸고 아무도 말하지 않았다. 아빠는 피에르 데프로주**가 죽었다는 소식에 욕을 내뱉었다. 나는 아무 말도 못 했다. 아마 그 사람이 아빠 친구였던 모양이다.

집에 돌아오자마자 바로 잠자리에 들어야 했다. 이를 닦을 시간조차 없었다. 이런 적은 처음이었다! 부모님은 부엌에 들어가 문을 닫고 싸웠지만 우리는 방에서 그 소리를 들을 수 있었다. 아가트는 겁을 먹었다. 아가트는 누군가가 소리를 지르는 걸 싫어했다. 나는 부모님이 이혼할까 봐 두려웠다.

마르고의 부모님도 이혼했는데, 지금은 방학 때만 아빠를 만났고, 반쪽 남동생도 생겼다(이런 걸 뭐라고 하는지 기억이 안 난다). 나는 아빠와 여동생 하나만 있으면 충분했다.

---

* charlotte, 과일이나 크림 따위를 빵이나 카스텔라로 감싼 디저트다.
** Pierre Desproges, 1970~1980년대에 프랑스에서 활동했던 배우이자 스탠딩 코미디언이다.

문이 쾅 닫히는 소리가 들리자 아가트가 울면서 내 침대로 왔다. 나는 『다섯 친구 클럽*』을 읽어주며 아가트가 그 소리를 잊고 다른 생각을 할 수 있도록 했다. 결국 싸움은 끝났고 아가트는 잠들었다. 아가트는 자면서 계속 몸을 뒤척였는데, 아빠 말대로 엉덩이 벌레가 있는 게 틀림없다고 나는 확신했다. 어느 순간 내 입에 무언가가 들어와 잠이 깼는데 바로 아가트의 발이었다.

내가 잠에서 깼을 때도 덧문들은 여전히 닫혀 있었다. 안방의 문을 열어보니 엄마 아빠 둘 다 거기 있었다.

---

* 영국 작가 에니드 블라이트의 아동 모험소설 시리즈 『The Famous Five』의 프랑스어 제목으로, '다섯 친구들의 모험'을 그린 작품이다.

현재

8월 5일

엠마

17시 12분

대서양 바닷물이 이렇게 차가웠다는 걸 잊고 있었다. 시립 수영장의 물도 따뜻한 건 아니었지만, 적어도 내 발가락을 얼어붙게 만들지는 않았다. 매주 화요일 아침에 아이들을 어린이집에 맡기고 수영장에 갔다. 일주일에 딱 하루, 그날만 아이들을 맡기기로 합의한 건 엄마로서의 죄책감과 나만의 시간이 필요하다는 갈망 사이의 치열한 협상 끝에 얻은 결과였다. 딱 한 시간. 샤워와 머리 말리기까지 포함해서 내가 스스로에게 허락한 시간이었다.

"자, 얼른 와봐! 진짜 좋아!"

아가트가 물을 끼얹는 시늉을 하다가 내 눈빛에 겁을 먹고 그만뒀다. 파도는 거세게 부서져 모래사장까지 밀려왔고, 웃음소리를 터뜨리는 피서객들은 하얀 거품 속으로 쓸려갔다. 바닷바람에 코끝이 간질거렸다. 내가 좋아했던 바다는 바로 이런 모습이었다. 격렬하고, 거침없고, 예측할 수 없는 바다. 누구에게나 쉽게 허락되지 않고, 마치 자격을 갖춘 자만이 누릴 수 있는 듯했다. 할머니는 아주 어릴 적부터 우리에게 그런 바다를 이해하는 법을 가르쳐주었다. 여름이 시작되면 서핑 교실에 데려가 수업을 받게 했다. 우리는 물결, 파도의 일렁임, 물의 흐름, 바인*, 쇼어브레이크** 같은 것들을 익혔다. 어렸을 때 구조대가 바다에서 사람을 건져 올리는 걸 보고 크게 충격을 받은 적이 있다. 사람들이 그 주위를 에워싸고 있었고, 구조대는 필사적으로 심폐소생술을 시도했다. 결국 헬리콥터가 와서 그를 싣고 갔다. 아빠는 나더러 보지 말라고 했지만 나는 호기심을 이기지 못해 몰래 보고 말았다. 표정도 혈색도 사라진 그 모습은 오랫동안 꿈에 나와 나를 괴롭혔다. 악몽 속에서 바다는 나를 삼켰다가 곧이어 축 늘어진 내 몸을 모래사장 위에 토해내곤 했다. 그러나 서핑 수업은 내게 그런 바다를 길들이는 법, 나중에는 사랑하는 법까지도 가르쳐주었다. 앙굴렘에서 우리가 살았던 집에는 방이 세 개 있었다. 내 방 벽에는 엄마가 매년 1월 1일에 우체부에게 사는 달력이 걸려 있었다. 나는 여름방학까지 하루하루 날짜를 지우며 보냈다. 그러다 보면 마침내 좋은 날이 돌아오곤 했다. 할머니, 내 동생, 걱정 없는 나날들, 그리고 바다.

"거의 다 왔어!" 아가트가 나를 격려했다.

나는 차가운 물 속에서 1센티미터씩 힘겹게 앞으로 나아갔다. 아가트는 이미 물에 몸을 담그고 목덜미까지 적시자마자 바로 물 속으로 뛰어들었다. 나를 격려하는 데 집중한 아가트 뒤에서 부풀어 오르는 파도를 보지 못했다.

"언니, 힘내! 힘내!"

아가트가 외치는 순간, 파도가 뒤통수를 때리며 아가트를 거품 속으로 내던졌다. 나는 웃느라 잠수할 틈도 없이 그대로 파도에 휩쓸려 여기

---

* baïne, 해안과 모래언덕 사이에 움푹 패어 만들어진 하천이다.
** shore break, 해안가 인근에서 부서지는 파도를 말한다.

저기 굴러다니다가 다리를 하늘로 치켜든 채로 해변에 겨우 도착했다. 한쪽 가슴이 옷 밖으로 드러나려고 했다. 나는 아가트를 찾아 두리번거리다가 조금 떨어진 곳에서 굴 껍데기처럼 우아하게 몸을 일으키는 아가트를 봤다.

"이제 우리 열다섯 살은 아닌 게 분명하네!" 아가트가 웃음을 터뜨렸다. "방금 수영복이 나한테 대장내시경이라도 할 태세였어."

"안주머니에 모래가 다 들어갔네. 도대체 이게 무슨 용도인지도 모르겠다니까. 잘라내야겠다."

"다시 들어갈래?"

아가트는 내 대답을 기다리지 않고 잔물결을 뛰어넘으며 바다 쪽으로 달려갔다. 첫 번째 라운드에서 이미 녹초가 된 나는 수건 위에 누워 동생이 돌아오기를 기다리고만 싶었다. 10센티미터쯤 물에 엉덩이를 담근 채 앉아, 잠수하고, 뛰고, 파도 사이에서 떠다니는 아가트를 지켜봤다. 새로 불어오는 바람에 떠밀린 먹구름이 멀리서 몰려왔다. 바스크 지방에서는 하루 안에 사계절을 다 겪을 수 있다는 말이 있다. 몇 분 안에 비가 내릴 것 같았다. 아가트가 크게 손짓했다. 아가트의 말이 맞았다. 물은 수영하기에 좋았고, 나는 그저 익숙해지면 될 뿐이었다. 나는 큰 파도가 발끝에 부서지길 기다렸다가 다음 파도가 나타나기 전에 동생을 향해 달려갔다.

과거

1988년 9월

아가트, 세 살

바스티앙이 내 파란색 마커를 가져갔다. 그래서 걔 얼굴을 때렸다.

현재
8월 5일
아가트

18시 25분

언니는 집에 가고 싶어 했다. 간신히 10분 정도 시간을 끄는 데 성공했지만 내가 시간을 더 끌어보려 하자 언니가 내게 따발총 같은 눈빛을 날렸다. 나는 물고기 지느러미를 스친 것보다 더 빠르게 수건 위로 올라왔다.

"우리 시장 가서 아페리티프* 한잔할까?"

이건 예상하지 못했다. 텔레비전을 보면서 허브차나 마시는 저녁 시간을 보낼 거라고 생각했는데, 언니가 먼저 외출을 제안한 것이다.

"좋은 생각이야!"

"몸 말릴 시간 5분만 줄래? 그러고 나서 출발하자."

"절대 안 되지. 젖은 채로 반쯤 벗고 가는 게 더 좋겠는걸."

내가 고개를 젓자 언니가 웃었다. 우리가 주고받던 대화의 리듬을 잊고 있었다. 마치 이제 막 다시 발견하는 음악 같았다. 나는 파라솔 아래에 언니 옆으로 몸을 털썩 뉘었다. 언니는 큰 수건을 꺼내 꼼꼼하게 몸을 닦았다.

---

* apéritif, 서양식으로 식사할 때에, 식욕을 증진하기 위하여 식사 전에 마시는 술. 셰리 따위의 포도주나 각종 칵테일을 마신다.

"언니, 이제 햇빛은 안 좋아해?" 내가 물었다.

"피부에 안 좋잖아."

"그래서 북극에 가서 산 거야?"

"스트라스부르*가 북극은 아니지."

"거기보다 더 멀리 갈 수도 없었을 거야."

"그게 목적이었어."

침묵.

언니가 땅에 머리를 두고 눈을 감았다. 가느다란 핏줄이 허벅지를 따라 비쳐 보였다. 허약해 보일 정도로 야위었다. 우리 둘 중 언제나 더 튼튼했던 사람은 언니였는데.

"이제 갈까?"

언니가 일어나 빈티지 수영복 위로 어깨와 엉덩이를 덮는 원피스를 걸쳤다.

나도 언니를 따라 옷을 입었다. 울컥하는 눈물은 덤이었다.

이런 재회를 상상하지는 않았다. 언니가 일주일을 같이 보내자고 한 건 나와 다시 가까워지고 싶어서라고, 순진하게도 그렇게 믿었다. 하지만 이렇게 곁에 있어도 마음은 멀리 있다면 무슨 소용이 있단 말인가?

우리는 말없이 내 스쿠터로 걸어갔다. 말도 섞지 않던 시절로 돌아간 듯했다. 이 게임의 승자는 늘 언니였다. 난 감정이 폭발해서 소리 지르고, 울고, 때리고, 부수곤 했다. 언니는 언제나 나보다 내면의 폭풍을 감추는 법을 더 잘 알고 있었다.

"천천히 몰아줘, 제발." 언니가 헬멧을 쓰며 말했다.

"올 때도 이미 말했잖아."

---

* Strasbourg, 프랑스와 독일의 국경 도시이자 '크리스마스의 수도'라 불린다.

우리의 추억은 이곳에 남아

언니는 차로 오자고 했지만 내가 설득해냈다. 주차할 자리를 찾는 데만 몇 시간이 걸릴 터였다. 스쿠터를 타야 한다는 걸 알게 되자 언니는 그 자리에서 교통법규 시험을 치르듯 날 검열했다. 나는 넘어지지 않을 만큼, 중력에 허용된 가장 느린 속도로 달렸지만, 그럼에도 언니는 싱크대의 뚫어뻥처럼 내 허리에 매달려 있었다. 돌아올 때는 덜 힘들었는데, 과속방지턱에서 떨어질 뻔한 것만 제외하면 언니가 손잡이를 꽉 붙들고 있겠다고 했기 때문이었다.

"내가 먼저!" 언니가 할머니 집에 도착하자마자 외쳤다.

나는 아직 헬멧도 벗지 못했는데 언니는 벌써 욕실로 달려갔다. 나는 언니가 샤워하는 동안 정원에서 담배를 피웠다. 라임 나무 밑에는 흙을 빚어 만든 재떨이가 놓여 있었다. 그 재떨이가 깨끗하다는 사실만으로도 눈시울이 뜨거워졌다. 담배꽁초가 가득 차 넘친다고 나를 호되게 나무라던 할머니의 목소리가 아직도 들리는 듯했다. 언제나 결국 재떨이를 청소하고 내가 찾을 수 있는 자리에 다시 놓는 건 할머니였다. 할머니에게는 재떨이가 넘치는 것이 아니라, 내가 담배를 피운다는 것이 문제였다. "너 태어났을 때는 폐가 더 자라야 해서 3주를 인큐베이터에 들어가 있었어." 할머니는 자주 이렇게 말했다. "그런데 이제 와서 네가 이 쓰레기 같은 걸로 폐를 태우고 있잖니. 차라리 그때 기계를 꺼버렸으면 돈이 덜 들었을 거야." 나는 그 말에 익숙해졌지만 들을 때마다 똑같이 웃음이 터졌다. 할머니는 우리를 웃게 하기 위해서라면 뭐든지 할 준비가 돼 있었다.

담배꽁초가 다 타서 손가락이 뜨거웠다. 나는 할머니를 기리며 다시 담배 한 개비에 불을 붙였다. 할머니가 돌아가시면 나도 더는 살지 못할 거라 생각했었다. 할머니를 사랑한 순간부터 나는 할머니를 잃을까 두려웠다. 어릴 때 밤늦게 전화가 울리거나, 할머니가 전화를 바로 받지 않거나, 엄마가 어떤 소식을 듣고 눈썹을 찌푸릴 때마다 나는 할머니가 돌아가셨다고 생각했다. 할머니가 돌아가신 건가 추측했던 게 아니었다. 그냥 그게 사실이라고 받아들여버렸다. 나는 할머니의 죽은 몸 위에서 울었고, 장례식에 참석했으며, 할머니의 부재를 격렬히 느꼈다. 그러다가 할머니가 무사하다는 걸 알게 되면, 엄마가 받은 전화가 다른 소식이라는 것을 알게 되면 행복에 벅차올라서 하늘과 운명과 전화기와 엄마, 감사할 수 있는 모든 것에 감사하곤 했다. 그때 세상은 갑자기 맛있고, 놀랍고, 훌륭해졌다. 한 심리학자가 어느 날 내게 말하길, 건강염려증이 있는 사람들은 중병 소식을 가장 잘 견디는 사람들이라고 했다. 머릿속으로 이미 너무 많이 훈련해서, 실제로 그런 일이 닥치면 준비가 되어 있다는 것이었다. 하지만 나에게는 통하지 않았다. 평생 반복해도 나는 할머니의 부재에 준비되지 않았다. 세상이 할머니라는 중심축 없이 어떻게 돌아갈 수 있는지 나는 상상할 수 없었다. 나를 한 번도 버리지 않았던 단 한 사람을 잃은 후에 내가 어떻게 회복할 수 있을지 알 수 없었다.

언니가 집에서 나와 내게 다가왔다. 언니의 짧은 머리에서 물방울이 떨어져 샤워 가운에 닿았다.

"이제 샤워하러 가도 돼." 언니가 말했다.

나는 담배를 끄고도 풀밭에 앉아 있었다. 언니가 나를 바라보다가 내 옆에 앉았다. 우리는 한동안 침묵 속에서 서로의 많은 추억을 담고 있는 집을 마주했다. 언니가 내 어깨에 머리를 기댄 채 속삭였다.

"저기 봐. 양귀비가 피었어."

과거
1989년 7월
엠마, 아홉 살

    우리는 긴 길을 지나 할머니와 할아버지 집에 도착했다. 아가트는 출발하기 전에는 화장실에 가지 않았고 결국 자동차 안에서 쉬를 했다. 아가트는 흠뻑 젖은 채로 울음을 터뜨렸지만, 차를 멈추려면 고속도로 휴게소까지 기다려야 했다. 울음소리 때문에 귀가 아팠는데 아빠가 샹탈 고야의 노래를 틀어준 덕분에 아가트가 진정됐다.
    할머니의 정원에 들어서자마자 양귀비가 보였다. 부활절 방학 때 할머니와 함께 씨앗을 심었었다. 꽃을 꺾어도 된다고 허락받은 뒤에 나는 아가트와 함께 꽃다발을 두 개 만들었다. 하나는 할머니를 위해서, 또 하나는 엄마를 위해서. 비록 엄마는 지금 여기에 없지만.
    엄마가 우리와 함께 앙글레에 오지 않은 건 이번이 처음이었다. 엄마는 출발 직전에 우리에게 중요한 일을 끝내야 해서 함께 가지 못한다고 말했다. 가는 길에 먹으라고 조개 모양 사탕을 주었지만, 아빠는 우리가 사탕을 여기저기 흘릴까 봐 차 안에서 먹지 못하게 했다. 아가트는 엄마를 보내기 싫어했고 나도 마찬가지였지만, 엄마는 금방 오겠다고 약속하며 우리를 꼭 안아주었다. 엄마에게서 파촐리 향이 났다.
    우리는 라임 나무 아래에서 점심을 먹었다. 정원에서 딴 방울토마토가 들어간 쌀 샐러드였다. 아가트는 샐러드를 잔뜩 먹고도 내 접시에서 방울토마토 하나를 슬쩍 가져갔다. 나도 그 대가로 아가트의 치즈를 한 조각 집어 들었다.

바로 바다에 가고 싶었지만 소화가 될 때까지 기다려야 했다. 항상 그랬다. 정확히 무슨 차이가 있는지는 잘 모르겠지만 엄마가 말하길, 어릴 때는 이해할 필요 없이 그저 하라는 대로 따르면 된다고 했다.

바다가 수영하기에 좋았지만 파도가 너무 커서, 아빠와 할아버지가 물놀이를 하는 동안 나와 아가트는 할머니와 함께 바닷가에서 놀았다. 우리는 멋진 모래성을 쌓았다. 나는 성 주변에 도랑을 팠고, 할머니는 장식용 조개를 주웠다. 하지만 아가트가 그 위로 뛰어올라 모두 부숴버려서 아빠에게 보여줄 수는 없었다. 나는 아가트에게 모래를 던졌고, 아가트는 내 머리에 모래 삽을 던졌다. 할머니는 우리에게 서로 뽀뽀해주라고 했고, 그 후 우리는 바닷가의 작은 파도보다 더 빨리 달리기 놀이를 했다. 아가트가 넘어졌을 때가 특히 재미있었다.

할머니는 우리 볼에 계속 입을 맞추며 사랑한다고 말했다. 지금 생각해보니 그날 밤 무슨 일이 일어날지 알고 있었기 때문이었던 것 같다.

집에 돌아오자마자 나는 욕실로 달려가며 "내가 먼저!"라고 외쳤다. 아가트가 울음을 터뜨려서 내일은 먼저 샤워하게 해줘야겠다고 생각했다. 내가 씻고 나왔더니 장이브 삼촌과 주느비에브 숙모, 그리고 사촌들이 와 있었다. 그들이 반가웠지만 그리 오래가지 않았다. 아빠가 아가트와 나를 데리고 아빠가 어릴 적 썼던 방으로 가더니 중요한 이야기를 해야 한다고 말했다. 심지어 조개 사탕까지 먹게 해주었는데, 아빠가 다 망쳐버려서 사탕은 다 먹지도 못했다. 정말 좋은 하루였는데 이제는 그저 아빠와 엄마가 이혼한 날이 되었다.

과거
1989년 9월
아가트, 네 살

   아빠가 우리를 데리러 집에 왔는데 엄마는 안 된다고 했다. 두 사람이 크게 소리를 질러서 나는 귀를 손가락으로 막았다.
   엄마는 아빠가 나쁜 사람이라고 했다. 나는 아빠가 착하다고 생각하는데.
   나는 언니의 침대로 갔다. 언니가 처음에는 나를 밀어냈지만 나중에는 괜찮다고 해서 나는 반딧불이 인형을 안고 언니와 함께 잠을 잤다.

현재

8월 5일

엠마

19시 43분

이곳에 정말 오랜만에 왔다. 비아리츠 시장은 변하지 않았고, 바와 레스토랑의 테라스는 가족, 커플, 직장 동료, 친구들로 넘쳐나며 축제 같은 소음이 섞여 있었다. 우리는 한 테이블에 자리 잡았고, 아가트는 내게 뭘 마실 건지 묻고는 바에 가서 주문했다. 주문하러 가는 길에 아가트는 두 사람에게 인사를 건넸고, 종업원은 아가트를 꼭 껴안았다. 이곳은 아가트의 구역이었다.

"정말 미치겠어. 마흔이 다 되어가는데도 아직 스무 살같이 느껴져."

"나한테 그런 말 하지 마. 난 이미 40대에서 허우적대고 있거든."

웨이트리스가 와인 두 잔과 타파스를 테이블에 놓았다.

"들로름 자매를 위하여." 아가트가 잔을 들며 말했다.

"우리를 위하여."

침묵이 흘렀다. 아가트는 양젖 치즈 꼬치를 허겁지겁 먹었고, 나는 오리 가슴살 샌드위치를 먹었다. 우리가 할 말이 없는 건지, 아니면 너무 많아서 어디서부터 시작해야 할지 모르는 건지 알 수 없었다. 우리의 이야기에는 5년이라는 공백이 있었다.

"알리스 사진 있어?" 아가트가 물었다.

나는 휴대전화를 꺼내 딸의 사진을 화면에 띄웠다. 아가트가 휴대전화를 가져가 사진을 넘기며 말했다.

"정말 예쁘다. 누구를 닮아서 이렇게 예쁘지?"

"아마 이모를 닮았겠지. 경고하는데 사진이 수백 장은 된다."

"언니, 딸 바보야?"

"당연하지. 정말 깨물어주고 싶지만 참아야 해. 성격이 장난 아니거든. 알리스를 보면 네 생각이 자주 나."

아가트가 웃는다.

"사샤는? 많이 컸겠네!"

나는 아들의 사진 폴더를 열고 휴대전화를 돌려주었다.

"이제 열 살 됐어. 발 사이즈는 나랑 같고, 키가 내 턱까지 온다니까."

"시간 참 빨라…. 둘이 사이는 좋아?"

"아주 좋아. 나이 차가 일곱 살이라 걱정했는데, 큰애는 책임감이 강하고, 작은애는 오빠를 좋아해. 물론 싸울 때도 있지만 그래도 사이는 정말 좋아. 그게 오래 갔으면 좋겠고…."

아가트가 와인을 몇 모금 마시고 담배에 불을 붙였다.

"형제자매 관계보다 강한 건 별로 없어. 아무리 해도 함께한 어린 시절은 떼어낼 수 없거든. 꼬리표처럼 다니지."

그때 키 큰 갈색 머리 남자가 우리 테이블로 와서 반응할 틈도 없이 아가트의 어깨에 팔을 무겁게 걸쳤다.

"아까부터 계속 보고 있었는데 꼭 하나 물어봐야겠어서."

"경고하는데 먼저 어깨에서 손 치워." 아가트가 말했다.

"전쟁에 나갔었어?" 남자가 진지하게 물었다.

"전쟁? 아니, 왜?" 아가트가 놀라며 대답했다.

"네가 폭탄인 줄 알았거든."

나는 웃음을 참았다. 이 멘트, 민망하다.

아가트가 그의 손아귀에서 벗어나 재치 있게 대답했다.

"빨리 안 나가면 직격탄을 맞게 될 거야. 똑딱. 똑딱."

그 헤비급 남자는 재미있어하며, 자신의 목표물이 짜증 난 것에는 아랑곳하지 않았다.

"자, 쿨하게 좀 하자!" 계속 강조했다. "그렇게 예쁘면서 굳이 새침하게 굴 필요 없잖아. 이름이 뭐야?"

"모니크."

"반가워, 모니크. 직업이 뭐야?"

"파키르*야. 항상 못판 깔고 다니고 엉덩이에 구멍이 숭숭 나 있지."

나는 마시던 걸 뱉었다. 그 남자는 더 이상 웃지 않았다. 나는 그의 어깨에 손을 얹어 내 존재를 알렸다.

"아저씨, 우리 좀 그냥 내버려두시겠어요?"

"아, 그래. 그럼 되겠네!" 남자가 말했다. "네가 이쪽보다는 덜 바보처럼 보이네!"

아가트는 더 이상 말하지 않았다. 아가트도 내가 스캔들을 얼마나 싫어하는지 알고 있었다. 나는 아가트가 움츠러드는 걸 보았고, 곧 난리가 날까 두려웠다. 아무도 우리를 못 봤고 계속 그랬으면 좋겠는데, 나는 속이 끓었다.

"저기요. 제 동생이 당신과 대화하고 싶지 않다는 걸 분명히 했습니다. 그러니 겨드랑이 밑에는 땀자국이 나 있고 양식 홍합보다도 매력 없는 당신은 다른 데 가보시는 게 좋겠는데요."

---

* 프랑스어 구어에서는 '못 위에 눕는 사람' 같은 서커스·묘기하는 사람을 가리킨다.

아가트의 턱이 떨렸다. 남자는 머리를 저으며 비웃듯이 웃었다.

"나는 그냥 도와주려던 거야." 경멸 섞인 목소리로 말했다. "누가 너희한테 작업 걸지도 않을 것 같아서."

그는 발뒤꿈치를 돌려 군중 속으로 사라졌다. 마침 웨이트리스가 새로 두 잔을 테이블 위에 놓았다. 아가트가 잔을 들며 말했다.

"들로름 자매와 양식 홍합을 위하여!"

과거

1990년 1월

아가트, 네 살 반

아빠에게 새 여자친구가 생겼다. 그녀의 이름은 마르탱이었고, 엄마는 내가 마르탱에게 '엄마'라고 부르는 걸 원하지 않았다. 마르탱은 나에게 밤에 빛나는 드레스를 입은 바비 인형을 사주었다. 착한 사람이다.

마르탱의 아들은 데이비드라고 했고, 나보다 나이가 많았다.

아빠는 귀를 울리도록 시끄러운 기계로 책장을 만들었고, 거기에 내가 가장 좋아하는 책인 『어린양 아르도』와 『표범 레오나르드』를 올려놓았다. 아빠가 글자를 읽어주면 나는 그림을 보았다. 나만의 방이 생겼고, 심지어 언니는 방에 욕실까지 생겼다.

아빠가 가게에서 비디오테이프를 샀다. '로저'라는 토끼와 주황색 머리카락을 가진 '제시카'라는 여자가 나오는 이야기였다. 한 장면에서는 나쁜 남자가 착한 신발을 어떤 용액에 넣어 사라지게 했다. 나는 그 장면을 보고 울었고, 아빠는 텔레비전을 끄고 미안하다고, 내가 너무 어리다고 했다. 그러고 나서 우리는 미카도 게임*를 하며 놀았다.

밤에 혼자 있으면 너무 무서워서 언니 방으로 갔다. 언니는 아무 말도 하지 않았다. 나는 아빠 집에서 매일 밤 언니의 침대로 갔다. 언니가 자리를 조금 비켜준 다음에야 잠을 잘 수 있었다.

---

* Mikado, 대나무 막대기를 사용한 유럽의 테이블 게임이다.

아빠가 우리에게 깜짝선물을 해주었다. 강아지들이 우리에 갇혀 있는 곳으로 데려갔는데 아빠는 주머니에 목줄을 숨겨두었고, 한 남자가 우리에게 강아지 한 마리를 주었다. 강아지가 우리를 기다리고 있었다. 그 강아지는 갈색이었고 이름은 스누피였다. 나는 기뻤다. 강아지는 재밌었다. 언니가 "앉아." 하면 앉았고, 항상 꼬리를 흔들었다. 우리가 어디를 가든 따라왔다. 심지어 내가 화장실 갈 때도 따라왔다. 아빠가 스누피를 소파 위에 올라오지 못하게 해서 언니와 내가 카펫 위에 앉았고, 아빠도 우리 옆에 와서 앉았다.

아빠가 우리를 데려다줄 때는 슬펐다. 아빠는 눈이 젖은 채로 계속 말했다. 나는 손을 흔들며 작별 인사를 했고, 아빠는 떠났다. 엄마는 문을 열며 보고 싶었다고 말했다. 우리 볼에 입을 맞추고, 마르탱과 함께 있었는지 물었다. 그리고 바비 인형을 쓰레기통에 던져버렸다.

현재

8월 5일

아가트

22시 13분

언니는 노을을 그다지 보고 싶어 하지 않았다. 언니가 노을을 좋아하지 않았다는 사실을 잊고 있었다. 하지만 노을은 브래드 피트의 얼굴과 함께 내가 가장 좋아하는 장관 중 하나였다. 영화 〈가을의 전설〉을 너무 많이 봐서, 내 이름도 엔딩크레딧에 올라가야 할 것만 같았다. 브래드 피트가 수년간 떠나 있다가 야생마 무리에 둘러싸여 몬태나의 장대한 풍경 속으로 달려오는 장면은 더 특별했다. 나는 기꺼이 그의 말 역할로 오디션이라도 봤을 것이다.

"나 잘래." 언니가 할머니 집 대문을 열며 말했다.

"벌써?"

"너무 피곤해. 얼른 침대 정리도 해야 하고. 내가 아빠 방 써도 되지?"

"언니 원하는 대로 해. 그럼 내가 삼촌 방으로 갈게."

언니는 계단 첫 몇 칸을 올라가다 멈춰 섰다.

"잘 자, 내 동생."

"잘 자, 언니."

잠시 언니가 내게 다른 무언가를 말하고 싶어 하는 것 같았지만 결국 말하지 않고 계단을 끝까지 올라갔다.

나는 집 뒤쪽 창고에서 쿠션을 찾아낸 뒤에 흔들의자에 몸을 뉘었다. 하늘에는 별이 촘촘히 박혀 있었고, 눈을 깜박이지 않고 바라보고 있으면 은하수가 드러났다.

동생. 그게 바로 나다. 나는 동생으로 태어났고, 동생으로 죽을 것이다. 나는 형제자매 사이에서의 위치가 우리가 어떤 어른이 되는지를 깊이 각인시키고, 심지어 결정한다고 굳게 믿는다. 만약 내가 첫째였다면 아마 다른 사람이 되었을 것이다. 첫째는 길을 열고, 모든 곳에서 자리를 차지하며, 모든 관심을 빨아들인다. 부모는 첫째의 존재에 몰두하고 온갖 근심이 첫째를 감싸며, 모든 '처음'의 힘은 첫째에게 쏠린다. 많은 이들에게 가족은 첫째 아이와 함께 시작된다. 그다음에 태어나는 아이들은 가족을 넓히지만, 첫째는 가족의 토대를 세운다. 첫째는 뒤따르는 이들이 알 수 없는 중요성과 책임을 짊어진다. 반면, 뒤이어 태어난 아이들은 이미 점유된 공간에 발을 들인다. 관심은 나누어지고, 불안은 덜하며, '처음'은 이미 지나 있다. 그들은 자신을 만들어가기 위해 본보기를 정하고, 그것에 의지하거나 거역하면서 성장한다. 그들의 성격은 반응과 비교 속에서 정의된다. 더 시끄럽거나, 더 조용하거나, 더 이렇거나, 덜 저렇거나. 어느 자리가 더 부러운지는 나도 알 수 없다. 각자의 위치에는 장점도 있고 단점도 있으니까. 내가 아는 건, 나는 둘째이고, 막내이고, 작은아이이고, 그다음에 태어난 아이라는 사실뿐이다. 그리고 나는 평생 그것을 깊이, 본능적으로 느끼며 살아왔다.

담배에 불을 붙이고 휴대전화를 켰다. 마티외는 내 문자메시지에 답하지 않았다. 휴대전화의 화면 하단에 뜬 작은 파란 신호가 알려준 대로라면, 그는 내 문자메시지를 보았다. 나는 마티외에게 보낼 다음 문자메시지를 머릿속에서 떠올렸다. 그러다 억지로 참아내며 보내지 않았다.

마티외와 함께 내 자존심도 날아가버렸다. 그에게 매달리는 말들을 퍼붓는 게 스스로를 무너뜨리는 일임을 알지만 나로서는 도저히 어쩔 수가 없었다. 팔찌의 구슬을 초조하게 굴리며 만지작거리던 순간, 언니의 얼굴이 위층 창문에 나타났다.

"아가트, 이리 와봐!"

"지금 가."

나는 담배를 땅에 비벼 껐다. 할머니가 투덜대는 소리가 들리는 듯했다. 그리고 언니가 있는 방으로 갔다. 언니는 휴대전화 화면을 마주하고 있었고, 그 속에는 작은 여자아이와 곱슬머리 남자아이가 보였다.

"얘들아, 이모한테 인사해야지."

"안녕하세요, 이모!"

사샤는 나를 기억하지 못할 것이다. 내가 마지막으로 그 아이를 본 게 다섯 살 때였으니까. 알리스는 오직 다른 사람들에게서 들은 말로만 나를 알 것이다. 조카들을 이렇게 마주하니 얼마나 자랐는지 새삼 시간이 흐른 걸 깨달았다. 5년의 부재. 한 번의 임신, 첫걸음마, 초등학교 과정, 까진 무릎, 벽에 그린 그림들, 흔들리는 이, 자기 전에 읽는 동화책, 거꾸로 신은 신발, 학교 축제, 그리고 혀 짧은 발음까지. 5년이라는 시간 동안 이렇게나 많은 추억을 쌓을 수 있었을 텐데.

나는 아이들과 몇 마디 말을 나눴다. 아이들은 자연스럽지만 나는 어색했다. 그래서 괜히 더 크게 웃었다. 감정이 북받친 것처럼 보이면 안 되니까.

알렉스가 화면 속으로 들어왔다.

"안녕, 아가트! 이렇게 보니까 반갑네."

"나도 반가워!"

알렉스 역시 지난 5년 동안 많은 걸 겪었다. 머리카락이 거의 빠진 것도 그중 하나였다.

"언제 우리 보러 올 거야?" 알렉스가 물었다.

"그래요!" 사샤가 외쳤다. "우리 집에 놀러 오세요!"

"지금 올 거예요?" 알리스가 물었다.

나는 다시 웃으며 말했다.

"아니, 우리 귀염둥이. 하지만 다음번에 갈게. 약속해!"

휴대전화가 살짝 흔들렸다. 나는 언니 손에서 휴대전화를 받아내어 선반 위 옷더미에 괴어두었다. 아이들에게 이런저런 것들을 묻고, 형부의 최근 소식도 들었다. 그리고 언니를 바라봤다. 내게는 늘 '언니'였던 그녀가, 이제는 엄마이자 아내의 모습으로 서 있었다. 곧 알렉스가 벌써 늦었다며 아이들을 재워야 한다고 말했고 화면은 꺼졌다. 언니는 이제 자기 차례라며 잘 자라고 속삭였고, 내게 입맞춤을 하고 문을 닫았다. 나는 다시 흔들의자와 담배, 구슬 팔찌로 돌아갔다. 그리고 생각했다. 화면이 우리 사이를 가르고, 나라가 우리를 가르고 있었지만, 그 잠깐 동안 내가 함께했던 그 무언가는 정말 가족에 가까웠다고.

과거
1990년 6월
엠마, 열 살

친애하는 주르날 드 미키*,

편지를 써서 너에게 질문을 할 수 있다는 사실을 알게 되었어. 질문이 하나 있어. 영화 〈그랑블루**〉를 본 뒤로, 돌고래와 함께 일하고 싶다는 꿈이 생겼거든. 내가 어떤 공부를 해야 하는지 알고 싶어. 답장을 기다릴게(「스타 클럽***」에도 편지를 보냈는데 답장을 안 해주더라고).

엠마가

추신: 나는 도널드는 그다지 안 좋아해. 그는 늘 화가 나 있잖아.

---

* 프랑스 주간 만화 잡지.
** 프랑스에서 〈Le Grand Bleu〉라는 제목으로 1988년 개봉한 영화다. 한국에서는 1993년 〈그랑블루〉라는 제목으로 개봉해 큰 인기를 끌었다.
*** 프랑스 청소년 잡지.

현재

8월 6일

엠마

7시 10분

더는 잠들지 못했다. 요즘 자주 그랬다. 어두운 생각들이 나를 잠에서 끌어냈고, 그 생각들을 피하려면 일어나야만 했다.

불안이라는 영역. 예전에 그것은 아가트만의 영역이었고, 내 영역은 현실적인 문제 해결이었다. 엠마는 복잡한 상황을 척척 해결해, 엠마가 문제를 정리할 거야, 엠마는 정말 성숙해. 나는 아무것도 묻지 않은 채 입혀진 옷을 그대로 입고 있었다. 그리고 마흔두 살이 된 지금, 나는 그 옷이 너무 답답하다는 것을 깨달았다.

옆방에서 아가트가 코 고는 소리가 들려왔다. 늦게 잔 모양이었다. 새벽 2시쯤엔 현관문 손잡이가 돌아가는 소리를 들었다. 나는 옷을 입고, 삐걱거리는 부분을 피해 계단을 조심스레 내려갔다. 막 깨어난 태양이 덧문 사이로 스며들었다. 덧문을 열어젖혔다. 아침의 서늘한 공기가 거실 안으로 몰려들었고, 나는 의자에 털썩 몸을 맡겼다.

이 의자는 원래 할머니 자리였다. 62년 동안 할머니는 매일 아침 그 자리에 앉았다. 그곳에서 수백 권의 책을 읽고, 꽈배기 무늬 스웨터를 여러 벌 뜨고, 시를 쓰고, 제자들의 시험지를 채점하고, 감자를 깎고, 아들들을 품에 안아 흔들고, 그중 하나 때문에 눈물을 흘렸으며, 내 머리를 빗겨주기도 했다. 팔걸이 옆 작은 탁자 위에는 할머니가 모든 레시피를 적어두던 공책이 놓여 있었다. 그 레시피 대부분은 할머니가 어머니에게서, 그 어머니는 또 자신의 어머니에게서 물려받은 것들이었다. 그리고 그 공책은 결국 우리를 위한 것이었다. 할머니가 살던 시대에는 여자가 요리하는 것이 당연했기에, 사촌들에게 그것들을 전해주겠다는 생각은 전혀 하지 않았다. 나는 기름 튄 자국이나 아이싱이 묻은 흔적이 남은 페이지들을 넘겼다. 레시피 하나를 넘길 때마다 기억들이 하나씩 떠올랐다. 미트볼 스파게티, 쿠스쿠스, 폴페토네, 오레에트, 티라미수, 미아스, 리코타 라비올리, 애호박 파스타, 라자냐, 캄파넬레, 키위 아이스크림, 오렌지 케이크…. 조리대조차 없는 작은 부엌에서 허리에 앞치마를 두른 할머니의 모습이 눈에 선했다. 내가 열여섯 살쯤 되었을 때, 할머니는 내게 뇨키 만드는 법을 가르쳐야겠다고 마음먹었다. 나는 옆집 친구랑 해변에 가고 싶었지만, 할머니에게는 그것이 중요한 전수라는 걸 느낄 수 있었다. 그래서 친구에게 금방 가겠다고 말해두고, 한두 시간이면 끝나리라 생각하며 마지못해 할머니에게 시간을 내주었다. 그러나 네 시간이나 지난 후에야 요리가 완성되었다. 할머니는 흡족해했고, 동생은 배고픔에 지쳐 있었으며, 나는 양파 껍질이라도 집어 자해하고 싶을 지경이었다. 할머니는 포크로 뇨키 하나를 찔러, 내가 반응할 틈도 주지 않고 내 입에 쑤셔 넣었다. 나는 눈을 치켜뜨며 뇨키를 씹다가, 슈퍼마켓에서 파는 진공 포장 뇨키랑은 차이를 못 느끼겠다고 결론지었다.

공책의 마지막 장은 떨리는 글씨로 까맣게 메워져 있었다. 초반의 레시피들의 단정하고 힘 있는 글씨는 대조적이었다. 그 사실이 내 마음을 죄어왔다. 내 어린 시절 기억 속에서 할머니는 늘 나이 든 사람으로 존재했다. 하지만 얼마 전에서야 알게 되었다. 내가 태어났을 때 할머니가 아직 쉰 살도 되지 않았었다는 것을. 내 아이들도 아마, 내가 할머니를 보던 눈으로 나를 보고 있겠지. 나는 할머니가 늙어가는 모습을 보지 못했다. 할머니의 마지막 세월을 함께하지 못했다. 우린 주기적으로 통화했고, 내가 사진을 보내기도 했지만 직접 찾아가지는 않았다. 시간이 충분하다고 생각했다. 할머니가 정말 사라질 수도 있다고는 상상조차 하지 않았다. 할머니만은 우리를 결코 버리지 않았다. 할머니는 우리에게 굳건한 존재, 영원한 버팀목이었다. 그런데 내가 도망치는 과정에서 의도치 않게 할머니를 희생양으로 만들어버렸다.

바람을 쐬러 나가야겠다.

가방과 자동차 열쇠를 챙기고 집을 나섰다.

7시 42분

어떻게 여기까지 오게 되었는지 모르겠다. 목적지 없이 차를 몰았다. 옛 여름의 기억이 나를 이끌었다. 바다가 발아래 있었다. 물이 내 발가락을 핥았다. 오늘은 바다가 잔잔했다. 태양이 내 등을 데워주었고, 나는 원피스를 들어 올리며 몇 걸음 걸었다. 해변에는 사람이 거의 없었다. 한 노인이 물가로 걸어가자 갈매기 떼가 그를 따랐다. 그는 어깨까지 오는 흰머리에 수영복 반바지를 입고 있었다. 기억났다. 그는 바스크 풍경의 한 부분처럼 늘 그곳에 있었다. 매일 아침, 비가 오나, 바람이 불거나, 눈이 오나, 그는 새들에게 먹이를 주었다. 그가 손을 가방 속에 넣으면 이내 발레가 시작됐다. 그가 먹이를 물에 던지면 갈매기들이 그 위로 다이빙했다. 그중 하나, 더 빠른 새가 먹이를 가져가 멀리 날아가고, 나머지 새들은 그의 주위를 돌았다. 들리는 소문에 따르면 그 노인은 오직 동물만을 좋아하며, 말을 거는 사람을 모욕한다고 했다. 나는 조심스럽게 거리를 두고, 조용히 그 광경을 지켜봤다.

물은 허벅지까지 차 있었다. 멀리서 더 높은 파도가 일었다. 나는 돌아서서 물러나려 했지만, 물살이 날 붙잡아서 제자리걸음이었다. 포기하지 않고 팔을 이용해 몸을 밀고 힘을 주어 앞으로 나아가려 해봤지만 결국 머리부터 넘어지고 말았다.

노인이 내 쪽을 돌며 나를 살펴봤다. 나는 손을 흔들며 웃었다.

"꺼져버려!" 노인은 정중하게 소리쳤다.

수평선에는 더 이상 파도가 없었다. 나는 물 위에 몸을 맡기고 팔을 벌렸다. 귀가 잠기고 이제 들리는 건 오직 억눌린 침묵뿐이었다. 태양이 얼굴에 따스함을 흩뿌렸다. 바다의 물결이 나를 흔들며 바로 마음을 안정시켰다. 나는 깊게 숨을 들이마시고 길게 내쉬었다. 호흡을 여러 번 반복한 뒤, 새로운 파도가 시작되기 전에 물 밖으로 나왔다.

10분 정도 나는 개를 산책시키는 한 여성과, 서핑 준비를 하는 젊은 남성을 지켜봤다. 머리카락이 금세 말랐다. 머리를 짧게 잘라서 좋은 점 중 하나였다. 나는 가방과 신발을 챙겨 주차장 쪽으로 올라갔다. 젖은 원피스가 무겁게 다리에 착 달라붙었다. 그 노인은 여전히 모래 위에 서 있었다. 갈매기들은 원하는 것을 얻고 떠났지만.

"좋은 하루 보내세요, 아저씨!"

그는 내가 심각하게 모욕이라도 한 것처럼 나를 바라봤고, 똑같은 어조로 대답했다.

"닥쳐, 이 쓰레기 같으니라고!"

과거
1991년 12월
아가트, 여섯 살

반에서 1등을 했다. 지난달에도 1등이었지만 이번엔 믿기지 않았다. 셀린이 나보다 대문자를 더 잘 썼기 때문이다. 선생님이 상자 속에서 그림 하나를 고르라고 하셨다. 코코아 상자에 들어 있는 그림이라 나는 이미 다 모았지만 그래도 말없이 하나를 집었다. 셀린에게 줘야겠다.

아빠랑 엄마가 좋아할 것이고, 언니는 약속대로 자신의 CD 플레이어를 내게 줄 것이다. 언니는 크리스마스에 자동 녹음이 되는 카세트를 갖게 될 테니 이제 CD 플레이어는 필요 없을 것이었다. 언니가 로크 브와진의 앨범도 주겠다고 했다. 나는 그의 노래 가사를 다 외웠다. 엄마도 로크 브와진을 좋아하지만 파트릭 브뤼엘을 더 좋아했다.

교장선생님이 교실에 들어오더니 내 이름을 불렀다. 모두가 나를 바라봤고 나는 이해가 되지 않았다. 혹시 또 다른 상을 주려는 걸까? 교장선생님을 따라가면서 나는 조금 무서웠다. 운동장에 엄마가 있었다. 초록색 코트를 입은 엄마의 눈이 빨갰다. 엄마는 나를 보자 울음을 터뜨렸다. 아마 기뻐서 그런 걸까? 엄마가 말을 하려 했지만 잘 못하자 교장선생님이 아빠가 사고를 당했다고 내게 말씀해주셨다.

과거

1991년 12월

엠마, 열한 살

엄마는 우리를 장례식장에 데려가도 괜찮을지 고민했지만 할머니는 꼭 데려가야 한다고 말했다.

장례식장에는 사람이 많지 않았다. 내가 본 유일한 장례식은 텔레비전에서 본 배우 콜루슈의 장례식이었는데, 그땐 훨씬 많은 사람이 있었다. 하지만 우리 아빠도 좋은 사람이었다.

할머니는 계속 우리 머리를 쓰다듬었다. 할아버지는 성당에 들어서다가 넘어질 뻔한 할머니의 팔을 잡아줬다. 신부님이 아빠의 이름을 잘못 불렀다. 아빠 이름은 미셸인데 알랭이라고 부른 것이다. 사촌 로랑이 웃음을 멈추지 못해서 주느비에브 숙모가 로랑을 밖으로 데리고 나갔.

장례식장에서의 시간은 너무 길었고, 추웠다. 일어났다가 앉고, 다시 일어났다가 앉고, 신부님은 오직 예수님 이야기만 했다. 죽은 사람은 우리 아빠인데.

엄마는 많이 울었다. 엄마가 아직도 아빠를 사랑하고 있었기 때문인지도 모르겠다.

마르탱은 다비드와 함께 성당 안쪽에 있었다. 엄마가 이미 충분히 슬퍼하고 있었기 때문에 나는 그들에게 인사할 엄두가 나지 않았다.

잠깐 아빠 생각을 했다. 내 머릿속에 떠오르는 건 바로 지난 일요일이었다. 우리는 〈말리부 주니어 구조대〉를 보고 있었는데, 한 장면에서 미치 뷰캐넌이 배에서 총알구멍*을 발견했다고 말했다. 그 말을 듣고 아빠가 웃기 시작했는데 나는 왜 웃는지 몰랐다. 그러자 아빠는 내게 설명을 해주었고 우리는 함께 깔깔 웃었다. 아가트가 자기도 알려달라고 했지만, 아빠는 아가트가 아직 너무 어리다며 말해주지 않았다. 아빠는 이 일을 엄마에게는 말하지 말라고 했고, 나는 그러겠다고 약속했다. 하지만 나는 엄마한테 그 얘기를 해버렸고, 엄마는 아빠가 현명하지 못했다고 말했다.

우리가 성당 밖으로 나오자 어떤 아저씨들이 관을 가져갔다. 우리는 관 바로 옆에서 묘지까지 걸어갔다. 해가 지고 있어서 하늘이 오렌지빛이었다. 그리고 처음으로 나는 그런 하늘이 슬프게 느껴졌다. 내 오른손은 얼어붙었다. 내 왼손은 아빠가 돌아가신 이후로 줄곧 여동생의 손을 잡고 있었다.

---

* 원문에 쓰인 trou de balle라는 표현은 직역하면 총알구멍인데, 속어로는 항문을 뜻한다.

현재

8월 6일

아가트

9시

너무 많이 잤다. 요즘 자주 그랬다. 잠이 나를 우울한 생각에서 끌어냈다. 그러니 우울한 생각들을 피하려면 다시 잠을 청해야 했다. 꿈속은 불안과 우울이 나를 괴롭히지 않는 유일한 장소였다.

휴대전화 알람이 울려 깜짝 놀랐다. 눈 하나를 겨우 떠 정확히 누를 곳을 겨냥하고, 다시 9분 뒤로 알람을 미뤘다.

9시 9분

일어나야 한다.

침대가 너무 편하다.

조금만 더….

9시 18분

9분이 뭐 대수랴.

9시 27분

마지막으로 딱 한 번만.

진짜로.

9시 36분
진짜 마지막 한 번.
정말 마지막, 진짜 진짜 마지막.
정말 정말 마지막.
젠장, 계속 머릿속에서 맴돈다.

9시 45분
조금만 의지를 내, 아가트.
조
금
만

9시 54분
언니가 내 방으로 뛰어 들어와 블라인드를 열었다.
"일어나! 거의 10시야. 일정이 바쁘다고!"
나는 짜증스럽게 이불을 얼굴까지 끌어올렸다.
"무슨 일정?"
"라룬 산에 갈 거야."
나는 벌떡 일어났다.
"기차로?"
"절대 아니지. 우리 오래전부터 걸어서 라룬 산 가자고 말했던 거 기억하지? 지금이 바로 그때야."

나는 다시 누웠다.

"잘 자, 언니."

언니는 웃으며 방을 나갔다.

"어서 준비해. 신발도 편한 거로 신고. 아래에서 기다린다!"

라룬 산은 앙글레에서 보이는 피레네 산맥의 봉우리다. 할머니가 우리를 1920년대식 랙레일 기차에 태워 여러 번 데려갔었다. 정상에서 바라보는 바스크 지방과 해변의 경치는 정말 놀라웠지만, 운동 능력이 망치 수준인 나로서는 들것에 실려 올라갈 가능성도 배제할 수는 없었다.

11시 52분

언니는 어디서 그런 힘을 얻었는지 모르겠다. 항상 나를 자기편으로 끌어들이는 데 성공하는 것 말이다. 이미 결정된 일이었다. 라룬 산을 걸어서 오른다는 건 내게 절대 있을 수 없는 일이었다. 그런데 지금 나는 가장 편한 운동화를 신고, 손에는 물병을 들고, 등산로에 들어서고 있었다.

"괜찮아?" 언니가 물었다.

"아주 좋아. 내 인생에서 가장 아름다운 날이야."

"걱정 마. 네 속도에 맞춰서 가자."

"멀리 못 갈 거야. 내 속도면 거의 제자리걸음이라고."

언니가 웃었다. 언니는 언제나 운동을 잘했다. 1학년 때 체조를 시작했고, 고등학생 때까지 대회에 나갔다. 나는 유도, 무용, 육상, 핸드볼, 수영을 시도했지만, 철저한 연구의 결론은 명확했다. 운동은 나를 원하지 않았다.

11시 58분

아직은 살아 있다. 이제 그만.

12시 11분

결국 나도 꽤나 즐겼다. 천천히 걸으면서 경치를 감상할 수 있었다. 포토크*를 쓰다듬느라 잠시 멈췄다. 내가 먼저 발걸음을 재촉해야 했는데, 안 그랬으면 우리는 아직도 거기에 있었을 것이다.

12시 18분

이상한 현상이 벌어졌다. 시계는 우리가 26분 동안 걸었다고 하는데, 내 다리는 26시간 동안 걸은 것처럼 아프다고 외쳐댔다. 둘 중 하나가 거짓말을 하는 게 분명했고, 나는 언제나 내 몸을 믿는 편이다.

12시 22분

언니 시계도 내 시계와 똑같이 말했다. 시계들끼리 연대가 있는 건지, 아니면 둘 다 사실을 말하는 건지.

12시 30분

시간이 빨리 가길 바랄수록 시간은 더 느리게 흘렀다. 시간은 반항적이었다. 분명 전갈자리일 것이다.

12시 31분

우리는 막 지팡이를 든 한 무리의 은퇴한 노인들에게 추월당했다. 그

---

* Pottok, 프랑스와 스페인에 걸친 바스크 지방의 피레네 산맥에 주로 사는 조랑말 종류다.

들은 우리에게 인사했고, 나는 그들을 일렬로 선 꼬치구이로 만들지 않으려고 속도를 줄였다.

12시 32분

언니가 쉬다 가자고 했다. 나는 내가 거의 죽어가는 사람처럼 보인다는 걸 깨달았지만 화낼 힘조차 없었다. 우리는 길가에서 조금 떨어진 바위 위에 앉았다.

"네가 원하면 내려갈 때는 기차 타자." 언니가 너그럽게 말했다.

"좋아. 아니면 구급차 타든지. 언니 마음대로 해."

"솔직히 나도 이렇게 힘들 줄은 몰랐어."

나는 언니의 어깨에 손을 올렸다.

"언니 나이면 힘들 만하지."

언니는 일부러 기분 상한 척했다.

"조심해. 곧 너도 40대에 들어선다!"

"말도 마. 내가 기댈 거라곤 언니가 내 보호자가 되어주는 것뿐이야. 도움이 필요해. 내 기저귀랑 죽 고르는 거 도와줄 사람 말이야."

"나쁜 년!" 언니가 폭소했다.

"이거 봐. 언니 벌써 정신이 나가고 있는 것 같은데."

12시 45분

나의 늙은 언니가 복수를 하려고 속도를 올렸다.

13시

"잠깐 또 쉴까?" 언니가 말했다. "샌드위치 싸 왔어."

우리는 소나무 그늘에 자리 잡았다. 그리고 솔직히 말하면 주방에서 보는 풍경보다 훨씬 좋았다. 바스크 지방은 다양한 초록빛으로 펼쳐져 있었고, 구름이 여기저기 떠 있었고, 그리 야생적이지 않은 소들이 우리 몇 미터 앞에서 풀을 뜯고 있었다. 무엇보다 놀라운 건 고요함이었다. 등산객의 발소리와 소 목에 매달린 방울 소리 외에는 아무 소리도 없었다. 소리를 듣지 못할 때야 비로소 그것이 항상 존재했음을 깨닫게 된다. 머릿속의 소음조차 잠시 쉬고 있었다.

언니가 샌드위치를 내밀었다.

"지방산 햄이야."

"난 여전히 채식주의자거든."

"농담이야! 로크포르 치즈와 호두 넣은 것도 준비했어."

나는 로크포르 치즈를 싫어했다. 향이 강한 치즈는 전반적으로 싫어하지만 로크포르는 특히 싫었다. 곰팡이가 맛을 내준다는 사실을 아는 것만으로도 속이 울렁거렸다. 언니는 아마 그걸 잊은 모양이었다. 하지만 언니의 마음에 감동해서 나는 샌드위치를 한입 베어 물었다. (빵을 많이 덜어내며) 맛있게 먹는 척했다.

13시 23분

나는 샌드위치를 한 입밖에 먹지 못하고 다시 출발할 핑계를 찾고 있다. 언니가 만든 샌드위치를 내가 싫어한다고 생각하는 것 같아서 나는 언니에게 출발 직전에 먹은 빵 때문에 입맛이 떨어졌다고 변명했다. 언니가 가방을 닫고 등에 메며 말했다.

"할머니가 같이 있었으면 뭐라고 하셨을까?"

"언니 생각이 형편없다고 하셨겠지."

"그만해. 너 일부러 부정적인 척하는 거잖아. 지금 이렇게 등산하는 거 엄청 좋으면서."

"들켰네." 나는 우울한 톤으로 대답했다. "언니는, 할머니가 뭐라고 하셨을 것 같은데?"

"소화 중에는 무리하면 안 된다고 하셨겠지."

나는 이해하려고도 하지 않고 언니를 바라봤다. 언니가 덧붙였다.

"게다가, 이런 헛소리를 하기엔 너무 더워."

나는 언니에게 달려들 뻔했지만 죄책감이 나를 붙잡았다.

"언니, 나 힘들어. 하지만 언니도 알잖아. 나는 항상 과장한다는 거. 언니가 나 때문에 포기하진 않았으면 좋겠어."

언니는 괜찮다고 나를 안심시켰고, 나는 계속 가겠다고 했다. 언니는 그만 돌아가자고 고집을 부렸고, 나도 계속 갈 수 있다고 고집을 부렸다. 그리고 예상치 못한 상황 전개 속에서, 내가 이 빌어먹을 봉우리를 오르자고 거의 간청할 지경에 이르렀지만 결국 이기는 쪽은 언니였다. 우리는 왔던 길을 되돌아갔다.

과거

1992년 4월

아가트, 일곱 살

오늘 나는 일곱 살이 되었다. 매년 그랬듯 할머니에게서 봉투를 받았다. 그 안에는 진주 한 알이 들어 있었고, 나는 그걸 다른 진주들과 함께 보관했다. 말 그림이 그려진 엽서에는 시가 적혀 있었다.

엄마는 내가 이제 '철들 나이'라고 말했지만, 그렇다고 내가 항상 옳다는 뜻은 아니라고 했다.

내 생일이어서 친구들 다섯 명을 집에 초대할 수 있었다. 캐럴라인, 올리비아, 아지자, 마저리, 그리고 셀린을 초대하려고 했다가, 받아쓰기에서 나보다 높은 점수를 받은 셀린은 초대하지 않았다.

마저리는 나에게 폴리 포켓 인형을 줬다. 이제 마저리가 내 새로운 단짝 친구가 되었다.

우리 집에는 더 이상 정원이 없었다. 엄마가 집값을 더 이상 감당할 수 없어서 지금은 3층 아파트에 살게 되었다. 아마 그래서 아빠가 돌아가셨을 때 스누피를 우리 집으로 데려오지 않고, 보호소로 돌아가도록 두었던 것 같다.

친구들은 아래 주차장에서 놀고 싶어 했지만 엄마가 허락하지 않았다. 밖에 나가면 어른들이 괴롭힐 수도 있으니 돌아다니지 말라고 했다.

그 대신 엄마는 미니 오디오를 갖고 노는 걸 허락했고 모든 스카프와 하이힐을 빌려줬다. 심지어 립스틱도 발라줬다. 우리는 변장하고 춤을 췄다. 언니가 좋아하는 음악(스냅!의 'Rhythm Is a Dancer'였다)을 틀고, 춤도 가르쳐주었는데, 정말 재미있었다.

엄마가 케이크를 사는 것을 까먹었고 나는 슬퍼서 울었다. 그러자 엄마가 나를 꾸짖었다. 내가 착하지 않다고, 엄마도 실수할 권리가 있다고, 내가 절대 만족하는 법이 없다고 했다. 그건 사실이 아니었다. 나는 가끔 정말로 기뻐했다. 그런 뒤에 엄마는 내게 뽀뽀를 해줬고, 맛있는 크레페를 만들어줬다. 그렇게 맛있는 크레페는 처음이었다. 엄마는 비밀 재료 덕분이라고 했다(뭐라고 부르는지 모르겠지만, 엄마가 항상 병에 넣어 마시는 그거였다).

정말 멋진 생일이었다. 아빠가 없다는 것만 빼고 말이다.

과거

1992년 11월

엠마, 열두 살

아가트가 우는 소리가 들렸다. 처음에는 옆집 고양이인 줄 알았다. 밤마다 계속 야옹거리는 녀석이 있는데, 이 소리는 확실히 아가트였다. 아가트의 방으로 갈까 말까 망설여졌다. 내일은 자연과학 시험이 있는 날이고, 이번엔 반드시 잘 봐야 했다. 지난번에는 개구리를 해부하지 못해서 0점을 받았다. 나는 개구리를 해부하는 대신 라보 선생님 신발 위에 토했고, 선생님은 당연히 좋아하지 않으셨다. 엄마는 2학기 성적이 좋지 않으면 올여름에 할머니 집에 못 갈 거라고 했다. 그건 절대 안 된다.

그래도 아가트가 너무 많이 울었다.

나는 발끝으로 조심히 일어났다. 엄마는 〈하늘아, 내 화요일!〉을 보고 있었다. 엄마가 내 소리를 듣지 못하게 해야 했다. 가로등 불빛을 의지해서 나아갔다. 요즘 나는 덧문을 닫지 않았다.

아가트는 반딧불이를 꼭 안고 있었다. 머리가 빛났다(아가트가 아니라 반딧불이 말이다).

"무슨 일이야?" 내가 속삭이며 물었다.

"잠을 못 자겠어."

"별일 아니야! 잠이 안 온다고 너를 힘들게 하면 안 되지."

내가 돌아서서 가려 했는데 아가트가 말했다.

"무서워."

"뭐가 무서워?"

"지진."

나는 조금 웃었는데 아가트는 더 크게 울었다. 나는 결국 아가트의 침대에 앉아 앙굴렘에는 지진이 없다고 설명했다.

"화산은?"

"화산도 없어, 아가트."

아가트는 학교에서 선생님이 마을 사람들이 하룻밤 사이에 폭발한 화산으로 모두 죽었다는 이야기를 들려주었다고 했다.

"나 죽기 싫어, 언니. 나는 아직 너무 어리단 말이야!"

"가만있어. 금방 올게."

나는 발끝으로 내 방으로 가서 지도책을 가지고 돌아왔다. 화산에 관한 부분을 읽어주니 아가트가 조금 안심했다. 그다음 지진에 관한 부분을 읽어주었고 이제 아가트는 울음을 그쳤다. 나는 잠시 더 아가트와 있다가 내일 자연과학 시험 때문에 잠자리에 들었다.

현재

8월 6일

아가트

16시 49분

"고양이가 어디 갔는지 너무 궁금해."

언니는 어깨를 으쓱하며 할머니의 시 노트 읽기에 몰두했다. 언니는 로버트 레드퍼드를 몰랐다. 로버트 레드퍼드는 할머니가 3~4년 전에 입양한 고양이였다.

할머니는 캉타우 시장에 가던 길에 고양이 한 마리를 발견했다. 고양이는 상태가 심각했다. 인도 위에 누워 있었는데, 누군가가 차로 치고도 멈추지 않은 것 같았다. 할머니는 그 고양이를 바구니에 담아 동네 수의사에게 데려갔다. 수의사는 고양이 귀에 등록 번호도 없으며, 공식적인 주인이 없으니 진료와 치료 비용은 할머니가 부담해야 한다고 말했다. 할머니는 망설였다. 다른 사람의 동물을 사랑하는 마음에는 은행 잔고라는 한계가 있었고, 그 잔고는 고양이보다 더 초라한 상태였다. 하지만 고양이의 눈빛이 할머니를 설득했다. 결국 할머니는 시장에 가지 않았다. 고양이는 엑스레이를 찍었고 혈액검사를 받았으며, 심각한 문제는 발견되지 않았다. 그러나 꼬리 일부를 절단하고, 발바닥과 머리를 꿰매야 했다. 수의사가 치료 비용을 세 번에 나눠 내도 된다고 했음에도 불구하고, 할머니의 교사 연금 일부가 소진되었다. 고양이는 할머니 집에서 회복했고, 할머니는 주변 상점마다 실종 공고를 붙였다. 며칠간 주인이 나타나지 않자 할머니는 고양이에게 로버트 레드퍼드라는 이름을 붙여주었다. "날 파산시켰지만 그래도 내가 로버트 레드퍼드의 주인이라고 말할 수 있다는 사실이 작은 위안이 된단다."

"언제 사라진 거야?" 언니가 물었다.

"할머니가 병원에 입원했을 때. 매일 먹이를 주고 잠깐 시간을 보내러 가면 내 스쿠터 소리를 듣고 달려오곤 했어. 그런데 어느 날부터 안 보이더라고."

"찾아봤어?"

"동네를 조금 찾아다녔지. 하지만 할머니가 돌아가신 뒤에는 그 생각이 내 머리를 꽉 채웠어. 로버트 레드퍼드를 다시 찾고 싶어. 집에 데려가고 싶어. 버려졌다고 생각하면 마음이 아프잖아. 할머니도 고양이를 엄청 사랑했고 아이처럼 보살피셨으니까."

"알 것 같아. 방마다 침대가 있고, 거대한 캣타워도 있었잖아!" 언니가 말했다.

"그건 약과였지."

나는 로버트 레드퍼드가 밤에 밖에 나가지 않도록 할머니가 세웠던 계략, 고양이들이 싸우는 소리를 들을 때 느꼈던 불안, 매일 밤 그를 빗질해주던 돌기가 있는 빗, 그리고 로버트 레드퍼드가 배 위에서 평화롭게 자고 있을 때 화장실을 참았던 밤들에 대해 이야기했다.

"반드시 찾아야 해!" 언니가 결심했다.

17시 30분

우리는 동네의 모든 보호소와 동물 관리소, 시청에 전화를 걸었다. 모두가 고양이가 사라진 지 3개월이 지나서 찾는다고 하자 놀란 기색이었고, 우리가 말한 모습과 일치하는 고양이는 아무도 찾지 못했다. 로버트 레드퍼드는 온몸이 까맣지만 발끝은 마치 양말을 신은 것처럼 색이 달라서 쉽게 알아볼 수 있었다.

언니는 이웃집에 사는 가르시아 부인에게 물어보자고 했다. 나는 가르시아 부인을 정말 싫어했다. 말을 걸 바에는 차라리 엉덩이에 트레일러를 달고 다니는 편이 낫겠다 싶을 정도로. 하지만 언니는 혼자 그 집에 가는 것을 겁내며 계속 졸랐다. 이해가 갔다. 나는 길을 묻기 싫어 길을 잃기도 하고, 전화를 걸기 전에 해야 할 말을 반복하며 준비하고, 손님이 나 혼자일 때는 가게에 들어가는 것도 꺼리는 사람이다. 정신과 의사가 말하길, 이건 사회불안장애 증상이라고 했다. 의사의 말이 그리 놀랍지 않았다. 이미 어렸을 때 칠판에 적힌 시를 암송하면서 오줌을 싼 일이 있었기 때문이다. 겉으로 태연한 척하면 아무도 알아채지 못했다. 그래서 대부분의 사람들은 내가 여유로운 줄 알았다. 그렇지만 사실 사람들의 시선이 나에게 향할 때면 사라지고 싶은 마음이 들었다. 언니도 그랬다. 여러 면에서 우리는 정반대였다. 언니는 계획적이고 정돈된 반면, 나는 게으르고 지저분했다. 하지만 몇 가지 성격적 특징은 우리 어린 시절과 피가 섞였음을 의심할 여지 없이 보여주었다.

가르시아 부인은 처음에는 우리를 알아보지 못했다.

"아무것도 필요 없어요. 가세요!" 가르시아 부인은 이렇게 말하고 문을 닫으려 했다.

우리가 계속 버티자 부인은 우리 이름을 듣고 문을 열었다. 가르시아 부인은 할머니의 이웃으로, 내가 기억하는 한 아주 오래전부터 그랬다.

부인은 할머니보다 젊었고, 오히려 우리 엄마 나이에 더 가까웠다.

"이럴 수가! 너희를 못 알아볼 뻔했잖니! 글쎄, 작은애는 가끔 멀리서 보긴 했지만."

그 작은애가 나다. 나는 내 혐오감을 최대한 드러내면서도 그럴듯하게 웃음을 지었다. 누군가를 좋아하지 않는다는 걸 표정이나 몸짓으로 나타낼 방법이 없는 게 안타까웠다. 물론 머리로 들이받는 것 말고 말이다.

가르시아 부인은 로버트 레드퍼드를 본 적이 없다고 했다.

"다행이지." 부인은 덧붙일 필요가 있다고 생각하는 듯 말했다. "그 고양이가 내 화단을 긁고 다 망가뜨렸단다. 잠깐 들어와서 쉬다 가렴!"

"친절하시네요. 하지만 가야 해서요." 언니가 대답했다.

사실 들어가고 싶은 마음도 없었지만 혹시라도 부인에게 들릴까 봐 마음속으로만 생각했다.

"자, 딱 5분만!" 집착쟁이 부인이 우겼다. "조아킴이 있어. 그 애도 좋아할 거다."

그 말을 듣자 더더욱 나가야 할 이유가 생겼다. 조아킴은 내가 가장 보고 싶지 않은 사람이었다. 하지만 언니는 끈질긴 부탁을 거절할 줄 몰랐다. 우리는 결국 무성한 이웃집 정원을 따라 걷게 되었다.

가르시아 씨는 거실에 켜진 텔레비전 앞에서 졸고 있었다.

"조조!" 화들짝 놀라서 깬 남편은 신경도 안 쓰고, 가르시아 부인은 아들에게 이웃집 손녀들이 왔다고 외쳤다.

언니는 앉았고 나는 서 있기로 했다. 조아킴이 나타나 우리를 진심으로 반기는 듯 인사했다. 나는 그에게 흰머리가 보이고 눈가에 주름이 있는 것을 보고 놀랐다. 결국 우리가 늙어가고 있다는 것을 가장 잘 알 수 있는 건 다른 사람의 모습을 통해서였다.

"둘 다 잘 지냈어?" 조아킴이 물었다.

"나는 초등학교 교사야. 4학년이랑 5학년." 언니가 대답했다.

조아킴이 나를 향해 돌아봤다.

"너는?"

"나는 파키르야. 늘 못판을 가지고 다니고…."

"아가트는 보호사 일을 하고 있어." 언니가 민망해하며 내 말을 끊었다.

"너답다." 조아킴이 말했다. "너라면 아이들을 돌보는 게 당연하겠지."

"아니, 나는 그렇게 시간이 없어서 늙은이들을 선택했는걸." 내가 대답했다.

"아직도 그림 그려?"

"아니. 너는 뭐 하고 지내?"

나는 그의 대답이 내 첫 무좀만큼이나 신경 쓰이지 않았다. 조아킴에게 내가 존재하는 모든 욕을 읊어줄 만했지만, 그것이 내가 언니에게 변했다는 것을 증명하기에 최선의 방법은 아닐 것이었다. 그래서 나는 세자르 영화제에서 상을 받을 만한 집중력으로, 조아킴이 통계학자로서의 일상을 이야기하는 것을 귀 기울여 들었다.

과거

1993년 4월

엠마, 열세 살

    토마스 마르텔이 내게 뽀뽀를 했다. 역겨웠다. 차라리 달팽이를 먹는 게 낫겠다. 그럴 줄 알았다. 토마스는 작년부터 나와 사귀고 싶어 했지만, 나는 치아 교정기를 하고 있는 동안은 사귀고 싶지 않았다. 며칠 전 치과 의사 선생님이 교정기를 제거해주었다. 사실 선생님은 교정기를 조금 더 하자고 했지만 이제는 지쳤다. 벌써 3년째였다. 병원에 갈 때마다 선생님은 교정기를 떼는 걸 미뤘다. 나는 닫힌 입으로 웃는 게 지겨웠다. 최악은 밤이었다. 잘 때는 헬멧 같은 장치를 착용해야 했는데, 만약 프레디 크루거*를 만나면 그도 나를 두려워할 것 같았다.

    토마스가 내게 축제에서 만나자고 했다. 마르고와 카리마가 함께 따라와서 우리는 테니스장 옆길로 걸어갔다. 나는 향수를 뿌렸다. 온갖 질문으로 머리가 복잡했다. 혀를 어느 쪽으로 돌려야 하지, 눈을 감아야 하나, 팔을 토마스의 목 주위에 두어야 할까 아니면 허리 주위에 두어야 할까, 밤에 자면서 침 흘리는 것처럼 흘릴까? 친구들이 안심시켜주었지만 도착하자마자 돌아서고 싶은 마음이 들었다.

    토마스는 범퍼카 트럭 뒤에서 나를 기다리고 있었다. 우리는 인사만 하고 곧바로 뽀뽀를 했다. 모든 질문에 대해 생각할 시간도 없었다. 그

---

* 〈나이트메어〉 시리즈의 등장인물로 화상을 입은 얼굴이 특징이다.

후 마르고가 말하길 내가 눈을 뜬 채 팔을 몸 옆에 붙이고 있었다고 했다. 나는 그냥 숨을 멈췄던 것만 기억났다.

토마스는 오후 내내 내 손을 잡고 있었다. 누구의 손에서 땀이 났는지 모르겠지만 축축했다.

엄마가 6시에 들어오라고 했는데 나는 6시 20분에 건물 아래에 도착했다. 카리마 때문이었다. 카리마가 담배를 피운 것을 부모님이 눈치채지 못하도록 껌을 찾아야 했다. 나는 시계를 20분 당겨 놓고 계단을 올라갔다.

"늦었구나." 엄마가 말했다.

나는 카시오 시계를 보여주었다.

"아니에요. 봐요. 정확히 제시간에 왔어요."

엄마는 예상치 못한 행동을 했다. 엄마의 손바닥이 내 뺨을 때렸고 귀가 울렸다.

"나를 바보 취급하는 거야, 엠마?"

"아니에요, 엄마. 맹세해요."

"한 번 더 맞고 싶어?"

"아니요."

"그럼 거짓말하지 마. 사과하고 방으로 가."

"죄송해요."

"누구한테 죄송하다는 거야?"

"엄마께요."

"가."

나는 방으로 달려가 침대에 몸을 던졌다. 너무 울어서 아가트가 들어오는 소리도 못 들었다. 아가트가 내 옆에 앉아 머리를 쓰다듬었다.

"차가운 물수건을 올려야 해. 지난번에 그렇게 하니까 훨씬 나았어."

과거
1993년 8월
아가트, 여덟 살

　엄마가 오늘 저녁에 데리러 오기로 했다. 여름방학이 끝났다. 우리는 두 달 동안 할머니와 할아버지 집에서 지냈다. 할머니는 앞으로도 계속 이렇게 지낼 거라고 했다. 엄마도 동의했다. 엄마 마음을 상하게 하고 싶지는 않아서 아무에게도 말하지 않았지만 솔직히 돌아가고 싶지 않다. 여름이 1년 내내 계속되었으면 좋겠다. 목이 꽉 조이는 느낌이 들어 젤라또를 다 먹지도 못했다.

　마지막 날에는 모두 함께 해변에 갔다. 할머니, 할아버지, 장이브 삼촌, 주느비에브 숙모, 그리고 사촌들이 있다. 제롬은 내가 제일 좋아하는 사촌인데, 나보다 한 살 많았다. 로랑은 우리 언니만큼 키가 컸다. 오늘은 파도도 컸고 서핑 수업에서 배운 것도 잘 기억하고 있었지만, 나는 해변에 남는 게 좋았다. 제롬이 나와 함께 있었다. 우리는 모래성을 만들고 라켓 놀이를 했다. 내가 항상 공을 너무 멀리 보냈지만 둘 다 웃으며 즐겁게 놀았다.

　언니는 티셔츠를 입고 수영을 했다. 모두가 왜 그러느냐고 물었는데 나는 그 이유를 알고 있었다. 가슴이 자라기 시작해서 부끄러워서 그런 것이다. 여름이 시작될 때 언니가 나에게 말했다. 나는 큰 가슴을 가지고 싶었다. 그래서 가끔 내 방에서 엄마의 브래지어를 입고 양말을 넣어

보기도 했다.

안전 요원들이 호루라기를 불며 손을 크게 흔들었다. 두 명은 물속으로 뛰어들었다. 태양이 눈을 찌르듯 들어와 잘 보이지 않았지만 누군가 너무 멀리 나가 돌아오지 못하고 있었다. 제롬이 내게 그 사람이 언니라고 말했다. 사방을 둘러봤는데 언니가 없었다. 제롬 말이 맞는 것 같았다. 맞았다. 그건 언니였다. 갑자기 몸 상태가 좋지 않았다. 숨쉬기가 힘들어졌고, 머리가 어지러웠고, 심장이 귀에서 울리듯 뛰었다. 두려웠다. 엠마는 내 언니다. 나는 언니를 너무 사랑한다. 너무 사랑해서 언니가 익사하게 내버려둘 수 없었다. 할머니가 나를 안아 진정시키려 했지만 진정되지 않았다. 몸이 떨렸고, 시야가 캄캄해졌으며, 구토가 나올 것 같았고, 더웠고, 아무 소리도 들리지 않았다.

눈을 떴을 때, 나는 파라솔 아래에 있었고 언니가 내 손을 잡고 있었다. 언니가 살아 있다는 걸 확인하자 나는 언니에게 달려들어 껴안았다. "사랑해, 언니. 사랑해!" 언니는 물속에 있던 사람은 자신이 아니었다고, 그때는 우리와 멀지 않은 곳에 서서 상황을 지켜보고 있었다고 말했다. 할머니가 말하길 내가 공황발작을 일으켰다고 했다. 그게 정확히 뭔지는 잘 모르지만 마음에 들지 않았다.

돌아오는 길에 장이브 삼촌이 민트 맛 말라바르 껌을 사라고 20센트를 빌려줬다. 껌을 언니와 나눠먹으려고 했지만 언니는 나에게 다 주었다. 언니가 죽을 뻔한 이후로 나는 언니를 더 사랑하게 되었다.

엄마가 늦어서 할머니가 우리에게 애호박 파스타를 해주셨다. 나는 파르메산 치즈를 갈면서 할머니를 도왔다. 할머니의 할머니가 모든 레시피를 가르쳐주셨다고 했다. 할머니의 할머니는 이탈리아 사람이었고, 할머니는 그녀를 '논나'라고 불렀다고 했다.

엄마가 정말 늦게까지 오지 않아서 걱정이 됐다. 혹시 사고라도 난 건 아닐까? 내 심장이 다시 뛰는 소리가 들렸다. 그때 드디어 엄마가 현관 초인종을 눌렀다. 나는 엄마에게 달려가 안겼고, 언니도 함께 달려와 우리 셋이 오래 껴안았다. 엄마에게서는 파촐리 향과 담배 냄새가 났다. 역했다. 나는 절대 담배를 피우지 않을 것이다.

할머니는 늦었다며 오늘은 여기서 자고 가라고 했고, 엄마도 그러자고 했다. 우리 셋은 아빠가 쓰던 방에서 같이 잠을 잤다.

현재

8월 6일

엠마

18시 12분

나는 아가트의 얼굴에서 도망가지 않으려고 애쓰고 있음을 읽었다. 이만 가봐야 한다고 여러 번 설명하려 했지만 가르시아 부부는 우리를 곁에 두게 되어 너무 행복하다는 듯 쉽게 보내주지 않았다. 다른 사람의 행복이 내 의지보다 항상 우선되었다. 내 이런 성격은 겉으로 보면 미덕처럼 보이겠지만, 내가 미용사에게 팁을 주며 "변기 솔처럼 만들어줘서 고마워요."라고 말하거나, 동료가 거의 인종차별적인 발언을 할 때 끄덕이는 상황에 처하면 불편해졌다. 나는 오랫동안 이런 행동이 사람들을 곤란한 상황에 빠뜨리지 않으려는 지나친 공감능력 때문이라고 주장해왔지만, 사실 그 이유는 훨씬 단순하게 사랑받고 싶은 욕구 때문인 것 같았다.

아가트가 휴대전화를 귀에 대고 말했다.

"여보세요? 아니, 뭐라고? 말도 안 돼! 당연히 바로 갈게! (아가트는 끔찍한 표정으로 전화를 끊었다) 미안, 나 가야 해. 내 친구 로라가 사고를 당해서 병원에 입원했대. 상황이 아주 심각한 것 같아."

아가트는 그렇게 말하면서 부엌을 나와 복도를 지나 정원을 가로질러 갔다. 나는 그런 아가트를 뒤따랐고, 그 뒤를 가르시아 부인이 따랐다.

"언제든지 또 오렴! 친구가 어서 괜찮아져야 할 텐데…." 내가 대문을 나설 때 부인이 말했다. "그리고 고양이는 14번지 집주인에게 한번 물어보렴. 너희 할머니와 그분이 아주 친한 사이 같더구나."

가르시아 부인이 은근히 공모라도 하는 듯한 표정을 지었지만, 나는 끝내 예의를 잃지 않았다. 나는 부인의 환대에 감사하며 할머니 집으로 돌아갔다. 아가트는 부엌에서 한 줌의 땅콩을 집었다.

"뭐 때문에 더 토할 것 같은 건지 모르겠어." 아가트가 얼굴을 찡그리며 말했다. "오렌지 주스 때문인가? 아니면 그 집 아들?"

"병원에 데려다줄까?"

"그건 당연히 거짓말이지, 언니!" 아가트가 재미있어했다. "내 연기가 그렇게 괜찮지는 않았는데."

"난 그냥 내가 모르는 네 친구라고 생각했지."

"로라라는 친구는 없어. 진짜 친구에게 사고를 꾸며서 불운을 가져다주고 싶진 않았거든. 미안. 겁주려던 건 아니었지만 가르시아 부인과 한 순간이라도 더 있으면 안 될 것 같았어."

나도 한 줌의 땅콩을 집으며 말했다.

"그 망나니는 좀 변했어야 할 텐데."

"불가능해. 조아킴은 치료 불가야. 뇌에 문제 있는 것 같아. 말기라 수술도 불가능할걸."

나는 웃음을 참을 수 없었고, 아가트도 꾹 참던 얼굴을 풀고 따라 웃었다. 우리는 와인을 따라서 느티나무 그늘 잔디 위에 깔린 쿠션에 앉아 자리 잡았다.

집이 앙글레의 고지대에 위치해 있어서 붉은 지붕과 정원을 넘어 멀리 피레네 산맥의 웅장한 실루엣이 보였다.

"지금 만나는 사람은 있어?" 아가트에게 물었다.

아가트는 고개를 저으며 말했다.

"3주 전에 헤어졌어."

내가 굳이 캐묻지 않아도 아가트는 마티외와의 이야기를 해주었다. 마티외는 아가트가 일하는 요양원에서 언어치료사로 일했었다. 아가트는 이번만큼은, 처음 보는 순간 사랑에 빠지거나 두 번째 만남에서 결혼을 결심하지 않았다고 덧붙였다.

"몇 달 동안 우리는 그냥 친구로 지냈어. 정말 잘 맞았고, 유머 코드도 비슷했어."

"아, 젠장…."

"영화도 같이 보고, 스키도 타고, 드라마도 함께 봤어." 아가트는 내 장난을 신경 쓰지 않고 말을 이어갔다.

아가트는 내게 그 이야기를 해주면서 자신도 다시 빠져들고 있었다. 크리스마스 때, 두 사람은 런던으로 떠났다. 런던의 크리스마스 장식과 조명을 보는 것은 아가트의 오랜 꿈이었다. 영국 해협 터널을 빠져나올 때, 아가트는 살아서 나왔다는 기쁨을 표현하기 위해 마티외에게 키스했다. 나는 축하해주려고 말을 끊었다. 한때 아가트는 엘리베이터도 타지 못했으니까. 아가트가 다시 이야기를 이어갔다. 마티외는 곧 아가트와 함께 이사했고, 아가트는 어느 순간 서로에게 싫증을 내거나 더 이상 참지 못할 때를 기다렸다. 이전의 모든 관계가 그랬으니까. 하지만 이번에는 달랐다.

"이번엔 그 사람이 맞는 것 같았어. 확실해. 아마 마티외가 내 남자친구가 되기 전에 친구였기 때문일지도 몰라."

"무슨 일이 있었어?"

아가트가 담배를 길게 눌러 끄며 대답했다.

"견디지 못했어. 내… 내… 그러니까, 나를."

아가트는 아무렇지 않은 듯 머리를 위로 올려 묶었다. 하지만 나는 아가트가 무너지지 않으려고 얼마나 애쓰는지 알고 있었다.

"정말 그것 때문이야?" 내가 물었다.

"확실해. 매일 함께 지내는 게 너무 힘들다고 하더라. 그래도 그 사람을 탓하지는 않아. 가끔은 내가 스스로를 떠날 수 있다면 그렇게 했을지도 모른다는 생각도 들어."

위로할 말을 찾았지만 아가트는 기회를 주지 않았다. 주제를 바꾸는 것이 최선이라고 생각하는 듯했다.

"그럼 언니랑 형부는? 지금 얼마나 됐지?"

"19년. 아직 치아도 다 있지."

"진부하다. 그 표현 1929년부터 금지야. 그래서, 두 사람은 잘 지내?"

"응, 크게 불만은 없어."

아가트가 눈을 크게 떴다.

"부러워! 무슨 로맨스 영화 예고편 같잖아."

나는 웃으며 내 열정 부족을 아가트에게 털어놓았다.

"이제 설레지는 않아. 설렘은 사라졌고, 그 자리엔 더 깊고 더 편안하지만 전보다 짜릿하지는 않은 감정이 자리잡았지. 우리의 처음을 떠올려봤어. 뱃속을 간질이던 설렘, 두근거림, 온 정신을 빼앗기던 순간들. 그땐 그게 전부였고 모든 걸 뒤흔들었지. 그때 난 무적이었어. 한동안은 내가 더 이상 그런 감정을 느낄 수 없다는 사실을 받아들이는 게 힘들었어."

"언니도 알잖아. 그런 건 오래 가지 못한다는 걸." 아가트가 말했다.

"난 그런 걸 꿈꿔. 충분히 오랜 시간을 함께해서 진짜 유대감이 생기는 거. 인생을 맡길 수 있을 만큼 서로를 충분히 잘 아는 거. 상대의 반응을 미리 눈치채는 거. 뜻밖의 실망이 없는 거. 눈빛만 봐도 통하는 거. 있는 그대로의 나로 사랑받는 거. 겉모습이 아닌 진짜 내 모습 말이야. 문제는, 감정이 잔잔하게 안정되기 시작하면 내가 쉽게 지쳐버린다는 거야. 나는 내가 감당할 수 없는 무언가를 꿈꾸고 있는 셈이지."

산 위로 뭉게구름이 떠다녔다. 나는 아가트의 어깨에 손을 올렸다.

"너를 있는 그대로 사랑해줄 사람을 찾을 거야, 아가트. 그 사람은 멍청이였어. 너를 그대로 받아들이지 못하고 떠나다니. 누구도 그러면 안 되는 건데."

아가트는 잠시 말이 없었다. 그러다가 나를 바라보지 않은 채 말했다.

"하지만 언니는 날 떠났잖아."

과거

1994년 4월

엠마, 열네 살

나는 오늘 열네 살이 되었다. 아가트는 어제 아홉 살이 되었다. 처음에는 아가트가 내 생일 바로 전날 태어났다는 사실이 귀찮게 느껴졌지만 지금은 좋아졌다. 엄마와 셋이서 외식할 수 있으니까.

셋이 함께하는 시간은 드물었다. 엄마는 일을 많이 하고, 금요일 저녁이면 친구들과 나가기 때문에 내가 아가트를 돌봤다. 우리는 〈X-파일〉이나 〈지하실 이야기〉를 보면서 시리얼을 먹었고, 무서워서 문이 쾅 닫히는 소리에도 깜짝 놀랐고, 그러면서도 웃음을 터뜨렸다.

엄마에게는 말하지 않았다. 아가트가 불안해한다는 이유로 엄마가 보지 못하게 할 것이 뻔했기 때문이다.

매년 우리는 같은 레스토랑에 갔다. 오늘은 특별히 마스카라도 바를 수 있었다.

엄마가 나에게 선물로 너바나 티셔츠를 주었다. 기뻤지만 슬프기도 했다. 커트 코베인이 지난주에 세상을 떠났기 때문이다. 아가트는 댄스 머신의 CD를 받았고 너무 기뻐서 소리를 질렀다. '이스트17' 다음으로는 '코로나'가 수록되어 있었다. 벌써부터 귀가 따가운 느낌이다. 아가트는 이미 '에이스 오브 베이스'를 반복해서 듣고 있었다.

엄마는 매년 그랬듯 우리가 태어났을 때의 이야기를 해줬다. 내가 아가트를 처음 보고 찡그렸다고 하는 부분에서 우리는 웃었다. 아가트는 태어나자마자 폐에 문제가 있어 인큐베이터에 들어갔는데, 내가 기뻐했다고 했다. 그때가 기억나지 않았지만 지금은 마음이 바뀌었다. 아가트는 꽤 괜찮은 동생이었다. 게다가 아빠 이야기를 할 수 있는 유일한 사람이었다.

나는 햄버거스테이크와 감자튀김을 시켰다. 평소에는 잘 먹지 못하는 메뉴였는데 엄마가 대신 강제로 콩도 함께 먹으라고 했다. 옆 테이블에는 두 사람이 앉아 있었는데, 토마스와 그의 아버지였다. 토마스는 나를 봤지만 일부러 무시했다. 우리는 지난 일주일 사이에 이렇게 어색해졌다. 토마스는 내가 가짜 닥터마틴을 신었다는 이유로 헤어지자고 했다. 엄마는 내게 진짜 닥터마틴을 사줄 형편이 안 됐다. 나와 헤어지자마자 토마스는 바로 채피 스쿠터와 쉐비뇽 가방을 가진, 싹수 없는 쥘리와 데이트를 했다.

디저트가 나올 때마다 엄마는 매년 같은 깜짝 이벤트를 준비했다. 케이크에 초를 꽂고 모든 웨이터가 생일 축하 노래를 불렀다. 엄마도 함께 노래했다. 나는 땅속으로 사라지고 싶었다. 토마스가 나를 보고 있는 게 느껴졌다. 분명 나를 비웃고 있을 것이다. 너무 창피해서 숨이 막힐 지경이었다.

엄마는 집으로 돌아오는 내내 심술을 냈다. 내가 배은망덕하다고, 조금이라도 미소를 지으며 감사 인사를 할 수 있었는데 그렇지 않았다고 말했다. 나는 사과하려 했지만 엄마는 들으려 하지 않았다. 집에 도착하자마자 문을 쾅 닫았다.

아가트가 내 편을 들어줬다. 내가 토마스 때문에 불편해했다고 말했다. 하지만 엄마는 폭발했고, 소리를 지르며 벽을 차기까지 했다. 우리는 움직이지 못했다. 그래도 충분하지 않았다. 엄마는 너무 화가 나 있었다. 나는 무슨 일이 벌어질지 알았다. 엄마가 청바지 벨트를 풀어 들었을 때, 그것만으로도 나는 다가올 일을 이해했다. 엄마가 벨트 고리를 손에 감고 아가트에게 다가갔다.

처음으로 나는 엄마가 그렇게 하도록 두지 않았다. 나는 동생의 손을 잡고 방으로 끌고 들어간 뒤에 문을 잠갔다. 엄마가 문을 두드렸다. 우리는 침대에 앉아 서로에게 기댔고, 나는 아가트를 안았다.

결국 소란이 멈췄다.

엄마가 진정했다.

아가트가 나를 보며 웃었다. 내 뺨에는 마스카라가 번져 있었다. 나는 일어나 벽에 걸린 달력을 봤다. 할머니 집에서 맞이할 여름방학까지 남은 날들을 헤아렸다. 좋은 날이 올 때까지 아직 여든아홉 번의 밤이 남아 있었다.

과거

1994년 12월

아가트, 아홉 살

곧 크리스마스다.

작년에는 모두에게 소금 반죽으로 만든 작은 작품을 선물했었다. 엄마에게는 하트, 할머니에게는 꽃, 할아버지에게는 물고기, 제롬에게는 눈사람, 로랑에게는 럭비공, 삼촌에게는 달, 숙모에게는 무당벌레를 만들어 선물했었다. 또 아빠를 위해 스누피를 약간 닮은(사실 그는 곱슬머리였지만) 강아지도 만들었다. 그런데 아빠 묘지에 가던 날, 그것들을 침대 머리맡 서랍에 잘 넣어두고는 깜빡 잊어버렸다.

나는 선물을 주는 것을 매우 좋아했다. 매년 크리스마스 선물들을 트리 아래에 두지 않고 가족들의 손에 직접 쥐여주었는데, 그렇게 하면 가족들이 얼마나 만족해하는지를 알 수 있었기 때문이다.

올해는 예쁜 그림을 그릴 예정이다. 엄마가 캉송지*를 사줘서 벽에 걸 수도 있었다. 이번에는 우리가 다른 가족들과 함께 크리스마스를 보내지 않기 때문에 선물은 보내는 편이 더 나을 것이었다. 엄마의 새 남자친구 때문인데, 그는 할머니와 할아버지를 알고 싶어 하지 않았다. 그분들이 아빠의 부모님이기 때문이었다. 그는 착하긴 하지만, 나는 패트릭

---

* 프랑스의 전통적인 미술용 종이 브랜드 캉송(Canson)에서 제작한 고급 화지. 레오나르도 다 빈치나 피카소 같은 예술가들도 애용한 브랜드로 알려져 있다.

(지금 남자친구 말고 그전 남자친구다)이 더 좋았다. 지금 이 사람은 눈이 너무 튀어나와서 나에게 말을 걸면 어디를 봐야 할지 잘 모르겠다.

  엄마는 그가 우리 집에 살게 된 이후로 행복해 보였다. 언니는 그게 가장 중요하다고 말했지만, 나는 언니가 그를 견디지 못한다는 걸 잘 알았다. 특히 아침에 욕실을 혼자 오래 쓰거나, 언니가 숙제를 해야 하는데 그가 음악을 크게 틀 때는 더욱 그랬다. 아마 그래서 언니가 매일 저녁 체육관에 가는 것 같다.

  나는 금방 유도를 그만뒀다. 처음에는 재미있었는데, 나중에는 가고 싶은 마음이 사라졌다. 아마 선생님이 색맹이었던 것 같다. 우리를 검은띠로 착각한 모양인데, 마지막 훈련 때는 아무것도 이해가 안 되었고, 끝날 때쯤에는 별이 보이면서 쓰러졌다. 엄마는 내가 그만두는 걸 원하지 않았고, 전에 춤과 수영도 그만뒀지 않냐고 말했다. 하지만 결국 나를 훈련장에 데려다주지 않아도 돼서 편해진 거 아닌가.

  내년에는 미술이나 연극을 해볼 예정이다. 아니, 연극에서 역할을 맡는 건 좋지만 많은 사람 앞에서 말할 수는 없을 것 같다. 천천히 생각해도 된다. 우선 초등학교 4학년을 마쳐야 하고, 무엇보다도 여름방학을 잘 보내야 한다. 우리가 할머니 집에 갈 수 있으면 좋겠다. 아마 엄마에게 또 다른 새 남자친구가 생길 수도 있겠지만, 그 사람은 아빠에게 질투하지 않을지도 모르니까.

현재

8월 7일

엠마

7시 22분

바다는 어제보다 훨씬 평화로웠다. 파도에 휩쓸릴 걱정 없이 내가 좋아하는 서프보드에 몰두할 수 있었다. 하늘을 바라보며 물결에 흔들리는 그 속에서, 팔과 다리를 완전히 풀고 있을 때야 비로소 마음이 온전히 고요해졌다. 밤새 내린 비가 구름을 남기고, 비 온 뒤 땅에서 나는 특유의 냄새를 남겼다. 나는 최근에 이 냄새에도 이름이 있다는 것을 알았다. 바로 '페트리코르'라고 했다. 이는 가뭄이 지난 뒤 젖은 땅에서 나는 냄새를 정확히 가리키는 말이다. 찾아보니, 프랑스어든 다른 언어든, 잘 알려지지 않았지만 시적인 표현들이 많았다. 예를 들어, 이탈리아에는 '우마렐'이라는 단어가 있다. 취미로 건설 현장을 기웃거리는 남자를 말하는데, 뒷짐 진 채 언제든 훈수 둘 준비가 된 남자들을 일컫는 말이다. 일본에서는 나무 사이로 스며드는 햇빛을 '코모레비'라 부른다. 포르투갈에는 '사우다데'라는 단어가 있는데, 이는 향수와 희망이 섞인 멜랑콜리한 감정을 뜻한다. 나는 이 내용을 수업에 담았고, 학생들은 매우 좋아했다. 한 학생이 "교장선생님 입에서 나는 냄새를 지칭하는 단어가 있나요?"라고 물었고, 학생들은 물론 나도 크게 웃었다. 물론 티를 내지 않으려 애썼다.

갈매기들의 울음소리가 고요함을 갈라놓았다. 나는 다시 몸을 일으켜 세웠고, 그 노인이 물가에 서 있었다. 새들에게 둘러싸인 채로 어제와 마찬가지로 가방 속에 손을 넣어 먹이를 던졌다. 조금 떨어진 곳에서는 한 아이와 그의 아버지가 이 광경을 지켜보고 있었다. 나는 몇 번 팔을 저으며 수영한 뒤 물에서 나왔다. 아침을 먹고 돌아가야겠다. 아가트가 일어나기 전에 도착하고 싶은데, 아가트가 어제 늦게 잠들었던 만큼 일어나는 시간도 늦을 것이었다.

우리는 보리수나무 아래에서 오래도록 저녁 시간을 보냈다. 토마토와 모차렐라를 얹은 빵을 준비했고, 할머니가 자주 했던 것처럼 즉흥적으로 피크닉을 벌였다. 할머니가 쓰던 담요를 펼쳐 그 위에서 우리의 현재를 이야기했다. 추억의 실타래를 풀어내며 우리는 밤이 낮을 삼킬 때까지 대화를 이어나갔다. 그 후, 나는 방으로 돌아가 오랫동안 나를 기다리던 꿈의 신 모르페우스의 품에 안겼다.

불어오는 바람이 비를 예고했지만 아가트는 여전히 밖에 있었다. 한밤중에 창문을 거세게 두드리는 소나기 소리에 잠에서 깼다. 커튼 사이로 아가트가 보였다. 정원 한가운데 서서 하늘을 바라보고 있었다. 나는 아가트가 발작이라도 일으킨 줄 알고 계단을 네 칸씩 뛰어내려갔는데 다행히 그건 아니었다. 아가트는 괜찮았다.

"비가 좋아." 아가트가 말했다. "사람들이 왜 그렇게 싫어하는지 이해가 안 돼."

아가트는 마치 항상 다른 사람들이 거부하는 것들을 좋아했다. 브뤼셀 콩을 좋아했고, 상어에 열정을 가지고 있으며, 늘 소외된 사람들에게 가까이 다가갔다. 어느 날, 아가트는 아마도 스누피를 잃은 트라우마를 치유하려고 개를 입양했는데 당연하게도 보호소에서 가장 못생기고 늙은 개를 선택했다.

"나랑 같이 있자." 내가 피신처로 돌아가려 하자 아가트가 말했다.

나는 집으로 들어와 창문 너머로 아가트를 지켜보았다. 아가트는 행복해 보였다. 내 목이 죄어왔다. 기대와 현실이 완벽하게 맞아떨어질 때 느껴지는 감정이었다. 이번 주를 함께 보내자고 동생에게 제안하면서, 나는 내가 무엇을 하러 왔는지 알고 있었다. 하지만 내가 진정으로 원했던 것은 단지 아가트가 잘 지내는지 확인하는 것이었다. 아가트는 항상 행복을 붙잡는 데 나보다 더 능숙했다. 나는 현관 옷장에서 우산을 하나 꺼내 아가트에게 돌아갔다.

"장난치는 거지?" 아가트가 깔깔 웃었다. "그딴 거 던져버려. 아무 의미도 없어. 마취된 입으로 초콜릿을 먹는 거랑 같다고."

나는 우산을 접고, 짧은 내 머리카락 사이로 빗물이 스며들게 두었다. 물이 이마와 목을 타고 흘러내렸다.

"고개 들어봐!" 아가트가 말했다.

나는 눈을 감고 얼굴을 하늘로 향했다. 내 티셔츠는 흠뻑 젖었고, 여름이 몰고 온 따뜻한 빗줄기가 눈꺼풀과 볼, 입술 위로 흘러내렸다. 뱃속에서 한숨이 차오르고 목을 타고 올라와 소나기 속으로 흘러나오는 걸 느꼈다.

어제보다 공기가 시원해서 바다에서 나오자 몸이 오싹했다.
"안녕하세요, 아저씨!" 나는 아까 봤던 노인에게 외쳤다.
"엿이나 먹어!" 노인은 다정하게 대답했다.

과거

1995년 3월

엠마, 열네 살

학교에서 경고를 받았다. 이런 건 처음이었다. 평소엔 칭찬을 받는 편이었는데. 선생님들은 내가 이제 아무것도 안 한다고 생각했다. 나를 다시 공부하게 만들기 위해 전기 충격이라도 줄 거라고 했다. 말도 안 되는 생각이었다. 발에 총을 맞는 게 동기부여가 된다면 세상 사람 모두가 절뚝거렸을 테니까. 나는 교장실에도 불려갔다. 평소에 좋은 학생이었으니 무슨 일이 있는지 알고 싶었을 것이다. 교장실에서는 엄마와 함께였고, 엄마는 내 편을 들어주며 집안 상황이 조금 복잡하다고 설명했다. 엄마는 내가 노력할 거라고, 걱정말라고 했다. 나도 적어도 이번에는 스스로와의 약속보다 다른 사람과 하는 약속을 더 잘 지키기를 바라면서 그러겠다고 했다. 왜냐면 나는 매일 밤 나에게 다짐하지만 아침이면 그 다짐을 배신하곤 했으니까.

스테파니, 마리온, 니콜라가 복도에서 나를 기다리고 있었다. 그 애들과 함께 다닌 이후로 마르고는 나와 말을 하지 않았다. 마르고는 내가 변했다고 했다. 질투하는 거겠지. 나는 맨 앞줄에 앉는 모범생에서 벗어난 이후로 이만큼 많은 친구를 사귀어본 적이 없었다. 그 애들은 이번 주 토요일 오후에 아르노의 집에서 열리는 파티에 나를 초대했다. 나도 가고 싶었다.

엄마가 학교 앞에 차를 세워두었다. 이상했다. 보통 나는 버스를 타고 가는데, 오늘은 성당 근처에서 커피를 마시자고 나를 데려갔다. 자리에 앉자마자 엄마는 내가 엄마에게 화났는지 물었다.

나는 솔직하게 대답했다. 때때로 화가 나고, 때때로 슬프고, 때때로 두렵다고. 그러자 엄마가 울기 시작해서 나는 대부분은 행복하다고 덧붙였다. 엄마는 자신이 끔찍한 엄마라고 말했다. 자신을 혐오한다고 했다. 그래서 술을 마시게 된다고, 아빠가 돌아가신 일이 상황을 더 악화시켰다고, 술을 더 끊고 싶어 할수록 더 마시게 된다고 했다. 술을 끊을 수 없다는 걸 깨달았기 때문이고, 스스로 쓸모가 없다는 사실을 잊어야 하기 때문이라고 했다. 엄마는 종종 뱃속에 화가 느껴진다고 했다. 마치 괴물이 지배하는 것처럼. 엄마의 엄마도 그랬다고, 자신은 그렇게 되지 않으려 노력했지만 그 화가 더 강해서 통제할 수 없다고 했다. 엄마는 내 머리를 쓰다듬고 볼에 입맞춤을 했다. 내 성적을 걱정했다. 엄마는 우리 사이가 괜찮다고 생각하면서도 끊임없이 내가 엄마를 사랑하는지 물었다. 내가 엄마를 얼마나 사랑하는데. 매일 아침, 엄마가 숨 쉬는지 확인하러 가는 걸 엄마는 알기나 할까. 내가 이 모든 걸 아무에게도 말하지 않는다는 걸, 아무도 엄마를 나쁘게 생각하지 못하게 하려는 걸 알기나 할까. 내가 소원을 빌 때마다 엄마와 내 동생이 행복하기를 바란다는 걸 알기나 할까. 만약 엄마가 알았다면 내가 이렇게 빨리 어른이 되고 싶어 하는 이유가 엄마를 도와주기 위해서라는 것도 알았을 텐데. 나는 엄마에게 내가 엄마를 아주 사랑하고 있고 엄마에게 화나지 않았다고 말했다. "너는 나보다 훨씬 어른스럽구나." 엄마가 말했다.

엄마는 두 번째 커피를 주문했고, 5주 동안 떠나 있을 거라고 말했다. 재활치료를 받고 우울증도 치료할 예정이라고 했다. 나는 다른 방법이 없냐고 물었지만 아마도 없다고 답했다. 이미 할머니가 우리를 돌보러 오기로 했고, 모든 계획이 다 세워져 있었다. 나는 코카콜라도 더 이상 마실 수 없었다.

우리는 학교에 있는 아가트를 데리러 갔다. 아가트도 평소에는 버스를 타고 다녔다. 아가트는 우리를 보자마자 걱정하면서 무슨 큰일이 났다고 생각한 것 같았다. 엄마가 아가트를 안심시켰고, 우리는 빵집에 잠시 들렀다가 집으로 돌아왔다. 현관에는 두 개의 여행 가방이 놓여 있었다. 엄마가 이렇게 빨리 떠날 줄은 몰랐다.

목이 타들어가는 것 같았고, 눈물을 참았다. 아가트가 눈치채면 안 됐다. 엄마는 잠시 동안 브르타뉴로 출장을 간다고 설명했다. 아가트는 질문을 쏟아냈고 엄마의 대답을 다 믿었다. 아가트가 그렇게 믿는 것이 얄미웠다. 나도 엄마의 말을 그대로 믿을 수 있으면 좋겠다고 생각했다.

엄마는 마지막 밤이니 우리와 함께 자자고 했다. 엄마가 가운데, 나와 아가트가 양쪽에 누웠다. 나는 금세 이불도 없이 추위에 떨며, 엄마의 팔꿈치가 등 쪽에 닿은 채로 누워 있지만 우리가 함께 있으니 그런 건 상관없었다.

내일부터는 약속대로 열심히 공부할 거다. 토요일 오후는 어쩔 수 없겠지만.

과거

1995년 7월

아가트, 열 살

할머니가 우리를 일찍 깨워 라룬 산에 데려갔다. 그 산에서 바스크 지방 전체를 볼 수 있다고 했다. 좀 더 자고 싶었던 나는 차에서 다시 잠을 청했지만, 구불구불한 길 때문에 아침에 먹었던 게 올라올 것 같아 금세 눈을 뜰 수밖에 없었다.

할아버지는 바스크 지방의 노래 테이프를 틀었고, 큰 목소리로 노래하며 우리를 웃기려 했다.

우리가 도착했을 때 이미 사람들이 있었고, 약간 줄을 서서 나무로 만든 기차를 탔다. 창문에는 유리가 없었고, 할머니는 우리에게 가장 좋은 전망을 볼 수 있는 자리인 창가 쪽에 앉으라고 했다. 할아버지는 비디오카메라 뒤에서 풍경을 찍고 있었다.

우리와 같은 의자에는 한 여성과 두 딸이 있었는데, 엄마 생각이 났다. 엄마도 함께였다면 좋았을 텐데. 엄마는 예상보다 오래 브르타뉴에 머물렀다. 그동안 우리에게 편지를 보냈고 가끔 전화도 했다. 엄마가 돌아왔을 때, 우리는 일주일 동안 셋이 함께 잤다. 엄마는 다시는 떠나지 않겠다고 약속했다.

기차가 올라가는 동안, 나는 일회용 카메라로 사진을 찍었다. 풍경이 정말 아름다웠다. 가는 길에 조랑말들과 마주치자 할머니는 그 조랑말들의 이름이 포토크라고 알려주었다.

　꼭대기에 도착하니 날씨가 조금 쌀쌀했지만 다행히 할머니가 재킷을 준비해주었다. 이유는 모르겠지만 갑자기 할머니를 꼭 안아주고 싶은 마음이 들어 할머니의 품에 뛰어들었다. 할머니가 웃었다. 이미 몇몇 사람들은 도착해 있었는데, 아마도 걸어서 올라온 모양이었다. (정말 미쳤다!) (아니면 기차가 있다는 걸 몰랐을 수도 있다.)

　나는 이렇게 아름다운 광경을 본 적이 없었다. 오른쪽으로는 해안선 전체가 보이고, 멀리 바다가 펼쳐져 있으며, 내륙의 바스크 지방이 보였다. 언니와 나는 할머니의 망원경을 들여다보며 마을들을 알아보려고 애썼다. 시부르, 생장드뤼즈, 비다르, 아스캥, 니벨이 보였고, 심지어 비아리츠의 성모 바위도 살짝 볼 수 있었다. 정말 조그맣게 보여서 마치 인형들이 사는 나라 같았다!

　왼쪽으로는 피레네 산맥이 펼쳐져 있었고, 우리보다 낮은 곳에는 마치 바닷물결처럼 흘러가는 흰 구름이 보였다. 나는 사진을 잔뜩 찍었다. 정말 장관이었다. 어느 순간, 내 뺨을 따라 눈물이 흐르는 걸 깨달았는데, 바람 때문이었는지 아니면 경치가 너무 아름다워서였는지 모르겠다. 할아버지가 나를 촬영하고 있어서 나는 재킷 안으로 몸을 숨겼다.

　우리는 조금 걸었다. 할머니에게는 너무 가파른 길이라 많이 걷지는 못했고, 양들을 부르는 목동과 포토크들이 보였지만 그들이 놀랄까 봐 가까이 다가가지는 않았다. 그런 뒤 우리는 식당으로 돌아와 지금까지 마셔본 것 중에서 가장 맛있는 핫초코를 마셨지만, 할머니 기분을 언짢게 하지 않기 위해서 그 말은 하지 않았다.

　결국 아침에 잠을 더 자지 않아서 다행이었다. 어른이 되면 바스크 지방에서 살고 싶다. 그러려면 엄마와 언니를 반드시 설득해야만 했다. 나는 엄마와 언니 없이는 살 수가 없으니까.

현재

8월 7일

아가트

11시 6분

나는 언제나 차고에 가는 걸 좋아했다. 그곳은 할아버지의 아지트였다. 할아버지는 그곳에서 시간을 보내며 이것저것 손보고, 그림을 그리고, 새로운 것들을 만들어낼 상상을 하곤 했다. 특히 할머니가 바느질 도구를 넣어두는 나무 상자, 문을 열면 불이 켜지는 술통 모양의 바, 그리고 부엌에 설치한 회전 선반을 무척 자랑스러워했다.

아무것도 변하지 않았다. 할아버지의 낚싯대는 아이스박스 옆 벽에 기대어 있고, 여전히 페인트 냄새가 났다. 마치 방금 막 사람이 나가기라도 한 것처럼 도구들은 작업대 위 벽에 걸려 있었다.

"찾았어?" 언니가 다가와 물었다.

"아직." 나는 서랍을 열며 대답했다.

부엌 전구가 나가서 전구를 찾아야 했다. 할아버지는 전구뿐 아니라 펜, 건전지, 멀티탭까지 쌓아두곤 했다. 할아버지는 자기 어린 시절에 대해 한 번도 말하지 않았지만 할머니가 어느 날 들려준 적이 있었다. 할아버지의 부모님은 전쟁 중에 목숨을 잃었고, 이후에 매우 엄격한 조부모님 손에서 자랐다고. 그래서 할아버지는 모든 것이 부족했던 기억 때문에 물건을 쌓아두는 습관을 지녔다고 나는 짐작했다.

새로운 서랍을 열자 어린 시절의 추억 한 조각이 불쑥 나타났다. 작은 카세트 녹음기와 테이프들. 가슴이 뭉클해졌다.

1991년, 어쩌면 1992년. 여름이었다. 전날, 별들의 밤*에 언니가 하늘에서 이상한 모양을 발견했다. 내가 혹시 그게 UFO가 아니냐고 물었고, 할머니는 웃으며 그런 건 없다고 대꾸했다. 하지만 언니와 나는 확신이 서지 않았다. 차라리 외계인들이 착한 존재이고, 우리에게 신호를 보러 왔다고 믿고 싶었다. 그날 밤 내내 상상은 활활 타올랐다.

다음 날 아침, 눈꺼풀에 아직 졸음을 매단 채 우리는 거실 식탁에서 우리를 기다리던 할아버지에게 다가갔다.

"얘들아, 너희에게 줄 게 있단다."

할아버지는 자기 앞에 녹음기를 밀어놓고 재생 버튼을 눌렀다. 갑자기 기묘하고 불협화음 같은 소리가 흘러나오더니, 콧소리가 섞인 듯한 거의 금속성에 가까운 목소리가 울려 퍼졌다. 한 번도 들어본 적 없는 놀라운 언어였다. 나는 아직도 동그랗게 커진 언니의 눈을 기억했다. 내 눈도 다르지 않았을 것이다. 우리는 넋을 잃었다.

"그거 외계인 소리 아니에요?" 내가 물었다.

할아버지는 고개를 끄덕였다.

"그렇단다. 이 카세트가 집 문 앞에 놓여 있었어. 운 좋게도 내가 아는 친구 중에 우주 기관에서 일하는 사람이 있지. 그 친구가 메시지를 번역해줬는데, 단 한 가지 조건이 있단다. 절대로 다른 사람에게 말해선 안 된다는 거야. 약속할래?"

"약속해요, 할아버지!" 우리가 합창하듯 대답했다.

할아버지는 주머니에서 종이 한 장을 꺼내 펼쳤다. 그리고 목을 가다

---

* la nuit des étoiles, 프랑스에서 매년 8월경 열리는 천문 관측 행사다.

듬으며 지금이 아주 엄숙한 순간임을 알려주었다.

"엠마와 아가트 들로름에게 전하는 메시지. 우리는 머나먼 은하에서 너희를 지켜보고 있었다. 그리고 너희에게 말해주고 싶어 이 지구에 왔다. 너희는 정말 특별한 소녀들이란다. 너희는 가족들의 자랑이자 행복이야. 장하다!"

나는 그 비밀을 지켰고, 언니 역시 그랬으리라 의심치 않는다. 우리는 다시는 그 이야기를 꺼내지 않았다. 처음에는 혹시 외계인들의 보복이 두려워서였고, 세월이 흐른 뒤로는 그 장면의 마법이 깨질 것 같아서였다. 어린 시절의 어떤 기억들은 오래된 그림 같았다. 빛에 노출되면 상해버리니까, 우리는 그것들을 마음속 어딘가, 눈길이 닿지 않는 곳에 고이 간직해두었다. 흠집 하나 없이, 온전히.

작은 녹음기를 손에 들자 파도 같은 감정이 나를 덮쳤다. 어두운 차고 속에서 나는 할아버지가 코를 잡고 목소리를 바꿔가며 의미 없는 말을 지어내고, 금속 물건들을 두드려 효과음을 더하는 모습을 상상했다. 오직 두 손녀가 세상에서 특별한 존재라고 느끼게 해주기 위해서 말이다.

"전구를 찾았어!"

언니와 차고에서 나온 뒤, 할아버지의 아지트의 문을 닫았다.

13시 1분

"식기세척기 좀 비워줄래?"

나는 감자가 다 삶아지길 기다리며 휴대전화를 만지작거리고 있었다. 식탁은 이미 차려놓았고 토마토와 양파도 잘라두었지만, 언니는 분명 내 엉덩이와 의자의 관계를 끝내기로 결심한 듯했다. 나는 미역처럼 늘

어진 기운으로 일어나 부엌으로 갔다.

"샐러드에 햄 안 넣지?" 언니가 드레싱을 준비하며 물었다.

"넣어도 되는데 난 안 먹을 거야."

"네 음식에 닿아도 괜찮아?"

"진심으로 묻는 거야, 아니면 놀리는 거야?"

언니는 대답하지 않았다. 나는 잔과 접시를 치우면서 언니가 곁눈질로 나를 바라보는 것을 보았다. 나는 수저가 든 서랍에 다다랐다. 포크, 숟가락, 칼….

"아, 참고로 말하자면, 식기세척기 바구니에 넣을 땐 칼날이 아래로 가게 해야 해."

나는 멈춰서 언니를 쳐다봤다.

"그게 무슨 말이야?"

"칼 말이야. 어제 저녁에 칼날이 위로 향하게 넣어졌던데, 그러면 꺼낼 때 다칠 수 있어."

"조심해서 꺼내면 되잖아. 칼날을 아래로 하면 제대로 안 씻겨."

"당연히 잘 씻기지. 그리고 수저는 모아서 넣어야 해. 칼은 한 바구니, 포크는 다른 바구니, 이런 식으로."

언니는 샐러드 드레싱을 저으며, 눈은 그릇에 고정한 채 말했다.

"언니, 언니한테 언니만의 방식이 있듯이 나도 나만의 방식이 있어."

"내 방식이 더 논리적이지."

"더 답답한 거지. 그건 확실해."

언니가 손을 멈추고 말했다.

"너 지금 뭐 어쩌자는 거야?"

"진심으로 묻는 거야? 아까부터 언니가 시비를 걸길래 그냥 받아친 것

뿐이야."

언니가 과장되게 웃음을 터뜨렸다.

"역시 그렇지! 문제는 항상 까칠한 엠마 때문이지! 아가트는 너무 쿨해서 다툼 같은 건 만들 리가 없고!"

"지금 제정신이야? 언니, 그만해. 진짜 짜증 나게 구네."

"그러면? 이제 뭐 할 건데? 문 쾅 닫고, 욕하고, 발작할 거야? 늘 그렇듯이? 아, 넌 진짜 분위기 망치는 재주가 있었지. 까먹고 있었어."

분노가 뱃속에서 응어리졌다. 손으로 움켜쥘 수 있을 만큼 단단하고 무거워서 나를 숨 막히게 짓눌렀다. 온몸이 떨리고 호흡이 빨라졌다. 말들이 머릿속에 밀려들었다. 하지만 나는 그것들을 언니의 얼굴에 쏟아내지 않으려 애썼다. 칼들을 서랍에 내던지고 후회할 말을 하기 전에 방으로 들어가버렸다.

14시 5분

"아가트?"

언니가 한 시간 동안 세 번째로 문을 두드렸다. 나는 문을 잠갔다. 대꾸하지 않을 거다. 꺼져버려.

15시 12분

"아가트, 밥은 먹어야지."

"그냥 좀 내버려둬."

"네 것도 차려놨어. 같이 먹자."

"…"

"햄은 안 넣었어."

"…."

"콜라도 따라놨는데."

그건 은근한 사과의 말이었다.

분노는 가라앉았다. 우리는 이미 충분히 시간을 허비했다. 문을 열자 언니는 어색한 미소를 지으며 문 뒤에 서 있었다.

"내 동생, 그런 말이 있잖아. 사랑하는 사람일수록 혼을 잘 내는 법이라고."

"한 번만 더 그래봐. 그땐 거꾸로 뒤집히는 게 칼이 아니라 언니일 테니까."

과거

1996년 11월

아가트, 열한 살

    중학교 보건 선생님이 나에게 상담사를 찾아가보는 게 좋겠다고 했다. 엄마에게 말했더니 절대 안 된다고 했다. 정신과 상담은 미친 사람들을 위한 거라고 했다. 언니는 내가 뭔가 곤란한 이야기를 할까 봐 엄마가 겁먹어서 그런 거라고 했다.

    그냥 밤에 잘 수만 있으면 좋겠다.

    누울 때마다 똑같았다. 내 죽음, 언니의 죽음, 엄마, 할머니, 할아버지의 죽음을 생각했고 그러면 심장이 너무 빨리 뛰어서 잠을 잘 수가 없었다. 불도 무서웠다. 크리스마스이브에 옆 건물에서 화재가 난 적이 있었다. 우리는 할머니 집에 있었기 때문에 보진 못했지만, 돌아와서 보니 건물 벽면이 새까맣게 그을렸고 발코니도 타 있었다. 알고 보니 크리스마스트리에서 불이 난 거였다. 언니가 말하길 이런 일은 드물고, 우리 집에 일어날 일도 아니라고 했다. 그 이후로 매일 밤, 언니는 아파트의 모든 난방기구가 덮여 있지 않은지, 가스가 잘 잠겨 있는지 확인하는 걸 도와줬다. 그다음, 언니는 내 방으로 와서 내 질문에 대답해주며 내 심장이 진정될 때까지 함께 있어줬다. 만약 불안이 다시 찾아오면, 나는 언니와 함께 침대에서 잠을 잤다. 엄마는 내 불안을 들으려 하지 않았다. 엄마는 내가 관심받으려고 연기하는 거라고 말했다. 아마 맞는 말일 수도 있겠지만, 내가 왜 그러는지는 나도 잘 모르겠다.

어릴 때가 더 좋았다. 그때는 머릿속을 떠다니는 질문이 지금보다 적었다. 초등학교 시절이 더 좋았다. 그때는 친구들도 있었으니까. 셀린은 6학년 A3반이고, 나는 6학년 A5반이다. 쉬는 시간에만 셀린과 만나고 나머지 시간에는 주로 혼자 있었다. 그 애는 착하다. 다른 애들이 나를 괴롭혀도 내 옆에 있어줬다. 그러다 보면 그 애도 같이 괴롭힘을 당할 수도 있을 텐데. 왜 다른 애들이 나를 괴롭히는지 모르겠다. 주로 5학년 A4반 두 명, 노에미와 줄리아가 그랬다. 내가 그 애들을 이상하게 쳐다봤다고 오해한 이후로, 내 간식을 훔쳐 가거나 운동장에서 내 코가 크다고 놀렸다.

셀린이 엄마에게 말씀드리라고 했지만 엄마가 걱정할까 봐 차마 말은 못 하겠다.

오늘 아침은 만성절 방학이 끝난 뒤 첫 등교였는데, 정말 가고 싶지 않았다. 그래서 엄마에게 배가 아프다고 둘러댔다. 생리를 시작한 이후 매달 이런 일이 생기지만 엄마는 아무런 관심도 없었고, 결국 나는 버스를 타야 했다. 그래도 다행히 일이 그렇게 심각하지는 않았다. 단지 머리카락 한 움큼을 잘렸을 뿐이다. 이것보다 더 심했을 수도 있었는데 이 정도는 뭐, 괜찮았다.

언니가 학교 정문 앞에서 나를 기다리고 있었다. 순간 심장이 뛰기 시작했다. 뭔가 일이 있었던 게 틀림없었다. 언니가 내 뺨에 입을 맞추고, 노에미와 줄리아가 누구냐고 물었다. 내가 어떻게 알았냐고 묻는 순간 셀린이 나타났다. 어쩔 수 없이 노에미와 줄리아가 밖으로 나오는 순간에 나는 언니에게 그 애들을 가리켰다. 언니가 그 애들에게 다가갔다. 나는 그 자리에 그대로 서서 상황이 더 나빠지진 않을까 걱정했다. 무슨 말은 하는지 들리지 않았지만 언니는 침착해 보였다. 노에미는 목도리로 얼굴을 반쯤 가리고 있었고, 줄리아는 고개를 끄덕였다. 그리고 나서 그 애들은 떠났고, 언니가 다시 내게 와서 말했다. 이제 다 해결됐다고, 더 이상 나를 괴롭히지 않을 거라고.

과거

1996년 12월

엠마, 열여섯 살

내 동생이 싫다. 차라리 태어나지 않았으면 좋았을 텐데. 내 삶은 온통 동생을 챙기는 데 바쳐져 있었다. 아가트를 붙들어두려고 열다섯 살까지도 인형 놀이를 했고, 밤에는 그 애를 안심시키느라 잠도 잘 못 잤다. 엄마가 흥분해서 날뛰는 모습을 아가트가 보지 못하도록 만화 영화 앞에 앉혀놓고 숙제도 시켰다. 그런데도 아가트는 기어코 내 삶을 엉망으로 만들 방법을 찾아냈다.

아가트가 일부러 그러는 건 아니겠지만, 그래도 그 애가 없었으면 이런 일은 일어나지 않았을 텐데.

모든 일은 내가 아르노와 잠자리를 가진 후 시작되었다. 나는 아르노가 정말 괜찮은 사람인지 확신이 설 때까지 기다릴 생각이었지만 아르노는 애송이는 필요없다고, 자신은 진짜 여자가 필요하다고 말했다. 내가 원하지 않으면 떠나겠다고 했다. 너무 상처받아서 소리를 지르지 않으려고 볼을 깨물었다. 한 달 뒤, 아르노는 피임약을 먹어야 한다고, 콘돔은 싫어한다고 했다. 나는 에이즈 위험 때문에 동의하지 않는다고 했지만, 그는 이미 검사를 했다고 했다. 당연히 엄마에게 이런 이야기를 할 수는 없었다. 그래서 나는 가족계획상담소에 갔다. 마르고가 나를 따라와줬다. 요즘 다시 친하게 지내고 있었다. 상담사는 친절했고, 모든 것을 잘 설명해주었다. 하지만 나는 거짓말을 해야 했는데, 상담사가 그래도 콘돔을 사용하라고 계속 강조했기 때문이었다. 상담사가 나에게 피임약을 처방해주었고, 약국에 가서 약을 받았다. 그리고 내 방 장롱 위에 놓인 코알라 가방 안에 약을 숨겨두었다. 수년간 아무도 손대지 않았으니까 들킬 가능성은 거의 없었다. 나는 내 방 스위치에 마커로 '피'라고 적어두었다. 그래서 매일 밤 잠자리에 들기 전에 잊지 않고 약을 챙길 수 있었다.

학교 수업이 끝난 후에 우리는 스테파니와 함께 공원에 나가 잡지를 읽으며 시간을 보냈다. 「스타 클럽」에 '지스쿼드*'에 관한 두 페이지가 있었는데, 나는 그들을 좋아했다. 특히 제럴드를 좋아했지만 아무에게도 말하지 않았다. 대신 너바나를 듣는 게 더 나았다. 「죈 에 졸리**」의 표지 모델은 신디 크로퍼드였다. 너무 예뻐서 나도 그렇게 되고 싶었다. 예쁘면 삶이 훨씬 쉬울 것 같았다.

내가 집에 들어왔을 때 엄마는 부엌에서 식사를 준비하고 있었다. 엄마가 평소처럼 인사해서 나는 곧 이어질 일을 전혀 예상하지 못했다. 거실의 낮은 탁자 위에 내 코알라 가방이 열려 있었고, 개봉한 피임약이 튀어나와 있었다. 순간 얼굴이 화끈 달아올랐다. 나는 엄마가 언제라도 들이닥칠까 두려워하며 숙제를 하러 방으로 들어갔다. 하지만 아무 일도 없었다. 식사 시간에 엄마는 평소와 같아 보였고, 몇 번이나 웃기까지 했다. 이상했다. 나는 결국 엄마에게 말해야만 했다. 그래서 디저트를 기다렸다. 저녁 내내 마음속으로 말할 내용을 준비했지만 내가 결국 꺼낸 말은 이 한마디였다. "왜 내 물건을 뒤진 거야?"

---

* G-Squad, 1996년부터 1998년까지 활동한 프랑스의 남성 그룹이다.
** Jeune et Jolie, 1970년대부터 간행된 프랑스의 1020 여성 대상 패션·뷰티 잡지로 현재 폐간되었다.

내 인생에서 가장 심하게 맞은 날이었다. 엄마는 내 머리카락을 쥐고 몇 분 동안 계속해서 때렸다. 아가트는 손으로 귀를 막고 울고 있었다.

나중에 엄마는 내 방으로 와서 말했다. 엄마도 때리고 싶지 않지만 내가 잘되라고 그런 거라고. 그러고는 내 볼에 뽀뽀를 해주었다. 그곳에는 이미 멍이 생기기 시작했다. 아가트는 엄마가 누운 것을 확인한 뒤 내 침대에 슬며시 들어왔다. 아가트가 내게 사과하며 말했다. 내 피임약을 발견한 건 자기였다고, 내 가방을 가지고 놀고 싶었던 거라고. 그런데 피임약을 보고는 내가 아파서 약을 먹는 줄 알았고, 겁이 나서 엄마에게 말했다고 했다. 나는 아가트를 내쫓았다. 아가트가 너무 싫다. 내 열여덟 번째 생일이 되면 나는 떠날 것이다.

현재

8월 7일

엠마

17시 54분

"별들의 밤이야." 아가트가 말했다.

"망원경 가져올게." 내가 대답했다.

우리는 가방을 챙기고, 간단히 먹을 것을 먹고, 동네에 로버트 레드퍼드 실종 전단지를 몇 장 붙인 뒤, 14번지의 초인종을 눌러봤지만 소용없었다. 그리고 우리는 길을 나섰다.

이건 일종의 전통이었다. 할머니는 매년 우리를 이곳에 데려왔다. 8월 초가 되면 며칠 밤에 걸쳐 별똥별이 비처럼 쏟아졌다. 별을 잘 관찰하려면 도시의 빛 공해에서 멀리 떨어지는 것이 좋았다. 우리만의 장소는 잇사수, 할머니가 자란 마을이었다. 어릴 적 나는 늘 도시에서의 북적이는 삶을 꿈꿨다. 항상 사람들을 보고 싶었고, 움직이고 싶었으며, 삶에서 무언가를 하고 있다는 느낌을 느끼고 싶었다. 하지만 여기, 초록빛 언덕으로 둘러싸여 산들이 지평선을 이루는 이 바스크 지방 한가운데 자리한 작은 마을에 처음 오자마자 나는 큰 평온을 느꼈다. 마치 이곳에서는 나에게 아무 일도 일어날 수 없을 것만 같았다.

할머니는 천문학에 열정적이었다. 할머니 덕분에 우리는 아주 어릴 때부터 천문학에 눈뜨게 되었다. 거실 테이블 위에는 질기고 노란 방

수 천이 깔려 있었고, 할머니는 그림이 가득한 큰 책들을 펼쳤다. 책장을 넘길 때마다 익숙한 오래된 종이 냄새가 났다. 할머니는 몇 시간 동안 행성, 별자리, 은하계에 대해 이야기할 수 있었고, 우리는 몇 시간 동안 할머니 이야기에 꼼짝 않고 귀 기울였다. 할머니는 어떤 주제든 흥미롭게 만드는 재능을 가지고 있었다. 만약 할머니가 이야기해주었다면, 나는 제1차 세계대전과 제2차 세계대전 사이 프랑스에서 재배했던 정향의 역사에도 열정을 느꼈을 것이라고 생각했다. 별을 관찰하기에 좋은 밤이면 할머니는 오래된 망원경을 정원으로 옮겨 하늘을 향해 조준하고 몇 가지 조정을 한 뒤, 호기심 가득한 눈으로 기다리고 있는 우리에게 망원경으로 하늘을 볼 수 있게 해주었다. 그때 우리는 토성, 달, 금성, 목성을 보며 "우와!", "와아." 하고 감탄을 터뜨렸다.

차가 마을 입구를 막 넘어섰다. 출발했을 때부터 우리는 추억이 담긴 노래를 듣고 있었다. 재생 목록은 뒤죽박죽 섞여 아무렇게나 흘러 나왔다. 오펠리 윈터에서 노다웃으로, 메네릭에서 브리트니 스피어스로, 오프스프링에서 라라 파비앙으로.

"롤랑 고개 전에 있는 주차장에 세워." 아가트가 소리를 줄이며 말했다.

"알겠어."

도로는 우리를 할머니가 자란 집 앞으로 안내했다. 할머니는 그 집을 볼 때마다 추억에 사로잡히며 변화된 것들을 하나하나 언급했다. 최근에 칠해진 벽, 새로 설치된 그네, 가지치기된 참나무. 이 정원에서, 지나가는 사람들에게는 아무것도 아닌 곳에서, 할머니의 추억이 춤추고 있었다.

할머니는 그 추억들을 하나씩 풀어놓았고, 우리는 그 중요성을 제대로 느끼지 못한 채로 대충 들었을 뿐이었다. 우리에게는 단어와 추상적인 이미지일 뿐이었지만, 할머니에게는 현재와 떼어놓을 수 없는 삶의 한 부분이었다. 나는 그 사실을 이제야 깨달았다. 추억을 떠올리는 사람은 그것을 보고, 듣고, 심지어 느낀다. 그 기억을 온전히 다시 사는 것이다. 반면 그 추억을 듣는 사람은 그저 머릿속으로 그려보려 애쓸 뿐이다. 그것마저도 공감할 줄 아는 사람에게나 가능한 일이고, 주제가 흥미로울 때에나 어느 정도 기대할 수 있을 뿐이다. 그런 경우가 아니라면 듣는 이는 그저 자신의 이야기를 하거나 화제를 다른 데로 돌리기 위해 이야기가 끝날 때까지 기다리는 것이다. 할머니는 아버지가 데리고 가던 농장, 벽난로 옆에서 뜨개질을 가르쳐주던 어머니, 이탈리아어만 쓰시던 할머니, 그리고 무엇보다 사랑스러운 남동생에 대한 이야기를 들려주었다. 그는 할머니의 모든 추억 속에 등장했다.

할머니가 세상을 떠날 때까지 할머니의 남동생은 할머니의 가장 가까운 친구였다. 그가 마르세유 근처로 이사해서 자주 볼 수는 없었지만 두 사람은 매주 일요일 밤이면 멜랑콜리한 기분을 이기기 위해 어떤 의식처럼 통화를 했다.

거의 도착했을 때 나는 갑자기 롤랑 고개로 이어지는 도로에서 벗어나 마을 방향으로 방향을 틀었다. 옆눈으로 보니 아가트가 미소 짓고 있었다.

18시 6분

이곳, 잇사수 묘지의 돌담을 넘는 게 처음은 아니었다. 할머니의 부모님이 이곳에 잠들어계셔서, 할머니가 우리를 여러 번 데려왔었다. 할머니는 무덤을 청소하고, 유일하게 놓인 화분을 다시 제자리에 두곤 했다.

연약하고 마음 여린 할머니는 오직 이 외딴 작은 묘지에서만 모습을 드러냈다. 마치 이곳이 할머니를 과거로 데려가 젊은 고아 소녀였던 때로 되돌아가게 만드는 듯했다.

이곳에는 할아버지도 묻혀 있다. 이제 할머니도 할아버지의 곁에 남아 있다. 그들의 이야기가 시작된 곳도 잇사수였고, 그들이 이야기를 끝내기로 마음먹은 곳도 잇사수였다.

"천천히 하고 와." 아가트가 입구에 멈춰서서 말했다.

"너는 안 들어올 거야?"

"할머니랑 둘이서 할 얘기가 있잖아."

무덤에는 꽃다발이 놓여 있었지만 대부분 시들어 있었다. 나는 그것들을 쓰레기통에 버리고, 묘비를 정리했다. 아무 느낌도 들지 않았다. 눈물을 흘리려고 애썼다. 행복한 기억을 떠올리고, 묘비에 쓰인 사랑하는 할머니의 이름을 읽고, 심지어 눈물샘이 작동하도록 얼굴을 찡그리기까지 했지만(식욕은 먹으면서 생긴다고 하던데 슬픔도 울면서 생기는 걸까) 아무것도 나오지 않았다.

나는 오랜 시간 무표정으로 할머니의 무덤을 바라보았다. 아가트가 결국 내게 다가왔다. 아가트는 내 허리를 감싸안고 머리를 내 어깨에 기대었다.

"우리에게 서로가 있다는 게 참 다행이야."

나는 고개를 숙여 아가트의 머리에 내 머리를 부드럽게 댔다.

동생이 없었다면 이 모든 일을 어떻게 견뎌냈을지 모르겠다. 슬픔을 혼자 짊어지지 않아도 된다는 사실이 얼마나 행운인지 가늠해보았다. 이제는 곁에 없는 사람들을 혼자 보고 듣고 느끼지 않아도 된다는 것, 기대 쉴 수 있는 어깨가 있다는 것이 얼마나 행운인지도.

우리는 잠시 그 자리에 머물렀다. 공기는 뜨겁게 눌러왔고, 간간이 들려오는 모터 소리를 제외하면 마을은 고요에 잠겨 있었다. 창가의 덧문들은 닫혀 있었고, 공기가 선선해지면 다시 열릴 것이었다.

"갈까?" 아가트가 말을 꺼냈다.

"나 눈물이 안 나와."

아가트가 내 얼굴을 바라봤다. 아가트의 볼은 이미 젖어 있었다.

"괜찮아. 언니는 항상 속으로 울잖아."

우리는 묘지를 떠났다. 나는 마지막으로 무덤을 돌아보았다. 동생의 손을 잡고, 우리는 길을 계속 나섰다.

19시 14분

롤랑 고개는 니브 강이 조각한 협곡 안에 있었다. 할머니는 해마다 그 구멍 뚫린 바위에 얽힌 전설을 이야기해주곤 했다. 샤를마뉴의 아들 롤랑이 적군에게 쫓기다가 길을 막는 바위를 만났는데 그가 주저하지 않고 검으로 바위를 뚫었다는 이야기였다. 우리는 두 개의 배낭과 망원경을 짊어지고 강가를 걸어 그 바위에 도착했다. 바위를 지나 작은 해변을 바라보고 몇 미터 떨어진 그늘에 앉았다. 매번 걸어서 가야 했던 길이다. 우리는 훨씬 나중에야 차로도 이곳에 올 수 있다는 걸 알게 되었지만, 과거의 기억이 담기지 않으면 마법 같은 느낌은 사라질 것이었다.

"물에 발 좀 담가볼까?" 아가트가 제안했다.

살아 있는 물줄기가 바위 위로 쏟아지고 있었다. 나는 발가락 하나 넣어보지 않아도 물이 얼음처럼 차갑다는 걸 알 수 있었다.

"절대 안 돼."

"나는 갈래!" 아가트가 일어나며 외쳤다.

아가트는 샌들을 벗고, 드레스를 벗어 속옷 차림이 되었다. 나는 아무도 보는 사람이 없는지 확인했다. 그건 엄마에게서 물려받은 습관이었다. 눈에 띄지 않게, 남에게 폐 끼치지 않게 행동하는 것. 투명함을 파는 가게가 있다면 엄마는 우리에게 생일 선물로 그것을 사주었을 것이다. 하지만 현실에 그런 건 없었다. 그래서 아가트는 발을 아프게 하는 자갈들을 욕하며 강으로 뛰어들었다.

과거

1997년 10월

아가트, 열두 살

학교에서 런던에 가게 됐는데 사실 나는 가고 싶지 않았다. 엄마와 언니에게서 멀리 떠나고 싶지 않았기 때문이다. 하지만 와보니 정말 좋았다. 멜라니와 나는 좋은 집에 머물게 되었다. 그 집에서 끔찍한 젤리와 더 끔찍한 식초 맛 감자칩을 먹었지만 말이다. 멜라니와 나는 이전까지 한 번도 말을 섞은 적이 없었다. 교실의 모두가 멜라니를 놀렸다. 나도 놀림을 받긴 했지만, 멜라니는 말을 더듬어서 놀림을 받았다. 나에게는 그런 건 상관없었다. 게다가 멜라니가 이상하게 말하더라도 최소한 나에게 말을 건다는 것만으로 좋았다. 모든 사람이 그런 건 아니었으니까. 집에서 멀리 떨어져 있으면 불안 발작이 올 줄 알았는데, 배가 가라앉을까 봐 무서웠던 순간을 제외하면 괜찮았다.

우리는 버킹엄 궁전에서 근위병 교대식을 봤다(지루했다). 런던 박물관을 방문했다(지루했다). 웨스트민스터를 걸어 다녔다(괜찮았다). 그리고 무엇보다 쇼핑할 수 있는 자유 시간이 있었다(최고였다). 엄마가 용돈을 조금 줬고, 할머니도 용돈을 보내줬으며, 언니는 저금통을 깨서 돈을 줬다. 영국은 프랑을 쓰지 않아서 가격을 봐도 통 모르겠다. 그렇지만 모든 게 엄청 비싸 보였다. 그래도 모두에게 선물을 사 올 만큼은 돈이 충분히 있었다. 엄마에게는 빨간 이층버스가 움직이는 펜을, 할머니에게는 엘리자베스 여왕이 표지에 있는 노트를, 그리고 특히 언니에게는 스파이스걸스 엽서로 가득 찬 파일을 샀다. 언니는 스파이스걸스를 정말 좋아하니까 이 선물도 분명 좋아할 것이다!

마지막 밤이 되었다. 가족들이 그리워지기 시작했고, 내일 얼른 집에 돌아가고 싶었다. 우리는 그 집의 두 남자아이와 숨바꼭질을 했다. 그 애들은 웃겼다. 마치 우리가 다른 행성에서 온 사람들인 것처럼 쳐다보고, 질문을 잔뜩 했다. 큰애가 프랑스에는 전기가 있냐고 물었다. 나는 없다고 대답했다. 그리고 수돗물도 없어서 강에서 물고기와 함께 씻는다고 설명해주었다.

그다음에 그들의 부모님과 조금 이야기를 나누었는데 모든 걸 이해하지는 못했다. 영어랑 나는 궁합이 안 맞았다. 나는 그냥 고개를 끄덕이고 웃으면서 "Yes."라고 했다. 마치 차 뒤쪽 해변에서 개들이 하는 것처럼. 그렇게 해서 나는 또 한 번 그 끔찍한 젤리를 받게 되었다.

잠자리에 들려고 하는데 멜라니가 방의 작은 창문을 열고 담배 한 갑을 꺼냈다. 멜라니는 내게도 한 대 피워보라고 했지만, 나는 안 된다고 말했다. 걸리면 혼날 거고, 냄새도 날 거라고. 멜라니는 아랑곳하지 않고 창문턱에 앉아 담배를 피웠다. 그 집의 엄마가 와서 차분하게 담배를 끄라고 말했다. 나는 어디로 숨어야 할지 모르겠고, 사라지고 싶은 마음이 들었다. 심장이 귀에서 울리듯 뛰고 있었다. 멜라니가 담배를 끄고 창문을 닫았다.

내일이면 선생님들이 우리를 혼낼 게 분명했다. 엄마에게도 말하겠지. 그럼 엄마가 실망할 것이다. 속이 뒤죽박죽이었다. 슬픈 건지, 화가 난 건지, 불안한 건지 모르겠다. 나는 방을 나와 화장실에 몸을 숨겼다. 마음을 가라앉힐 방법을 알고 있었다. 얼마 전부터 해온 방식인데 효과가 있었다. 주머니에서 컴퍼스를 꺼내 바지를 내리고, 컴퍼스 끝으로 허벅지를 그었다.

과거

1997년 12월

엠마, 열일곱 살

크리스마스를 할머니 집에서 보내기로 했었는데 장이브 삼촌이 모든 걸 망쳐버렸다. 삼촌이 할머니와 할아버지를 모시고 스페인에 갔다. 우리는 빼고.

크리스마스까지 남은 날짜를 세며 기다렸는데, 아무 의미가 없었다.

모두 다 싫다.

현재

8월 7일

아가트

23시 43분

아름답다. 장엄하다. 비범하다. 말로 다 표현할 수가 없다.

어렸을 때 나는 별들의 밤을 미칠 듯이 기다렸었다. 사실 나는 거의 모든 일들을 인내심이 바닥날 때까지 기다렸던 것 같다. 모든 것이 현재보다 나아 보였다. 현재는 오직 기다리거나 후회하는 용도로만 존재했고, 어제와 내일, 과거와 미래, 향수와 기대 사이를 잇는 일종의 다리 같았다. 기대하던 순간에 도달하기도 전에, 그 순간을 경험하기도 전에 나는 이미 참을 수 없는 멜랑콜리한 기분에 휩싸였다. 이를 극복해보려 명상에 몰두하고 자기계발서도 마구 읽어봤지만, 기다림을 기대하는 순간의 서막으로 받아들이는 법을 배웠다고 해도, 그다음 날은 여전히 숙취처럼 공허했다.

그러니까 매년 여름, 나는 별들의 밤을 손꼽아 기다렸다. 그 밤은 할머니와의 시간에 대한 약속이자 눈부신 유성우의 춤이 펼쳐질 순간을 예고하는 약속이었다. 할머니는 우리를 항상 이곳으로 데려왔다. 먼저 롤랑 고개로 가서 잠시 쉬고 간식을 먹은 뒤, 잇사수의 언덕 꼭대기로 올라가 빛 공해에서 멀리 떨어진 곳에 망원경을 설치했다. 우리는 행성과 성운과 은하를 관찰하고 나서 땅바닥에 누웠다. 별이 하늘을 가로지를 때마다 나는 항상 같은 소원을 빌었다. 그 힘이 사라지지 않도록 마음속으로 반복해서 빌었다.

'내 동생, 할머니, 그리고 엄마가 평생 행복하게 해주세요.'

나중에, 어린 시절의 하늘 위로 현실의 구름이 드리워지는 나이가 되자 불안감이 우리의 별들의 밤에 스며들었다. 그 광대함 속에서 내가 아주 작고 하찮게 느껴졌다. 대부분 이미 오래전에 사라진 별들은 단지 우리의 덧없음을 상기시켜줄 뿐이었다. 한창 사춘기에 접어들었을 무렵에 나는 우리의 암묵적 전통이었던 별들의 밤을 함께 보내는 걸 그만뒀다. 우리에게 자신의 열정을 나눠주고자 했던 할머니의 기쁨을 나도 모르게 끝내버리고 만 것이다. 3~4년 전, 나는 8월의 어느 날 저녁에 할머니에게 들러 할머니를 잇사수로 데려갔다. 할머니는 마치 나를 기다리고 있었던 것처럼 놀란 기색 하나 없었다. 잇사수에 도착했을 때, 할머니는 눈물을 들키지 않으려고 애썼다. 그럼에도 나는 결국 할머니가 우는 모습을 보고 말았다.

그때를 생각하면 여전히 아찔해서 너무 생각에 빠져들지 않도록 노력해야 했다. 그럼에도 마법은 다시금 펼쳐졌다.

"하나 더 떨어진다!" 언니가 하늘을 가리키며 소리쳤다.

"이제 누구를 위해 소원을 빌어야 할지 모르겠어!"

"내 소원도 하나 빌어줘."

"이미 빌었지. 언니가 식기세척기로 환생하게 해달라고 말이야. 그러면 정리가 안 된 칼을 그렇게 넣은 사람 눈에 던질 수 있잖아."

언니가 몸을 바로 세웠다.

"나도 알아. 내가 몇 가지 일에 좀 엄격하다는 거."

"이 세상에 언니보다 더 딱딱한 건 티타늄밖에 없을 거야."

"아니야. 하지만 칼을 거꾸로 두면 잘 안 닦인다고. 접시도 마찬가지고. 간격을 충분히 두지 않으면 물이 통과할 수 없거든. 이건 그냥 논리적인 거라고!"

"언니가 티타늄보다 더한 것 같기도 해."

언니는 터져 나오는 웃음을 참지 못했다.

"누가 또 이랬는지 알아?" 언니가 물었다.

"히틀러?

"아빠…. 아빠 집에 가면 반드시 신발을 벽에 똑바로 기대 세워야만 했잖아. 그러지 않으면 아빠는 꼭 그것들을 가지런히 세워뒀고."

"난 하나도 기억이 안 나."

슬픔이 파도처럼 스며들었다.

"사실 나는 아빠에 대해 별로 기억나는 게 없어."

"당연하지. 너 여섯 살이었잖아. 난 열한 살이었고. 그만큼 내가 더 많은 기억을 쌓았으니까."

"아빠 이야기 해줘."

언니는 와인 한 잔을 따르고 별들을 바라보며 다시 누웠다.

"아빠는 운전을 빨리 했어. 특히 우리 집이 있는 길 바로 전 코너를 돌 때마다 너무 무서웠던 기억이 나. 내가 언젠가 그곳에서 죽게 될 거라고 확신했어. 또 아빠는 조니 할리데이 노래를 즐겨 들어서 거의 다 외우고 있었어. 엄마에게 '사랑해요'를 끊임없이 불러줬고."

"맞아! 그건 기억나!"

내 마음속에 그 장면이 선명하게 떠올랐다. 나는 흰 멜라민 테이블에 앉아 있었고, 정강이에 닿는 차가운 금속 의자 다리가 느껴졌다. 방금 식사를 마쳤고, 엄마는 접시 하나를 쓰레기통에 비웠다. 내 접시는 아직 가득 차 있었다(난 줄기콩을 싫어했다). 하지만 아빠는 내가 다 먹어야 테이블에서 일어날 수 있다고 말했다. 아빠는 자리에서 일어나 엄마를 껴안고 '사랑해, 사랑해, 사랑해!'를 불렀다. 엄마가 귀찮다는 듯이 위를 올려다봤지만 아빠는 더 열정적으로 노래했다. 결국 엄마는 크게 웃음을 터뜨렸다.

"아빠 가죽 재킷이 기억나." 내가 말했다. "아빠가 퇴근하고 와서 뽀뽀해줄 때 나는 냄새를 정말 좋아했어."

"아빠가 집에 왔을 때 말이지."

"아빠가 항상 집에 온 게 아니었나?"

"아니었지. 엄마는 가끔 밤새 아빠를 기다리기도 했어. 나도 아빠가 도착했는지 보려고 여러 번 깼는데 엄마가 항상 소파에 앉아 있었거든. 그럼 엄마가 나를 혼냈어. 우는 모습을 내게 보이고 싶지 않았나 봐."

"아빠가 바람 피웠다고 생각해?" 내가 물었다.

"잘 모르겠지만… 다른 선택지가 있었을까 싶어. 저기 봐. 또 별똥별 떨어진다!"

나는 아빠에게 나쁜 면이 있을 거라고는 한 번도 생각해본 적이 없었다. 그건 죽은 사람들의 전유물이었다. 죽은 사람들은 자신의 결점조차 무덤 속으로 가져갔다.

결국 내가 별로 아는 게 없는 그 사람은 내 인생의 모든 날에 살아 있었다. 나는 아빠 없이 자란 것이 아니었다. 나는 죽은 아빠와 함께 자랐다. 나는 결핍 위에서 만들어졌다. 아빠의 부재는 내 정체성을 표시했다. 마치 중간 이름이나 점 하나처럼. 누군가를 만날 때마다 처음 말하는 것 중 하나였다. "저는 아빠가 돌아가셨어요." 그건 난처한 일이기도 했다. 특히 상대가 어느 가게에서 예의상 인사해준 직원일 때는 더욱 그랬다. 집에서는 그 이야기를 꺼낼 수 없었다. 그것은 금기였다. 생리, 성생활, 축구와 마찬가지로. 한번은 침대 위에 아빠 사진을 걸어보려 했지만 하루 만에 사라졌다.

나는 아빠를 잃은 딸로 자랐다. 사람들은 내게 호기심 어린 시선이나 때로는 동정을 보내곤 했다. 아버지의 날이 다가오면 내 등장과 함께 어떤 대화는 멈추었다. 대부분의 아이들은 부모님이 모두 건강했고, 나 같은 경우는 드물었다. 어린 시절에는 작은 차이만으로도 어떤 범주에 갇히는 법인데, 나는 빨간 머리 아이들과 동성애자 사이 어딘가에 위치해 있었다.

하지만 그것이 꼭 단점만은 아니었다. 때때로 나에게 면죄부가 되어주기도 했다. 내가 잘못 행동하거나 장난을 칠 때면, 나는 그 면죄부를 꺼내 들었다. "나를 이해해줘야 해. 나는 아빠를 잃었거든." 나는 심지어 그것을 자기합리화에도 이용했다. 모든 것이 거기서 비롯되었다고, 내 불안과 고통, 나를 남들과 다르게 느끼게 만드는 감정들이 어린 나이에 겪은 상실 때문이라고 스스로를 설득했다. 모두가 그 말을 믿었고, 그것은 건드릴 수 없는 변명이었다.

따지고 보면 완전히 틀린 말도 아니었다. 죽은 아빠는 늘 내 안에 살아 있었다.

"물방울이 떨어졌어." 언니가 말했다.

"새가 언니 위에 오줌쌌나 본데."

내가 말을 끝맺기도 전에 비가 우리를 덮쳤다. 봇물이 터지듯 한꺼번에 쏟아졌다. 마치 이렇게 말하며 온 하늘을 쏟아내는 듯했다. 자, 선물이야. 고마워할 것 없어.

나는 비를 좋아했지만 너무 많이 오는 건 싫었다. 우리는 담요와 망원경을 챙겨 차까지 달렸다. 차를 너무 멀리 주차한 걸 후회하며 우리는 차 안으로 뛰어들어가 서로를 바라봤다. 흠뻑 젖어서 물이 뚝뚝 떨어졌지만 웃음이 터졌다.

"행복의 향기는 빗속에서 더 진해지는 것 같아." 언니가 킥킥대며 말했다.

"지금까지 그렇게 멍청한 소리는 처음 들어봐."

과거

1998년 2월

아가트, 열두 살

언니가 나를 끌고 〈타이타닉〉을 보러 갔다. 언니는 이 영화를 세 번째 보는 것이었다. 나는 가라앉는 배와 옛날 옷을 입은 사람들이 나오는 영화에는 그다지 흥미가 없었다. 하지만 모두가 이 영화 이야기를 해대서 안 보면 뭔가 엄청난 걸 놓치는 것 같았다. 게다가 뒤처진 사람처럼 보이는 것도 지겨웠다.

우리는 집에서 초콜릿과 콜라를 챙겨 왔다. 영화관에서 사면 너무 비싸니까. 언니는 남자친구 로익과 함께였다. 두 사람은 몇 달째 사귀고 있었다. 그래도 로익이 아르노보다는 덜 멍청해 보였다. 난 언니가 전 남자친구 아르노와 헤어지고 절대 회복하지 못할 줄 알았다. 아르노가 알렉시아 때문에 언니를 차버렸을 때, 언니는 그에게 편지를 썼고, 그의 집에 찾아가려고 했으며, 남은 시간에는 침대에 웅크리고 있었다. 나는 매일 밤 언니를 꼭 안아주곤 했는데 이번에는 내 불안 때문이 아니었다.

우리는 맨 뒤 중앙 자리에 앉았다. 로익이 말하길 거기가 소리가 제일 좋다고 했다. 언니는 영화가 시작하자마자 울기 시작했다. 내가 무슨 일이냐고 물었더니 언니는 "잭이 죽는다는 걸 알아서 너무 슬퍼."라고 대답했다.

믿을 수가 없었다.

나는 이제 3시간 14분 동안, 독수리 둥지 같은 머리를 한 남자 바로 뒤에서, 언니가 결말을 다 말해버린 영화를 보기 위해 갇혀 있어야 했다. 차라리 언니가 침대 안에 있는 편이 더 나았겠다는 생각이 들었다.

과거

1998년 7월

엠마, 열여덟 살

에마뉘엘 프티가 세 번째 골을 넣었다. 로익이 기뻐서 내 품에 뛰어들며 소리를 질렀다. 프랑스가 월드컵에서 우승했다. 로익의 집에서 친구들과 함께 경기를 봤다. 우리 스무 명 정도, 모두 얼굴에 페인트를 칠하고 파란색, 흰색, 빨간색으로 된 옷을 입었다. 나는 결승전을 보려고 왕복 티켓을 끊었다. 내일이면 다시 할머니 집으로 돌아가야 했다.

밖에서 승리를 축하하는 경적이 울리자 사람들이 몰려나오기 시작했다. 우리도 군중 속으로 들어가 섞였다. 로익이 내 손을 꽉 잡고 놓지 않았다. 이렇게 많은 기쁨이 한곳에 모인 것을 본 적이 없었다. 서로 안고, 웃고, 서로를 모르지만 모두가 함께 흥분했다.

"나랑 같이 살자." 로익이 갑자기 말했다.

나는 다시 말해달라고 했다. 이렇게 소란스러운 곳에서 그 말을 제대로 들은 건지 확신이 서지 않았다.

"나랑 같이 살아. 우리 같이 공부하자. 주말에만 보는 거 너무 힘들잖아."

그러다 사람들이 움직이는 바람에 로익의 손을 놓쳤고, 나는 그 틈을 타 정신을 가다듬고 흩어진 마음 조각들을 모았다. 나는 이 순간이 너무 간절했다. 내가 혼자였다면 앙굴렘과 엄마를 떠나 보르도로 가서 문학을 공부했을 것이다. 나는 높은 성적으로 바칼로레아를 통과했고, 교사가 되고 싶다는 꿈에 그 어느 때보다 가까워졌다. 로익과 같이 산다면 로익의 부모님이 학업 때문에 구해준 아파트로 이사해서 파티를 열기도 하고, 담요 속에서 〈버피와 뱀파이어 사냥꾼〉이나 〈앨리 맥빌〉을 보며 파스타를 먹기도 할 것이다. 마르고는 나와 같은 전공을 선택했으니 함께 다닐 수도 있었다. 우리는 도서관과 대학 캠퍼스에서 하루를 보내고, 새로운 친구들을 사귀고, 주말에는 앙굴렘으로 돌아가 가족들을 보고, 일요일 밤이면 자유를 향해 날아갈 것이다.

군중이 점점 빽빽해졌다. 한편으로는 압도적이었고, 다른 한편으로는 아득하게 느껴졌다.

"하나, 둘, 셋, 제로*! 하나, 둘, 셋, 제로!"

내 인생은 무승부였다. 나는 로익의 귀에 살짝 속삭였다.

"나, 못할 것 같아."

"왜? 또 네 동생 때문에?"

나는 고개를 끄덕였다. 로익이 고개를 저으며 말했다.

"걔도 이제 충분히 컸어. 더 이상 네가 지켜줄 필요가 없다고."

로익은 내 대답을 기다리지 않고 박수를 치며 다른 사람들과 함께 구호를 외쳤다.

"하나, 둘, 셋, 제로! 하나, 둘, 셋, 제로!"

---

* 1998년 프랑스 월드컵에서 프랑스가 브라질을 3-0으로 이긴 것을 기념하여 외친 구호로 유명하다.

현재

8월 8일

엠마

7시 56분

이제는 하나의 의식이 되었다. 사소한 다툼으로 멀어졌다 잊힌 옛 친구를 다시 찾듯 나는 바다와 다시 이어지고 있었다. 매일 아침 바다의 기운은 내게 어제 부족했던 용기를 채워주었다. 나는 이번 주에 이곳에 온 목적을 이루기로 결심하고 다시 밖으로 나섰지만, 할머니 집으로 돌아오는 순간 결심은 어김없이 녹아버렸다.

오늘 바다는 거칠었다. 바람에 이끌려 물결은 부풀고, 솟아올라 굽어지다가 거품을 터뜨리며 산산이 부서졌다. 나는 바다에 휘말려 여러 번 물속으로 던져졌고, 겨우 숨을 돌릴 틈도 없이 새로운 파도가 나를 다시 잠수하게 만들었다.

내가 물에서 나오자 노인이 내 쪽으로 다가왔다. 나는 지친 몸을 수건 위에 눕혔다. 노인이 지나가며 다정한 인사를 건네듯 이렇게 말했다.

"바보 같으니라고."

나는 몸을 일으켜 가장 아름다운 미소를 지으며 답했다.

"안녕하세요, 선생님. 우리의 관계가 발전하고 있다니 기쁘네요."

11시 43분

내가 돌아왔을 때, 아가트는 이미 깨어 있을 뿐만 아니라 옷까지 다 갖춰 입고 흥분한 상태였다.

"천재적인 아이디어가 떠올랐어!" 아가트가 겸손하게 외쳤다.

"아…."

(내 동생의 '천재적인' 아이디어가 실제로 이름값을 하는 경우는 드물었다.)

"서핑하러 가자! 뤼카가 바스크 해안에서 우리를 기다리고 있어. 서프보드도 가져왔대.

나는 바다가 거칠다느니, 폭풍우가 예상된다느니(사실은 거짓이었지만, 늘 진실만 고집할 필요가 있을까?), 잠을 설쳤다느니 하는 변명을 늘어놓았다. 그러나 아가트는 그 모든 변명에 답할 준비가 되어 있었고, 무엇보다, 주변 사람까지 물들이는 열정을 뿜어내고 있었다.

그리하여 나는 수명을 단축시키는 듯한 스쿠터 여정을 끝내고(아가트는 도로 표지판을 장식쯤으로 여기는 게 분명했다), 서프보드에 몸을 실었다. 서프보드 아래에는 여전히 사나운 바다가 꿈틀거리고 있었다.

마지막으로 서핑했을 때가 스무 살쯤이었던 것 같다. 매년 여름마다 그곳에 있던 한 소년이 생각났다. 그는 아가트와 같은 나이였고, 강사의 말에 토를 달거나, 내가 실수하는 모든 일을 기어코 실수 없이 해내는 통에 정말 짜증이 났었다. 그 소년이 바로 방금 우리에게 서프보드와 수트를 빌려준 그 유명한 뤼카였다. 그도 그럴 게 이제는 자기 서핑 스쿨까지 열었다고 했다.

"다음 파도 타자!" 아가트가 다가오는 파도를 가리키며 외쳤다.

나는 서프보드 위에 엎드려 출발했다. 서 있으려고 애썼지만 내 균형 감각이 동의하지 않았다. 겨우 1미터쯤 갔을까, 나는 프라이팬에 눌린 크레페처럼 바다에 부딪히면서 파도에 얼굴을 세게 얻어맞았다. 콧속 깊은 곳까지 바닷물이 들이쳐 깨끗하게 씻겨나가는 느낌이었다.

알렉스에게 이 이야기를 해주면 분명 웃을 것이다.

오랜만에 알렉스와 이야기하고 싶은 마음이 생겼다. 어제부터 느낀, 오래도록 잊고 지냈던 감정이었다. 알렉스가 그리웠다. 단지 그가 주던 안정감이나 나에게 해주던 것들이 그리운 게 아니었다. 그냥 그 사람이 그리웠다. 시간이 흐르면서 우리는 엠마와 알렉스, 알렉스와 엠마, 아빠와 엄마, 알리스와 샤샤의 부모라는 이름으로 하나가 되어갔다. 그는 오랜 세월을 거쳐 내 일부가 되었다. 알렉스가 없는 삶을 상상할 수 없다. 마치 오른손 없이 사는 걸 상상할 수 없는 것처럼. 가슴이 차오르듯 꽉 조여왔다. 한 번도 그에게 이런 질문을 해본 적이 없다는 것을 깨달았다. 알렉스는 나 없이 살 수 있을까? 보디수트를 입은 채로 나는 비로소 내가 왜 이곳에 왔는지 깨달았다.

아가트의 손을 놓아버렸을 때, 나는 알렉스의 손을 움켜쥐었다. 그는 내가 앞으로 나아갈 수 있도록 이끌어줄 수밖에 없었다. 단지 내가 간절히 필요하다는 이유로 알렉스에게 이 의존을 강요했었다. 이곳에서의 일주일은 내가 아가트를 되찾는 시간이자, 알렉스를 움켜쥔 손을 서서히 놓아가는 과정이었다.

알렉스 역시 이 과정을 받아들이는 중이라는 것을 알고 있다. 알렉스는 이런 식으로, 아무런 연락도 하지 않는 사람이 아니었다. 우리가 좋아하던 노래가 라디오에서 흘러나오면 어김없이 문자메시지를 보냈고, 식당에서 맛있는 걸 먹었다며 전화했으니까. 매일 밤, 알렉스는 오늘 어떤 하루를 보냈는지 이야기해주곤 했다. 그리고 나의 하루는 어땠는지 물었다. 그러니까 알렉스는 지금 노력하고 있는 것이다.

"무슨 생각해?" 파도가 치는 사이사이에 아가트가 끼어들었다.

"아무 생각도."

"아무 생각도 안 할 수는 없어. 음… 삼촌은 그럴 수도 있겠다. 삼촌은 꼭 나사 하나가 빠진 것 같잖아."

"확실히 뇌가 없는 것 같기는 해."

"머리가 텅 비어서 1990년에 귀로 들어간 모래 알갱이가 아직도 계속 떨어진다던데."

"삼촌 머리통이 블랙홀보다 셀걸."

"사실 삼촌이 버뮤다 삼각지인 거 아닐까?"

배가 아플 정도로 웃었다. 우리는 파도 몇 개가 지나가길 기다렸다가 하나를 타기로 했다. 동작이 자연스럽게 되살아났다. 쪼그려 앉았다가 다리에 힘을 주고 서서 균형을 잡고 물살에 몸을 맡겼다. 길어야 3초, 머리가 물속에 잠기는 데 걸리는 시간이었다. 찰나였지만 그 순간 느낀 자유는 세상 무엇과도 비교할 수 없었다.

과거

1999년 8월

아가트, 열네 살

완전히 녹초가 됐다. 별들의 밤이어서 엄청 늦게 잠들었다. 어제는 별똥별이 너무 많아서 불꽃놀이 같았다(장 이브 삼촌이 '불꼬추놀이'라고 말해서 제롬과 함께 우리는 웃음을 터뜨렸지만, 숙모는 전혀 웃지 않았다. 숙모가 웃는 것을 본 적이 없는 것 같다. 숙모에게 광고에 나오는 여자처럼 요실금 증상이 있는 것이 틀림없다). 내가 돌아오는 차 안에서 잠드는 바람에 할아버지가 잠든 나를 침대까지 들어다주셨다. 다음 날 아침에는 늦잠을 잘 수 있을 거라고 생각했는데 그럴 수 없었다. 할머니가 서핑 수업에 가라며 새벽(10시였다)에 우리를 침대 밖으로 끌어냈기 때문이다.

노르 지방에서 오는 애가 있었는데, 작년부터 그 애의 모습이 좀 달라졌다. 머리를 길렀고 이마에 여드름이 났다(그 애는 '오 프레시외즈' 제품은 알지 못할 것이다. 나는 알고 있었는데 냄새가 고약했다). 내가 잊었을까 봐, 그 애는 또다시 자기 이름이 뤼카라고 말해주었다. 나는 그 애가 작년 여름 오두막집 뒤에서 내게 쪽 소리 나게 입을 맞춘 뒤 편지를 쓰겠다고 약속했던 것까지 잊지 않고 있었다. 그 일 때문에 화가 난 나는 복수를 하려고 아침부터 그 애와는 말도 섞지 않았고, 가르시아 부인(할머니의 이웃이다)의 아들 조아킴과 같이 있었다. 조아킴은 착하긴 하지만 좀 귀찮게 달라붙는 편이었다(그의 머리카락처럼 말이다. 그렇게 기름진 머리카락은 본 적이 없었다. 머리카락으로 튀김을 할 수도 있겠다는 생각이 들 정도였다). 나는 도도한 척했지만 사실은 그 바보 같은 녀석의 전화를 기다리느라 전화기 옆에 몇 시간 동안 앉아 있었다. 엄마는 그 애가 전화할까 봐 몇 주 동안 외출도 하지 않는 내가 좀 바보 같다고 말했다. 나도 어떻게 그 애가 나한테 관심을 가질 거라고 생각했는지 정말 모르겠다. 나는 아직 완성과는 거리가 먼 그림의 초안 같았다. 양처럼 꼬불거리는 머리에, 가슴은 계란프라이 같고, 다리는 이쑤시개 같았으며, 배는 물결치듯 출렁였다. 피카소라 해도 어찌 해볼 수 없었을 것이다. 간단히 말해서, 나는 아직 나보다 못생긴 여자애를 본 적이 없었다. 아무리 둘러봐도 거울이 현실을 냉정히 보여줄 뿐이었다. 부모님이 젊었을 때 찍은 사진을 본 적 있는데 두 사람은 아름다웠다(머리 스타일만 제외하고. 세상에!). 그리고 우리 언니도 정말 예쁘다.

겉으로는 신경 안 쓰는 척했지만 사실은 나도 예뻐지고 싶었다. 예쁘면 사는 게 더 편할 테니까. 누구나 예쁜 사람과 친구가 되고 싶어 하고, 그들이 말하면 괜히 더 똑똑해 보였다. 단지 더 근사한 포장을 두른 것뿐인데.

서핑 수업이 끝날 무렵, 조아킴이 조개 껍데기를 줍자고 했다. 바닷물이 빠져나가는 때는 조개 껍데기가 많았고, 조아킴은 내가 조개껍데기를 모은다는 걸 알았다. 내 방(예전에 아빠가 쓰던 방이다)에는 이미 상자하나 가득 조개껍데기가 있었고, 나는 그것들을 수채화 물감으로 예쁘게 칠하곤 했다. 나는 조아킴에게 그러자고 했다.

내가 보디 슈트를 벗는 동안, 뤼카가 다가와 말을 걸었다. 뤼카는 조금 어색한 듯 모래만 쳐다봤다. 차라리 다행이었다. 내 허벅지에 남은 흉터를 보지 못할 테니까. 뤼카는 나에게 전화를 걸고 싶었지만 옮겨 적기도 전에 지워진 탓에 그러지 못했다고 했다(내가 손바닥에 번호를 적어 줬었다). 뤼카는 미안하다고 말했고, 전화번호부를 뒤지고 안내 서비스에 전화도 해봤지만 아무것도 찾지 못했다고 했다. 또 1년 내내 나를 생각했다고 했다. 나는 울고 싶기도 웃고 싶기도 했다. 뤼카가 내게 아이스크림을 먹으러 카지노*에 가자고 했다. 나는 물가에서 기다리고 있는 조아킴을 보면서 뤼카에게 좋다고 했다.

---

* 프랑스 전역에 있는 대형 슈퍼마켓이다.

과거

1999년 9월

엠마, 열아홉 살

　매일 점심에 오는 남자가 있다. 그는 닭고기 샌드위치와 오랑지나를 사서, 세포라 앞에 있는 초록색 의자에 앉아 먹곤 했다. 아마 그는 상가 맨 끝에 있는 옷 가게에서 일하는 것 같다. 특히 웃을 때 맷 데이먼과 약간 닮아서, 마치 영화 〈굿 윌 헌팅〉 속에 들어온 것 같다.

　보석 가게 아주머니는 늘 잠봉뵈르를 먹는다. 수요일에는 초콜릿 에클레어를 하나 더 먹고, 쉬는 시간에도 늘 분주해 보인다.

　내가 제일 좋아하는 단골은 일주일에 한 번 오는 할아버지다. 항상 설탕 타르트를 하나 사가며 안부를 묻곤 하신다. 오실 때마다 예전에 여기서 일했고, 까르푸 슈퍼마켓이 개점했을 때도 이곳에 있었다는 이야기를 들려주신다.

　점장은 늘 나를 못살게 굴지만 다행히도 손님들이 있었다. 사실 쇼핑몰 한가운데 있는 샌드위치 가게에서 일하게 될 거라고는 상상도 하지 못했다. 원래는 대학에 다니고 싶었지만 그래도 불평하지는 않았다. 이곳에 와서 처음 두 달 동안은 신호등 앞에서 전단지를 나눠 줘야 했는데, 창문을 열어주지 않는 사람들 사이에서, 한 시간에 세 번이나 트윙고를 몰고 지나가며 알몸으로 이상한 짓을 하는 미친놈까지 겪었던 걸 생각하면, 지금 일은 훨씬 나았다.

나는 맷 데이먼을 닮은 그 남자가 좋았다. 그가 오기를 기다리며, 건 넬 말을 미리 준비하곤 했다. 아침에 화장할 때면 그를 떠올렸다. 로익과 끝난 뒤, 누군가가 마음에 드는 건 이번이 처음이었다.

오늘 점심, 늘 주문만 하던 그의 입에서 드물게 다른 이야기가 흘러나왔다. 내 이름을 물어본 것이다. 그는 몹시 떨고 있었지만 내가 거스름 돈을 건네자 용기를 내 말을 꺼냈다. 저녁에 일을 마치고 나오면서 시재를 계산하는데 오차가 하나 있었고, 주말엔 데이트 약속이 잡혀 있었다.

나는 집에 돌아오는 내내 바보처럼 웃었다. 버스 안에 있던 사람들은 분명히 나를 이상하게 여겼을 것이다.

그러나 아파트 2층에 올라섰을 때 웃음이 사라졌다. 아직 두 층을 더 올라가야 했는데 이미 고함이 들려왔다.

아가트는 부엌에 쪼그리고 앉아 두 팔로 머리를 감싸고 있었다. 엄마는 나를 등진 채 아가트 앞에 서 있어서 내가 다가오는 걸 보지 못했다. "감히 엄마한테 그렇게 말할 수 있다고 생각해? 착각하지 마, 애야. 이 집은 네 멋대로 굴 수 있는 곳이 아니야." 엄마가 아가트에게 그렇게 말했다. 내 동생은 신음하듯 말했다. "죄송해요, 엄마." 하지만 그 말로는 충분하지 않았다. 엄마는 팔을 들어 올렸고, 손에 감겨 있는 벨트로 내리치려 하고 있었다. 이런 일은 점점 더 잦아졌고, 그 강도도 점점 더 세졌다. 엄마는 늘 뒤늦게 사과했다. 혼자 우리를 키우는 게 힘들다고, 우리가 쉽지 않은 애들이라고, 그러니까 우리가 더 도와줘야 한다고 말했다. 그리고 나서 꼭 안아주며 우리를 사랑하는 딸들이라고 불렀다. 우리가 엄마의 전부라서, 우리가 없으면 살 이유도 없을 거라고 되풀이했다. 우리는 한 번도 반격하거나 밀쳐내겠다는 생각이나 의욕조차 가져본 적이 없었다. 늘 그저 받아들였다.

하지만 이번만은 아니었다.

분노가 나를 앞으로 내던졌다. 나는 엄마의 손목을 붙잡아 움직임을 막았다.

엄마의 시선이 내게로 향했다. 엄마의 얼굴은 분노로 붉게 달아올라 있었다. 몇 초 동안 엄마는 팔을 든 채 그대로 굳어 있었다. 나는 이제 괜찮다고, 내가 개입한 덕분에 엄마가 상황을 깨달았다고, 그래서 원래 있어야 할 자리에 벨트를 다시 꽂고, 오늘 저녁은 사과와 몇 번의 웃음으로 이어질 거라고 생각했다. 하지만 가죽이 내 뺨을 때리는 소리가 그 환상을 깨버렸다.

현재

8월 8일

아가트

13시 19분

언니는 페탕크* 공만큼이나 서핑을 못했다. 예전에는 우리 둘 중 제일 잘했었는데, 역시 세상에 영원한 건 없었다. 언니는 자존심 때문인지, 고집 때문인지는 모르겠지만 끝까지 매달리다가 결국엔 매번 물속에 곤두박질치곤 했다. 그 모습은 유리창에 찰싹 붙어 달랑거리는 작은 인형을 떠오르게 했다. 내가 뤼카와 자주 서핑을 한다는 사실을 굳이 말하지 않았다. 모처럼 언니가 나를 부러워할 이유가 생겼는데, 그걸 빼앗고 싶지 않았다.

썰물이 지며 해변이 다시 드러났다. 우리는 물에서 나와 모래 위에 앉아 몸을 말렸다.

"너는 여전히 잘 타네." 언니가 내게 말했다. "서핑은 자주 해?"

"절대 아니야."

"거짓말. 딱 봐도 꾸준히 연습한 티가 나잖아!"

"언니, 조심해. 내가 최근에 읽었는데 질투는 치질을 부른대."

언니가 폭소했다.

"말도 안 돼!"

---

* Pétanque, 금속 공을 사용하는 프랑스의 레저 스포츠다.

"죄책감 가질 필요는 없어. 내 타고난 우아함을 부러워하는 건 아주 정상적인 일이니까. 언니는 서프보드 위에 있던 시간보다 물속에 있던 시간이 더 길었잖아. 서퍼라기보단 스펀지에 가까웠지."

뤼카가 담배를 피우러 우리 곁으로 다가왔다. 그의 뺨과 코는 짙은 초록색 선크림으로 덮여 있었다.

"그래서, 들로름 자매님들, 오늘 서핑 어땠어?"

언니가 자기 허벅지를 치며 말했다.

"아, 이게 서핑이었어? 난 우리가 잠수하는 줄 알았지!"

뤼카가 웃음을 터뜨렸다.

"오늘 바다가 서핑하기 좋은 조건은 아니었어. 지난주가 더 좋았는데. 맞지, 아가트?"

저 멍청한 자식.

14시 56분

보디 슈트와 서프보드를 반납했다. 뤼카가 내일 다시 오자고 제안했고 언니는 단칼에 거절했다. 그럴 만도 하지. 언니가 오늘 들이켠 대서양을 다 소화하려면 시간이 걸릴 테니까.

스쿠터에 오르면서도 언니는 여전히 뤼카 이야기를 했다. "예전에 꼬맹이였을 때보다 훨씬 더 괜찮아진 것 같아. 더 귀여워진 것도 같고."

뤼카는 내가 '그 이상'을 시도한 후에도 친구로 남아 있는 유일한 남자였다. 10대 때는 제대로 이어지지 못했었다. 두 번의 버드키스가 끝이었으니까. 스무 살 무렵이 되어서야 우리의 본격적인 이야기가 시작됐다. 다른 연애들과 비슷한 곡선을 그렸다. 눈부신 이륙, 영원한 사랑을 약속하던 순간들, 그리고 마찬가지로 눈부시고 급격한 추락. 아주 간단히 말하자면, 얇은 스타킹 한 켤레가 내 연애보다 더 오래갔다. 나는 빠르게 사랑에 빠지는 만큼이나 빨리 식어버렸다. 그동안 두 사람과 동거했고, 한 번은 약혼까지 했으며, 매번 믿었고 매번 실망했다. 뤼카와는 시작 단계, 떨림의 순간까지만 갔을 뿐, 본격적으로 시작하기 전에 멈춰 섰다. 뤼카는 언젠가 내게 털어놓았다. 자신도 나처럼 극단을 사랑하는 사람이라고. 모 아니면 도, 미적지근한 건 견딜 수 없다고. 닮은 사람일수록 서로 얽히지 않는 게 나을 때가 있다. 그래서 우리는 친구로 남았다. 가끔은 같은 침대에서 같은 자세로 아침을 맞이하곤 했지만 말이다.

나는 언젠가 내 사랑을 붙잡아줄 사람을 만나기를 바랐다. 하지만 문제는 다른 사람에게 있지 않았다. 그것을 이해하기까지 약간의 시간이 필요했다. 몇몇 의사와 언니의 부재를 거쳐야 했기 때문이다.

나도 내 또래 아이들처럼 죽음이 와야만 끝나는 영원한 사랑 이야기를 들으며 자라왔다. 영원한 커플들은 이상이 되고, 이별은 실패로 여겨졌다. 나 역시 그런 삶을 살고 싶었다. 내 안의 한 부분은 여전히 그런 사랑을 바라고 있었다. 그러나 어쩌면 나는 오래 사랑하기보다 자주 사랑하기 위해 만들어진 사람인지도 몰랐다. 어쩌면 내 심장은 장거리보다 단거리를 더 좋아하는지도 몰랐다.

나는 오랫동안 주어진 틀에 나를 밀어넣어보려 애쓰고, 남들이 그려놓은 이상에 나를 끼워맞추려 발버둥치다가 결국 현실을 인정했다. 나는 늘 규범보단 예외에 가까웠다. 잡지에 실린 심리 테스트를 할 때마다 나에게 맞는 선택지는 없었다. 어느 날 할머니가 말했다. 규범이 너무 좁은 거라고. 바다처럼 광활해야 하는데, 한창 가뭄에 말라붙은 시냇물이나 다름없다고 했다. 할머니의 말이 옳았다. 규범이란 단지 족쇄일 뿐, 서로 비교하며 안도하기 위해 존재하는 것일 뿐이었다. 나는 정상적인 사람이 아니었다. 나는 한정판이었다. 그 편이 훨씬 더 멋졌다.

"아가트! 조심해!" 언니가 내 귀에 대고 소리쳤다. 정말 성가시다. 내가 생각에 잠겨 있는 순간에 신호가 빨간불로 바뀐 게 내 잘못은 아닌데 말이다.

15시 19분

꼭 알고 싶은 게 하나 있다. 왜 우리는 보고 싶지 않은 사람은 꼭 마주치면서, 정작 간절히 보고 싶은 사람은 절대 마주치지 못하는 걸까? 예를 들어, 지금 할머니 집에 돌아가는 길에 나는 브래드 피트를 만나고 싶었다(말을 타고, 상반신은 벗고, 긴 머리를 휘날리면 더할 나위 없겠지만, 그냥 그 자체만으로도 충분했다. 난 까다롭지 않으니까). 하지만 문 앞에서 나를 기다리고 있는 건 브래드 피트가 아니라 조아킴 가르시아였다. 차라리 그를 과속방지턱으로 착각했다고 변명하면서 깔아뭉개버릴까 잠시 생각했지만, 언니가 반대할 게 뻔하니 얌전히 차를 세웠다.

"방금 내 발 밟았어." 내가 차에서 내리자 조아킴이 말했다.
"아, 못 봤네. 네 그것처럼 간수도 못하고 아무렇게나 두면 안 되지."
"안녕, 조아킴." 언니는 배신자처럼 정중히 인사를 건넸다.
대문을 지나 조아킴이 따라오기 전에 나는 문을 닫았다.
"우리 얘기 좀 할 수 있을까?" 조아킴이 물었다.
"아니."
"아가트, 진짜 너랑 얘기하고 싶은데."
나는 일부러 짜증 난다는 듯이 눈을 굴리며 열쇠를 언니에게 던졌다.
"금방 끝낼 거야."
조아킴은 색이 바랜 청바지에 흰 티셔츠를 입고 선글라스를 쓰고 있었다. 나는 사람들과 이야기할 때 선글라스를 벗지 않는 사람들을 싫어했다. 마치 도금을 안 해서 투명한 거울과 얘기하는 기분이 들었다. 조아킴은 완전히 여유로운 자세로 서서 주머니에 손을 넣고 입가에 미소를 띠고 있었다. 껌까지 씹었다면 딱 완벽했을 것이다.

"어제는 조금 긴장했었어. 잊었다고 생각했는데 아니었나 봐. 그래서 혹시 네 마음을 상하게 했다면 사과하고 싶어."

나는 크게 웃었다.

"마음이 상했다고? 너무 너 스스로를 중요하다고 생각하는 거 아냐? 내가 차갑게 보였으면 미안. 그냥 네가 기억나지 않았을 뿐이야. 기억에서 완전히 사라졌었거든."

"아가트….”

"맞아, 내 이름. 근데 넌 이름이 뭐더라…?"

"그때는 우리 어렸잖아. 나도 미성숙했고. 그건 누구에게나 일어날 수 있는 일이었다고."

"죽음도 마찬가지야. 받아들이기 쉽지 않지만."

조아킴이 선글라스를 벗었다. 그는 과장되게 슬픈 눈을 했다. 연기가 과해서 바셋하운드 같았다.

"선글라스 쓴 게 더 나았는데."

"선글라스 없이도 잘 보여. 너는 여전히 예쁘네."

"토 나오게 만들지 마."

조아킴은 굴하지 않고 말을 이어갔다.

"네가 그때 힘들었다는 걸 알았어. 그런데 내가 실수도 했고, 너희 할머니가 나를 혼내려고 하셔서 무서워서 연락 못 했어. 엄마한테서 최근에 할머니가 돌아가셨다고 들었어. 정말 유감이야."

눈물이 차올랐지만 절대 조아킴 앞에서 울 수는 없었다. 돌아서려는 순간, 옆집에서 여자 목소리가 들렸다.

"금방 갈게, 자기! 나… 차에 뭐 가지러 갔다 왔어. 금방 갈게!" 조아킴이 나를 향해 돌아섰다. "내 아내야. 지금 임신 중이고. 굳이 얘기하지 않는 게 낫겠다…. 너는 애 있어?"

"응, 일곱 명 있어. 요일별로 한 명씩 돌보고 있지. 속옷처럼."

나는 조아킴의 반응을 기다리지 않고 발걸음을 돌려 할머니 집으로 들어갔다. 언니는 샤워 중이었고, 나는 시리얼 한 줌을 들고 선풍기 앞 안락의자에 앉았다.

과거
2000년 4월
엠마, 스무 살

　엄마가 가구를 밀어내고 풍선을 달았다. 내 스무 번째 생일을 축하하기 위해 모두가 모였다. 할머니와 할아버지는 앙글레에서 왔고, 마르고는 보르도에서 왔다. 심지어 시릴도 초대됐는데, 엄마는 시릴을 별로 좋아하지 않았다(엄마는 너무 친절한 사람은 의심스러워했다). 체육관 친구들도 왔는데, 졸업하면서 체육관을 그만둔 뒤로 그들을 본 적이 없었다.
　엄마는 담배를 사오라고 보내면서 천천히 오라고 신신당부했었다. 엄마가 뭔가를 준비한 게 좀 티가 나긴 했지만 이렇게 많은 사람들을 만날 줄은 몰랐다. 내가 돌아오자 모두가 영화처럼 "서프라이즈!"라고 외쳤다. 아가트와 할머니가 케이크를 가져왔다. 포레누아르 케이크였다.
　"할머니가 티라미수를 만들고 싶어 하셨어." 엄마는 내가 케이크를 받고 기뻐하는 걸 보며 설명했다. "하지만 엄마는 네가 포레누아르 케이크를 더 좋아할 줄 알았어. 내 딸을 잘 알지!"
　할머니는 하늘을 올려다보며 한숨을 쉬었고, 나는 그런 할머니에게 윙크했다. 내가 할머니의 티라미수를 더 좋아한다는 사실을 우리 둘 다 알고 있었다. 그건 이 우주에서 내가 가장 좋아하는 케이크였다. 언젠가 나도 만들어보려 시도한 적이 있었다. 할머니가 알려준 레시피를 단계별로 따라 해본 적이 있다. 결과는 나쁘지 않았지만 할머니의 티라미

수 맛은 아니었다. 할머니에게는 가장 단순한 음식도 맛있게 만드는 무언가가 있었다. 나는 엄마를 향해 고개를 끄덕이며 미소 지었다. 진실을 말하면 축제를 망칠 테니까. 이제 선물을 받을 시간이다. 정확히 말하면 선물 '하나'. 파란색 봉투 위에 이렇게 쓰여 있었다. '생일 축하해, 엠마!'

나는 기대하며 봉투를 열었다. 혹시 실망할까 봐 연기할 준비도 했다. 모든 시선이 나를 향했고, 내 반응을 빨리 보고 싶어 하는 것 같았다. 나는 카드 내용을 읽기 전부터 이미 감격하고 있었다.

운전면허 학원 수강권

연기할 필요가 없었다. 이렇게 큰 선물을 받아본 적이 없었다. 정말 놀라웠다! 모두가 돈을 모아 마련해준 것이다. 나도 돈을 조금씩 저축해두긴 했지만, 엄마가 요구하는 월세와 생활비 때문에 월급은 금방 바닥났고, 점장은 아직도 나를 정규직으로 전환해주지 않았다. 내일 바로 운전학원에 등록할 것이다!

아가트가 자기 방으로 나를 데려갔다. 내게 줄 선물이 따로 있었는데, 다른 사람들 앞에서 주고 싶지 않았던 것이다.

아가트는 침대 뒤에서 큰 그림 하나를 꺼냈다. 그림 속에는 두 사람이 그려져 있었고, 나는 곧바로 그 두 사람이 우리라는 걸 알아볼 수 있었다. 동생과 나, 아가트는 내 어깨에 머리를 기대고 눈을 감고 있고, 나는 아가트를 바라보고 있었다. "이게 내 첫 그림이야." 아가트가 말했다. 감정이 너무 벅찰 때마다 늘 그랬듯, 킥킥 웃으며 덧붙였다. "아래에 사인도 했어. 누가 알아? 언젠가 수백만 프랑의 가치가 될지도 모르잖아!" 나는 그림에서 시선을 떼지 못했다. "나한텐 수백만 프랑보다 더 소중해."

내가 답했다.

 문을 두드리는 소리가 들렸다. 할머니와 할아버지였다. 돌아가는 길이 네 시간이나 걸리기 때문에 두 분은 곧 떠나야 했다. 할머니는 문이 잘 잠겼는지 확인한 뒤, 나에게 작은 상자를 건넸다. 그 안에 무엇이 들어 있을지 알았다. 태어난 해부터 매년 똑같은 상자를 받았다. 그 안에는 진주 하나가 들어 있었다.

 "이번 게 제일 중요해." 할머니가 목에 걸린 목걸이를 쓰다듬으며 속삭였다. "왜냐하면 이게 마지막이거든. 너무 감동적이구나, 얘야."

 나도 감동했다. 이건 할머니가 자기 할머니에게서 이어받은 전통이었다. 매년, 스무 살이 될 때까지 할머니는 내게 진주를 하나씩 선물했다. 그리고 스무 개의 진주가 모여 목걸이가 되었다.

 "이 목걸이는 절대 나를 떠나지 않는단다." 할머니는 종종 이렇게 말씀하셨다.

 할머니가 내 볼을 쓰다듬었다. "내 첫 손녀, 내 사랑. 벌써 스무 살이구나. 너 태어났을 때 내가 마흔여덟 살이었다는 거 알지? 내가 너를 유모차에 태우고 산책시키면 사람들이 나를 네 엄마로 착각하곤 했어. 솔직히 말하자면 그 말을 매번 바로잡아주진 않았지."

 나는 할머니의 품에 뛰어들었다. 나는 할머니를 너무 사랑한다. 할머니와 할아버지가 없었다면 내 삶이 어땠을지 상상도 할 수 없다. 그들과 함께한 여름은 언제나 회색빛 일상에서 색채를 띠는 한 장면이었다. 나는 일상의 지옥 같은 이야기들을 그들에게 말하지 않았다. 그들을 걱정시키지 않기 위해, 그리고 엄마를 보호하기 위해서. 하지만 그들은 다 알고 있었다. 느끼고 있었다. 내 상처를 보고 있었다. 할머니가 내게 몇 번이나 질문을 던진 적이 있는데 그때마다 나는 거짓말을 했다. 할머니는 묵묵히 받아들였지만 이번에는 평소와 달리 진지한 목소리로 나에게 말했다.

"네가 말 한마디만 하면, 손짓 한 번만 하면, 할머니와 함께 살 수 있단다."

과거
2000년 8월
아가트, 열다섯 살

어제 할아버지가 돌아가셨다. 엄마는 내가 집으로 돌아가야 할머니가 편하게 쉬신다고 했지만, 나는 절대 할머니를 혼자 두고 갈 수 없었다. 언니는 시릴과 함께 휴가를 보내다가 우리에게 오는 중이었다.

마음이 완전히 무너져버렸다. 다시는 할아버지를 볼 수 없다는 게 믿기지 않았다. 무엇보다 할머니가 할아버지를 다시 볼 수 없다는 사실이 믿기지 않았다. 할아버지는 어제 아침 심장마비로 세상을 떠났다. 내가 계속 생각하는 건 할머니뿐이다. 나는 아직 쓰러지지도 않았다. 평소라면 조금만 감정이 격해져도 바로 쓰러지는데, 지금은 감정이 극에 달했는데도 버티고 있었다.

의사가 할머니에게 수면제를 처방해주었다. 나는 밤새 할머니 곁을 지켰다. 할머니는 밤사이 할아버지의 이름을 여러 번 불렀고, 아빠의 이름도 불렀다. 그제야 나는, 아빠가 돌아가셨을 때 할머니가 느꼈을 감정을 진짜로 생각해본 적이 없다는 것을 깨달았다.

내가 일어났을 때 할머니는 아직도 주무시고 계셨다. 이런 적이 한 번도 없었는데. 나는 할머니를 위해 아침을 준비했다. 매일 아침 할머니가 우리에게 만들어주는 것과 똑같이, 구운 빵에 버터를 발랐다. 커피도 내렸었다(한번 마셔봤는데 맛이 없었다. 담배도 그렇지만, 그래도 피운다. 엄마가방에서 피터 스튜이브산트를 훔쳐 피우곤 했다).

  방 안이 어두워서, 복도의 불빛이 들어올 수 있도록 방문을 열어두었다. 마루가 삐걱거리고, 할머니가 눈을 떴다. 할머니는 아직 어제 입었던 옷을 입고 있다. 나는 쟁반을 침대 발치에 내려놓고 할머니 옆으로 몸을 슬며시 움직였다. 할머니는 내게 미소 짓고, 내 뺨을 쓰다듬었다. 그런데 갑자기 할머니 눈에 충격이 번졌다. 몇 초 동안 잊고 있던 현실이 이제야 할머니를 붙잡은 것이다.

  나는 어릴 적 할머니가 내 슬픔을 달래주었던 것처럼 할머니를 꼭 안았다. 울음 때문에 할머니의 온 몸이 떨렸다. 할머니를 달래기 위해 무엇을 해야 할지 모르겠다. 머리카락을 쓰다듬고 뺨을 닦아주었다. 처음으로 나 자신이 아닌 누군가를 위로해야 하는 순간인데, 심지어 그 대상이 할머니라니. 나는 다른 사람의 슬픔을 이렇게까지 느낄 수 있다는 것을 몰랐다. 이 모든 고통을 어떻게 해야 할지 모르겠다. 밖으로 내쫓아 버리고 싶고, 시간을 되돌려 할아버지와 할머니의 미소를 되찾고 싶었다. 할머니가 나아지길 바랐다. 할머니를 위해서도, 나를 위해서도. 끝내 회복하지 못해서 이번에는 할머니마저 사라져버릴까 봐 두려웠다.

  나는 일어나 할머니에게 커피를 건넸다. 할머니는 조금 진정이 되었는지 커피 향을 들이마시며 눈을 감았다. 나는 토스트 한 조각을 뺏어 먹었다. 할머니가 나를 꼭 껴안았다.

  "고마워, 사랑스러운 아가."

  "설탕은 안 넣었어요. 넣을까요?"

  "커피 때문이 아니란다. 고마운 건 너의 사랑이지. 너는 이미 다 이해하고 있어. 슬픔을 치료할 유일한 치료제 말이야. 결국 중요한 건, 다른 사람들 마음 한 구석에 머물면서, 우리 마음 한편을 나눠주는 거야. 넌 특별해, 우리 아가. 감정을 이성보다 먼저 생각하는 마음을 절대 잃어버리지 말거라."

나는 울지 않으려 애썼지만, 할머니는 도와주지 않았다.

"고마워요, 할머니. 그런데 아직도 나는 내가 특별해지고 싶은지 잘 모르겠어요. 엄마는 마음이 없으면 삶이 더 쉽다고 하던데. 아마 맞는 말일지도 몰라요. 누구도 사랑하지 않으면 누군가를 잃을 일도 없고, 그럼 슬프지도 않을 테니까요."

할머니가 웃었다. 나는 이제 이런 일이 다시는 없을 거라 생각했었다.

"아가, 나는 네 할아버지를 잃어 슬프지만 그를 만난 걸 후회하지 않는단다. 다시 돌아가도 나는 이별의 고통을 선택할 거야."

"하지만 할아버지를 만나지 않았다면 슬플 일도 없을 거잖아요."

"그 사람을 만나보지 못했다는 게 슬펐을 거야."

"만나지 않고서는 아무것도 알 수 없죠."

"네가 더 크면 알게 될 거다."

나는 어른들이 더 이상 논리적 이유가 없을 때 내세우는 이 문장이 싫었다. 그래도 나는 할머니가 옳기를, 내가 지금 모습 그대로 살아가는 게 부디 좋은 일이기를 바랐다. 때로 심장이 온 몸을 가득 채운 듯해 숨쉬기조차 불편한 순간이 있었으니까.

현재

8월 8일

엠마

17시 6분

아빠가 쓰던 방 한쪽 벽은 전체가 비디오테이프로 가득 차 있었다. 할아버지는 영화에 열정적이지 않았다. 매주 초에 구독하던 텔레비전 프로그램 팸플릿이 오면 할아버지는 관심 있는 영화에 표시했다. 비디오 녹화를 예약하고, 잡지에서 영화 요약과 후기, 스틸컷이 담긴 페이지를 오려 테이프 케이스 안에 넣었다. 테이프 옆면에는 제목과 번호를 적었다. 그러면 거의 모든 과정이 끝난 것이다. 남은 일은 검은 공책을 열어 영화 제목의 첫 글자 페이지에 해당 영화와 번호를 테이프 옆면에 마저 적는 것이었다. 그 공책과 선반에는 수백 편의 영화가 있었지만, 대부분 시작이나 끝부분이 잘려 있었다. 할아버지가 녹화 예약을 할 때 오차를 예상했음에도 불구하고 그랬다. 나는 할아버지가 짜증 내며 광고 때문에 방송이 지연되는 것을 한탄하던 모습을 떠올렸다.

선반 맨 아래에는 더 작은 테이프들이 연도별로 정리되어 있었다. 나는 1996년 것을 집었다.

"이게 뭔지 알아?" 내가 아가트에게 물었다.

"할아버지 영상이잖아. 기억 안 나? 항상 캠코더로 다 찍으셨잖아."

기억이 되살아났다. 마치 긴 잠에서 깨어난 듯 주름진 할아버지 얼굴과 검은 캠코더 뒤에서 장난기 어린 눈빛을 하고 계시던 모습이 떠올랐다.

"이거 볼 수 있을까?"

"할머니가 가끔 보시곤 했어." 아가트가 대답했다. "작은 테이프를 큰 테이프 안에 넣는 것 같았는데…. 여기 있다!"

아가트가 선반에서 VHS 테이프 하나를 꺼냈다. 중앙에는 직사각형 공간이 있어 1996년 테이프가 딱 맞게 들어갔다.

"아직 작동할까?"

"한번 해보자!"

18시 1분

거의 한 시간을 헤맸다. 비디오 플레이어는 한동안 사용되지 않았던 게 분명했다. 리모컨은 사라졌고, 텔리비전은 그 낡은 기계를 인식하지 못했다. 하지만 드디어 작동했다. 영상은 오래되어 화질이 흐렸고, 구도는 엉망이었다. 우리가 찾던 영상도 아니었지만 어쨌든 과거의 장면이 화면에 떠올랐.

로마의 콜로세움, 할아버지의 목소리.

"1996년 1월 14일. 우리는 오늘 아침 버스로 긴 여행을 마치고 로마에 도착했다. 첫 번째로 방문한 곳은 콜로세움인데, 이렇게 인상적일 줄은 몰랐다. 이 건축물 좀 봐…. 잠깐, 캠코더에서 왜 이런 소리가 나지? 안 돼! 첫날부터 나를 괴롭히다니! 거금 주고 샀는데 말이야. 여보, 이거 봤어? 판매원이 튼튼하다고 했는데 벌써부터 말썽이야."

할머니의 목소리.

"여보, 한 번만 말할게. 당신이 캠코더에 대해 불평하는 소리 듣고 싶지 않아. 내가 어떻게 생각하는지 알잖아. 캠코더는 계속 고장 나고, 그게 당신을 짜증 나게 하고 결국 분위기를 망칠 거야. 그냥 눈으로 즐겨."

"역시 당신은 믿을 수 있는 사람이야."

"언제든지, 여보."

우리는 깔깔 웃었다. 두 사람이 장난치는 걸 얼마나 좋아했는지 깜빡 잊고 있었다.

"뒤로 돌려봐. 할머니 목소리 좀 더 듣고 싶어!" 아가트가 말했다.

우리는 세 번이나 돌려 보며 할머니 목소리를 듣고, 로마 여행을 계속했다. 그러다 화면이 검게 변하며 3월로 넘어갔다. 할머니는 거실 식탁에 앉아 있었고, 장이브 삼촌은 부엌에서 나와 촛불이 켜진 케이크를 들고 있었다. 모두가 생일 축하 노래를 부르는데, 할아버지의 목소리가 가장 크게 들렸다. 모두를 즐겁게 하려고 테너처럼 노래를 부르는 게 할아버지의 특기였다.

아가트는 소파에 파묻히듯 앉아 다리를 모았다.

다시 화면이 검게 변하고, 우리는 7월로 돌아갔다. 정원에서 거실 유리문을 가만히 비춘 화면. 할아버지가 한숨을 쉬었다. "애들 오래 걸릴까? 기다리는 동안 테이프나 정리해야겠네." 할머니가 대답했다. "당신 시장 당선 후 연설을 찍었던 거 기억나? 벽에 발린 회반죽보다도 재미없더라. 아, 애들 온다!"

정말 우리였다. 나는 무릎이 찢어진 청바지에 배를 드러내는 분홍색 상의를 입고, 아가트는 노란 프릴 스커트와 크로셰 상의를 입고 있었다. "자, 음악 틀어." 열한 살 아가트가 말했고 열여섯 살의 나는 플레이 버튼을 눌렀다. 오펠리 윈터가 노래를 시작하자 우리는 춤을 추었다.

나는 돌 위에 앉아 있었어

눈물이 내 얼굴을 적셨지

어떻게 해야 할지 모르겠어

내 안에서 용기를 찾을 수 있을까…

나는 땅속으로 사라지고 싶은 마음과 아직 순수해서 남의 시선을 신경 쓰지 않고 즐거움을 우선시하는 두 아이를 꼭 안아주고 싶은 마음 사이에서 갈팡질팡했다.

"세상에, 우리가 정말 이랬어?" 아가트가 손으로 화면을 가리키며 깔깔 웃었다.

"댄싱퀸이었지. 기회만 되면 춤췄는데 기억 안 나?"

"안타깝게도 기억 나지. 어떤 건 차라리 잊는 게 나은 것 같아. 이 크로셰 상의처럼. 진짜 테이블보 같잖아. 조그만 테이블이 아니고서야 누가 이런 걸 입어?"

"네 얼굴 좀 봐. 금발 곱슬머리까지 너무 귀여웠잖아! 가끔은 그 시절로 돌아가고 싶어."

아가트가 다리를 뻗고 발을 낮은 테이블 위에 올렸다.

"난 아니야."

문득 나는 깨달았다. 그때가 아가트가 정말 힘들어지기 시작한 나이였다는 것을. 얼마 지나지 않아 아가트는 치마를 입지 않았다. 어느 날, 아가트 방에 노크 없이 들어갔을 때, 아가트가 허벅지에 자해한 상처를 숨기고 있다는 걸 알게 되었다.

나는 화제를 바꿨다.

"최근에 알게 됐는데 내가 오펠리 윈터 노래 가사를 잘못 부르고 있었더라? 몇 년이나 '신은 내게 믿음을 주셨네, 뭔지 모를 어떤 것을' 하고 불렀는데, 사실은 '뭐라고 설명하기 어려운 작은 것'이었대. 그동안 얼마나 많은 사람들 앞에서 바보처럼 노래했는지 상상조차 못하겠어."

예상했던 대로 내 동생은 웃음을 참지 못했다.

"말도 마. 나는 악셀 르드 노래를 계속 이상하게 불렀어. '팬이 되게 해줘'인데 나는 최근까지도 '내 가르마 놔둬, 스테판'이라고 불렀다니까."

나는 거의 목이 막힐 뻔했다.

"근데 진짜로 그 가사가 아니라는 걸 몰랐어?"

"글쎄, 왜 알아야 해! 나도 가끔 그런 식으로 말할 때 있는데."

배가 아플 정도로 웃었다. 아가트는 눈물까지 흘린다. 몇 분 후 겨우 진정하고 우리는 1990년 영상을 틀었다. 아무렇게나 고른 건 아니었다. 우리는 무엇을 볼지, 영상에 누가 나올지 알고 있었다.

초반 몇 초 만에 아빠는 해변에서 수영복만 입고 나타났다. 아빠는 장 이브 삼촌과 함께 테니스를 쳤다. 공은 항상 너무 멀리 가고, 아빠는 일부러 불평하는 척했다. "왜 내가 쟤랑 놀려고 애쓰는지 모르겠어. 두 손 다 왼손잡이인 애랑 말이야."라고 할아버지에게 말했다.

"아빠 목소리 잊고 있었어." 아가트가 속삭였다.

나 또한 잊고 있었다. 기억 속 목소리와는 달랐지만, 이렇게라도 목소리를 들으니 기뻤다. 아빠의 모습을 보는 것도 좋았다. 잠깐이나마 아빠가 가까이 있는 것 같은 기분이 들었다. 하지만 아빠의 죽음이 떠올랐다. 아빠가 남긴 공허함을 나는 잘 알았다. 기반이 없는 상태에서 바르게 자라는 건 어려운 일이었다.

그러다 내 아이들이 생각났다. 아이들이 그리웠다. 갑작스럽고 즉각적인 그리움, 육체적으로 아이들이 필요했다. 그리움이 속에서부터 차

오르며 넘쳐흘렀다. 모든 것이 뒤섞이고, 감정이 한순간에 뒤엉켰다.

엄마가 된 이후, 나는 내 어린 시절을 다른 관점으로 바라보게 되었다. 더 부드럽게, 더 공감하며, 더 감탄하면서 말이다. 나는 한 번도 내 삶을 다른 사람보다 어렵다고 생각하지 않았고, 힘든 순간에도 불평하지 않았다. 하지만 내 아이들을 나 대신 그 자리에 두고 생각해보니 그때 내가 느꼈던 두려움, 슬픔, 부당함이 생생하게 다가왔다. 아이들을 사랑으로 감싸안으며, 내 안의 일부가 어릴 적 나를 위로했다.

"오늘 밤에 클럽 갈래?" 아가트가 말했다.

그 말이 생각 속에서 나를 끌어냈다. 심장이 다시 뛰기 시작했다.

"클럽? 오늘 밤에?"

"그래, 나이트클럽! 오랜만이잖아. 갈래?"

전혀 내키지 않았다. 나는 원래 그런 곳을 좋아한 적이 없었다. 좋아할 만한 나이대에도 친구들을 따라갔을 뿐이고, 음악과 담배 연기 속에서도 결국 항상 벤치에서 잠들곤 했다. 거절하려는 순간, 내가 이번 휴가를 아가트와 함께 보내기로 결심했던 이유가 떠올랐다. 결국 나는 아가트의 말에 동의했다.

과거

2001년 9월

아가트, 열여섯 살

오늘 아침에도 일어나지 못했다. 개학 후 세 번째였다. 알람 두 개를 맞춰놨는데, 방 반대편에 있는 알람까지 껐지만 다시 잠들어버렸다. 정오까지, 아니 그 이상까지 잘 수도 있었다. 내가 한 짓을 깨닫고 나면 더 그랬다. 잠은 모든 걸 잊게 해주었다.

다행히 엄마는 일찍 나갔다. 아니었으면 전쟁이었을 것이다. 학교에 제출한 확인서에 엄마 서명을 흉내 내서 했는데, 교장선생님이 의심을 품기 시작한 것 같다. 엄마를 부르면 안 되는데. 아무리 연습해도 내가 엄마의 외모까지 흉내 낼 수 없으니까.

나도 내가 왜 이렇게 됐는지 이해가 되지 않았다. 피로가 내 뇌와 몸을 마비시키고, 움직이거나 생각할 수 없게 만들었다. 내가 원하는 건 단 하나, 자는 것뿐이었다. 결과 따위는 상관없었다.

지리 수업 시간에 졸아서 벌점을 받았다. 선생님이 내가 졸고 있는 걸 알아채면 깨워달라고 소냐에게 부탁했지만, 내가 코를 골며 모두를 웃게 만들었기 때문에 소냐는 그냥 내가 들키도록 놔뒀다(다음 번에 소냐가 뭔가를 먹고 있을 때 나도 아무 말 안 해줄 거다).

나는 오후 2시가 조금 넘어서야 겨우 정신이 들었다. 옷을 입고, 초코팝을 한 그릇 담아 먹고, 아무 흔적도 남기지 않기 위해 정리한 뒤 텔레비전 앞에 앉았다. 채널을 돌려봐도 노인용 프로그램뿐이라 결국 TF1에서 방영 중인 연속극을 켰다. 나는 종종 시시한 걸 보면서도 결말을 알고 싶어 끝까지 보곤 했다. 하지만 이번엔 결말을 알 수 없었다. 브렌다가 마침내 제이슨과 이어질지 밝혀지기 직전에 특별 뉴스 속보가 프로그램을 끊었고, 기자는 미국에서 사고가 발생했다고 알렸다. 화면에는 끔찍한 장면이 펼쳐졌다. 한 타워가 불타면서 검은 연기가 치솟았다. 갑자기 또 다른 비행기가 두 번째 타워와 충돌했고 그 타워도 폭발했다. 나는 믿을 수 없다는 듯 멍해진 채 화면에서 눈을 떼지 못했다. 일어나지도 못했고, 숨쉬기조차 힘들었다. 온몸이 떨렸다. 또 다른 비행기가 펜타곤을 향했다는 소식, 그리고 네 번째 비행기가 들판에 추락했다는 소식이 이어졌다. 공격이라는 발표가 나왔다. 얼마나 시간이 흘렀는지 모르겠다. 충격에 멍한 채로, 불어버린 시리얼 한 그릇이 테이블 위에 그대로 남아 있었다. 두 개의 타워가 무너졌다. 언니가 일을 마치고 돌아왔다. 이미 상황을 알고 있는 모양이었다. 샌드위치 가게 문이 닫히자마자 달려왔다고 했다. 언니는 "너랑 함께 있고 싶었어."라고 말했다. 엄마는 좀 더 늦게 집에 들어왔고, 울면서 우리를 껴안았다. 내 신발과 가방이 어제부터 그대로 있다는 건 눈치채지 못했다.

밤이 깊어졌고, 우리는 시리얼을 먹으며 텔레비전 앞에 앉았다. 새로운 영상들이 나왔다. 먼지투성이인 사람들, 비명, 죽음. 나는 아직 준비가 되지 않았다. 이 세계를 바라볼 준비가 안 됐다. 다시 어린 시절로 돌아가고 싶었다. 그때가 완벽했던 건 아니었지만, 바비 인형에 뭘 입힐지가 가장 큰 고민이던 시절, 어른들이 어떤 이야기를 낮은 목소리로 나눴던 시절, 죽은 사람들이 하늘에 산다고 믿었던 시절, 가족이 세상의 전부라고 믿었던 시절로 돌아가고 싶었다. 이런 감당할 자신이 없었다. 삶은 때때로 감당할 수 없는 무게처럼 버겁게 느껴졌다. 나는 다시 잠자리에 들었다.

과거

2001년 11월

엠마, 스물한 살

시릴이 나를 차버렸다. 내가 노키아로 스네이크 게임을 하고 있었는데 문자메시지가 왔다.

우리 끝내자.

전화 요금 때문에 시릴에게 전화를 걸 수 없었고, 엄마가 집 전화는 쓰지 못하게 해서 나는 이야기를 나누려고 시릴의 집으로 갔다. 시릴은 친구 카데르와 함께 있었지만 내게 들어오라고 했다. 시릴은 마치 낯선 사람처럼 내게 거리를 두었고, 나는 울지 않으려고 애썼지만 전혀 성공하지 못했다.

왜 그러냐고, 내가 뭘 잘못했냐고 물었지만 시릴은 그저 지쳤고 다른 사람을 만나고 싶다고만 말했다. 나는 시릴에게 다른 사람이 있을 거라고 확신했다. 그게 아니면 말이 안 됐다. 우리는 얼마 전에 1주년을 기념했고, 시릴은 나와 함께 살고 싶어 했으며, 불과 지난주에도 "평생 사랑할 거야."라고 말했었다. 시릴의 휴대폰 요금제에서 단 세 개뿐인 즐겨찾기 번호 중 하나가 내 번호였다. 그건 어쨌든 내가 그만큼 중요하다는 의미 아닌가.

나는 시릴이 마음을 바꾸도록 설득하려고 했지만 시릴은 카데르와 심즈 게임을 하는 게 나와 이야기 하는 것보다 더 즐거워 보였다. 심지어 내가 나가는 것도 눈치채지 못 한 걸 보면 말이다.

나는 걸어서 집에 돌아왔다. 버스에서 누군가를 만나면 곤란할 정도로 울고 있었기 때문이다. 비가 내렸고, 손가락은 얼어붙었고, 배는 아팠다. 이렇게 집이 그리웠던 적은 없었다. 이 고통에서 회복할 수 있을지 모르겠다. 지금까지 시릴만큼 사랑한 사람이 없었다. 시릴의 성으로 서명하는 연습까지 했었다. 우리는 같은 건물에서 일하고 있다. 나는 샌드위치 가게에서, 시릴은 옷 가게에서. 매일 마주치게 될 테니 회복에는 전혀 도움이 되지 않겠지.

엄마는 일하러 나갔다. 나는 곧장 아가트의 방으로 달려갔다. 아가트는 브리트니 스피어스의 노래를 들으며 과산화수소로 인중에 난 털을 탈색하고 있었다. 내 상태를 곧바로 알아차린 아가트는 솜을 내려놓고 나를 끌어안았다.

"무슨 일이야?"

"시릴이 나를 차버렸어."

"내가 가서 그 자식 얼굴 박살내줄까?"

나는 아니라고 말했다. 아가트라면 진짜로 할 수 있을 테니까. 나는 눈물을 쏟아냈다. 멈출 기미는 보이지 않았다. 구름이 내 안으로 따라 들어와 눌러앉기로 작정한 것 같았다.

아가트는 알람을 듣더니 봄버 재킷을 걸쳤다.

"나가는 거야?"

"응. 소냐가 신문 가판대 앞에서 기다리고 있어. 베누아 집에 갈 거야.

거기 다 모여 있대. 언니도 같이 갈래?"

"지금은 사람들 보기 싫어. 우리 둘이 영화 보러 안 갈래? 〈브리짓 존스의 일기〉가 요즘 재밌다던데."

아가트는 머리를 포니테일로 올려 단단히 묶고, 얼굴 양쪽으로 가느다란 머리카락 두 가닥을 흘렸다.

"미안, 언니. 나 정말 가고 싶어."

믿을 수가 없었다. 아가트는 내가 얼마나 힘든지 이해하지 못한 것 같았다. 마음이 산산조각 난 나를 혼자 두고 매일 만나는 친구들 보러 가다니. 절대 안 된다.

"아가트, 제발 나랑 있어주면 안 돼?"

아가트는 멈춰 서서 생각하더니 내 옆에 앉았다.

"소냐가 날 기다리고 있어. 남자친구랑 사이가 안 좋은가 봐. 내가 필요하대. 약속해. 일찍 돌아올게."

현재

8월 8일

아가트

23시 30분

이토록 나이가 실감난 적이 없었다. 예전에 자주 가던 클럽이 사라진 탓에 우리는 인터넷에서 춤출 만한 장소를 찾아야 했다. 평점이 가장 높은 비아리츠 중심부의 클럽을 가기로 하고 준비를 마쳤다(나는 메이크업에 올인했다. 볼에 하이라이터를 너무 많이 발라서 토마 페스케가 우주에서도 날 볼 수 있을 듯했다). 그리고 아무 의심 없이 클럽에 도착했다. 그 순간, 우리가 얼마나 나이를 먹었는지 깨닫게 될 줄은 몰랐다.

"20년 만에 디스코텍에 오네." 언니가 문을 지나며 내뱉었다.

보안 요원들이 웃음을 터뜨렸다.

"언니, '디스코텍'이라는 말은 지난 세기 이후로 안 써."

"아, 그럼 '댄싱클럽'이라고는 말해도 돼?"

내 표정을 보더니 언니가 장난이라고 굳이 덧붙인다.

우리가 도착했을 때, 댄스 플로어는 텅 비어 있었다. 우리는 바 쪽으로 다가갔고 한 웨이터가 주문을 받으러 왔다.

"아무도 없네요?" 언니가 물었다.

"당신들이 첫 손님이에요!" 웨이터가 대답했다. "클럽 오기에는 이른 시간이라서요. 보통은 늦게 오거든요."

그런 건 이미 잊어버린 지 오래였다. 언니 말을 들었다면 10시쯤 도착했을 것이다. 웨이터는 우리의 음료를 카운터에 올려놓고 다시 세팅하러 갔다.

"저 사람 마음에 들어하는 줄 알았는데." 언니가 눈짓하며 속삭였다.

"그만해. 열두 살 애처럼 보이잖아. 주머니에 자가 들어 있을지도 몰라. 언니가 저 사람 할머니뻘일 수도 있지."

언니는 반박하지 않았다. 이렇게 좋은 장난거리를 그냥 놓치는 타입이 아닌데, 오늘 하루가 끝날 때쯤부터 언니가 딴 데 정신이 팔려 있는 걸 느꼈다.

"집에 갈까?" 내가 물었다.

언니는 잠시 머뭇거리며 마치 혼잣말을 하는 듯하다가 결국 댄스 플로어 쪽으로 향했다.

"말도 안 돼. 이 노쇠한 몸으로 춤을 춰야 한다고!"

나도 언니를 따라갔다. 흘러나오는 곡은 내가 모르는 빠른 비트의 전자음악이었다. 이 음악에 맞춰 어떻게 춤을 춰야 할지 전혀 모르겠다. 나는 주로 록, 알앤비, 팝에 익숙했다. 리듬을 맞추려 머리와 팔을 흔들어봤다. 언니는 나보다 더 어색해 보였다. 언니는 조심스레 흔들거렸는데 마치 화장실이 가고 싶은 것처럼 보였다. 나는 내 제안을 후회했다. 우리가 여기서 뭘 하고 있는지 모르겠다. 이곳에 오래 있진 않을 것이었다. 한두 곡만 듣고 나가야지.

0시 53분

언니는 황홀경에 빠졌다. 만약 내가 밤새 언니 곁에 있지 않았다면 언니가 무언가(캐모마일차는 아니었다)를 마신 게 틀림없다고 생각했을 것이다. 이제 사람들로 가득 찬 댄스 플로어 한가운데서 언니는 한 시간 넘게 쉬지 않고 춤을 췄다. 언니의 움직임은 컸고 놀라울 정도로 유연했다. 마치 몸을 다시 길들이는 것 같았다.

내 심장은 주기적으로 쉬어야 한다며 으름장을 놓았다. 무리했다간 파업이라도 벌이겠다는 식이었다.

내가 소파 구석에 앉아 음료를 마시는 순간 한 남자가 다가왔다.

"안녕. 여기 앉아도 돼?"

그가 신중하게 다가왔다는 걸 알아차렸지만 애송이에 불과한 남자에게 마음을 허락할 생각은 없었다.

"고맙지만 나 춤추러 갈 거야."

"같이 춤추는 건 어때?"

"이름이 뭐야?"

"레오."

"레오, 관심 가져줘서 고맙지만 나는 나이 든 남자랑만 놀거든."

그는 웃으며 내 손을 탁 치고 물러났다. DJ가 새로운 곡을 틀기 시작했고, 언니는 여전히 눈을 감은 채 음악에 흠뻑 젖어 춤을 췄다. 주변에서 무슨 일이 일어나든 아랑곳하지 않았다. 빛줄기가 얼굴에 닿자 언니가 미소 짓고 있는 게 보였다. 나는 잔을 내려놓고 언니에게 다가갔다.

"괜찮아?" 언니의 귀에 속삭였다.

언니는 눈을 크게 뜨더니 나를 보고 놀랐다.

"아가트, 진짜 탁월한 아이디어였어. 너무 기분이 좋아!"

"지금 위로가 필요한 거야?"

언니는 잠시 말을 멈추고 다정하게 나를 바라보며 내 손을 잡았다.

"나랑 춤추자, 아가트. 오늘 밤만큼은 모든 걸 잊는 거야."

언니의 목소리와 말투에는 내가 거절할 수 없는 무언가가 있다. 그래서 나는 함께 춤을 췄다. 눈은 감지 않고 언니를 바라봤다. 감정이 나를 조여왔다. 마치 귀를 멍하게 하는 음악과 눈부신 조명 아래, 사흘 동안 서로를 맴돌며 망설였던 시간을 지나, 이제야 언니의 진짜 모습을 보는 듯했다. 그 모든 내면의 방황 속에 언니가 있었다. 5년이 흘러 오늘 밤, 나는 내 언니를 다시 만났다.

과거

2002년 5월

아가트, 열일곱 살

담임선생님이 수업이 끝난 후 나를 부르셨다. 지난주 결석 때문에 혼날 줄 알았는데 아니었다. 선생님은 나를 칭찬하셨다.

"지난 2주 동안 모든 선생님이 너의 행동에 변화를 느꼈다고 하시더구나. 수업에 참여하고, 성의를 보이고, 성적에도 그 결과가 나타나고 있다고. 로스트 선생님이 수학 시험에서 18점을 받았다고 하셨어. 평균 점수가 오를 거야."

나는 먼저 집에 돌아왔다. 언니는 아직 일하러 가 있고, 엄마는 여전히 치료 중이었다. 엄마는 이번이 제대로 된 기회라고 말했다. 나는 더 이상 희망을 품지 않기로 결심했다. 희망 끝에는 항상 실망만 남으니까. 그래도 마음 깊은 곳에서는 조금은 믿고 있었다. 엄마는 내일 돌아올 예정이었다. 엄마가 없을 때가 더 조용하긴 했지만 그래도 엄마가 돌아오는 게 기다려졌다. 나는 집을 정리하고, 청소기를 돌리고, 기왕 하는 김에 창문도 닦았다. 엄마가 좋아할 것이다.

요즘 나는 정말 컨디션이 좋았다. 드디어 사춘기가 끝난 것 같았다. 카멜과 사귀고 있기 때문일지도 몰랐다. 이렇게 사랑에 빠진 건 처음이었다. 늘 카멜과 함께 있고 싶었다. 카멜이 멀리 살아서 보러 가려면 버스를 세 번이나 타야 했지만 그럴 만한 가치가 있었다. 카멜은 내게 〈물

랭루주)의 사운드트랙 CD를 선물했다. 나는 그걸 계속 들었고, 카멜을 생각했다. 카멜이 내 인생의 남자라고 확신했다.

매주 토요일에는 카멜의 럭비 경기를 응원하러 갔다. 경기 후에는 같은 팀 선수들과 그들의 여자친구들과 함께 3차전을 했다. 모두 나를 좋아했다. 나는 게임을 시작했고 분위기를 띄웠다. 다들 즐거워했다. 우리는 자주 클럽에 갔고, 나는 몇 시간이고 멈추지 않고 새벽까지 춤을 췄다. 할 수만 있다면 계속했을 것이다. 나는 항상 마지막으로 나왔다. 클럽의 경비원들도 내 이름을 알 정도였다.

언니를 기다리면서 텔레비전에 뮤직비디오를 틀었다. 쿠키 한 봉지와 그뤼에르 치즈, 칩스터, 그리고 콜라 한 잔을 챙겨 거실에 앉았다. 나의 프로젝트를 진행하려는 것이었다. 3주째 매일, 늦은 밤까지 졸음이 밀려올 때까지 작업을 이어가고 있었다. 나는 실루엣, 드레스, 바지, 뷔스티에, 하이힐, 부츠를 그렸다. 텔레비전에 나온 장 폴 고티에를 보고 아이디어를 떠올렸다. 고티에는 정말 멋있어 보였다. 그림을 완성하면 그에게 보낼 것이다. 고티에는 분명 나에게 전화해 같이 일해보자고 할 것이다. 왜 내가 진작 그 생각을 못 했는지 모르겠다. 나는 분명 이런 일을 하기 위해 태어난 사람이었다.

언니는 6시에 들어왔다. 거실에는 온통 낱장 종이들이 흩어져 있었고 그걸 본 언니는 눈을 치켜뜨더니 바로 샤워하러 갔다. 나는 언니가 무슨 생각을 하는지 알고 있었다. 하지만 틀렸다. 언니는 장 폴 고티에가 내 그림 따위는 신경 쓰지 않을 거라고, 아예 쳐다보지도 않을 거라고 말했다. 그리고 그게 결국 내게 더 나은 일일 거라고 했다. 꿈이 너무 크면 현실을 집어삼킨다면서, 내가 실망하지 않기를 바란다고 했다. 하지만 언니는 질투하고 있는 거다. 나는 실망하지 않을 것이다. 나는 내가 옳다고 확신했다. 장 폴 고티에는 내 그림을 무척 좋아할 것이다. 고티에는 나에게 함께 일해달라고 애원할 것이다. 나는 카멜과 함께 파리에서 살게 될 것이고, 그러면 엄마와 할머니, 그리고 언니도 나를 자랑스러워 하겠지.

과거
2002년 8월
엠마, 스물두 살

일을 그만두었다. 점장이 내게 휴가를 9월에 가라고 강요했는데 그건 할머니 집에서의 여름휴가를 포기해야 한다는 뜻이었다. 지난해에는 겨우 2주밖에 가지 못했다. 너무 짧아서 힘들었지만 없는 것보다는 나았다. 나는 1년 내내 할머니와 다시 만날 날만 손꼽아 기다렸다. 9월까지 기다려야 한다는 것은 도저히 상상할 수 없는 일이었다.

엄마는 그 일을 몹시 기분 나쁘게 받아들였다. 내 몫의 월세를 내지 못하면 집에서 쫓아내겠다고 나를 위협했다. 나는 새 학기가 시작되면 다른 일을 구하겠다고 약속했다. 그러나 사실 내가 바라는 것은 단 한 가지였다. 떠나는 것. 더 이상 엄마의 분노를 견딜 수 없었다. 엄마는 한동안 나를 때리지는 않았는데, 내가 성인이 되었다는 사실이 일종의 면제권을 준 듯했다. 하지만 아가트에게는 서슴지 않았다. 나는 평생 엄마를 두려워하면서도 엄마를 감싸주곤 했다. 하지만 이제는 내 안에도 분노가 차오르는 것을 느꼈다. 내가 얼마나 더 버틸 수 있을지 모르겠다. 매일 엄마의 기분에 휘둘리며 사는 것은 견딜 수 없는 일이다. 저녁마다 엄마가 돌아오는 것을 두려워하고, 우리가 무슨 말을 하는지, 어떻게 말하는지, 어떻게 바라보는지, 어떻게 걷는지까지 신경 써야 하는 것은 정말 고통스러웠다.

"케이크 한 조각 먹을래?" 할머니가 내게 물었다.

온 가족이 보리수나무 아래에 모여 앉아 장이브 삼촌의 생일을 축하하고 있었다. 할머니는 티라미수 한 조각을 내게 내밀었다. 내가 그 유혹을 뿌리칠 수 없다는 걸 할머니도 알고 있었다.

"아가트도 좀 먹어야지." 주느비에브 숙모가 말했다.

"안 먹는다고 했잖아요." 아가트가 말대꾸했다.

"꼭 그런 식으로 말해야겠니? 다 널 생각해서 그런 거야. 이쑤시개처럼 말라서는 아무것도 안 먹잖아."

아가트는 하늘을 향해 눈을 굴렸다. 나는 내가 아가트 편이라는 사실을 알려주기 위해 팔에 손을 얹었다. 하지만 속으로는 나도 아가트의 성격에 점점 지쳐가고 있었다. 휴가가 시작될 무렵에는 모든 게 괜찮았지만 며칠 전부터 아가트는 모두에게 까칠하게 굴고 있었다.

"자, 애야." 할머니가 나섰다. "한 조각만 먹어보렴. 그러면 더는 안 건드릴게."

그러자 아가트가 벌떡 일어나 외쳤다.

"나 좀 그냥 내버려두라고!"

"뭐라고?" 삼촌이 으르렁대며 자리에서 일어났다.

"내가 무서울 줄 알아?" 아가트가 비웃듯 말했다. "나 좀 내버려둬! 나는 아무도 귀찮게 하지 않잖아. 나는 그냥 내 자리에 가만히 있는데 당신들이 맨날 나를 건드리는 거잖아. 아주 진절머리가 난다고! 그냥 놔둬, 젠장!"

아가트는 달려 나가더니 대문을 쾅 닫았다. 식탁 위에 정적이 내려앉았다. 몇 초 동안 모두가 멍하니 굳어 있었다.

"나는 항상 쟤가 까다롭다고 생각했어." 장이브 삼촌이 마침내 자리에 다시 앉으며 말했다.

"저 애도 쉽지 않은 삶을 살고 있잖아." 할머니가 달랬다.

"엄마, 저 애 편 좀 그만 들어요! 저 애한테도 도움이 안 된다고요. 우리 집안 사람들은 저렇게 행동하지 않아요. 이제 그렇게 하게 둘 수도 없고요."

"쟤는 자기 엄마랑 꼭 닮았어." 주느비에브 숙모가 내뱉었다. 숙모는 곁눈질로 나를 한번 흘겨보더니 이렇게 덧붙였다.

"다행히 너는 저 정도는 아니구나."

나는 고개를 숙였다. 부끄러웠다. 내 동생을 두둔하지 못한 것이, 아가트가 얼마나 멋진 사람인지, 제대로 알게 되면 누구보다 관대하고 섬세하며, 얼마나 잘 공감할 줄 아는 사람인지를 그들에게 설명하지 못한 것이 부끄러웠다. 때로 아가트의 그 마음이 넘쳐흘러서, 어떻게 해야 할지 몰라 헤매는 것뿐이라는 것을 말하지 못한 것이 부끄러웠다. 아가트는 엄마와는 전혀 다르며, 누구에게도 해를 끼친 적 없고, 상처 입히는 유일한 대상은 자기 자신뿐이라는 것을 소리쳐 외치지 못한 것이 부끄러웠다. 무엇보다도 부끄러웠던 것은, 내 마음 깊은 곳에서 나도 점점 그들처럼 생각하기 시작했다는 사실이었다.

현재

8월 8일

엠마

3시 14분

뜨거운 물을 목덜미 위로 흘려보냈다. 몸이 꽁꽁 얼어붙어서 도저히 따뜻해지지 않았다. 그런데 한밤중에도 할머니의 온도계는 여전히 영상 28도를 가리키고 있었다.

아가트는 잠들었다. 아가트가 끝내 잠들지 못할 줄 알았다. 새벽 2시에 진지한 대화를 시작한 건 결코 좋은 생각이 아니었다.

클럽을 나올 때부터 이미 아가트는 언짢은 상태였다. 인사가 채 끝나기도 전에 아가트의 전 남자친구 마티외가 벌써 다른 여자와 사귄다는 소식을 전해 들은 것이다. 돌아오는 길 내내 아가트는 같은 말을 되풀이했다.

"그 자식, 얼마 지나지도 않았는데 바로 다른 사람을 만나네. 분명 그때 이미 걔랑 만나고 있었던 거야. 그래서 날 찬 거지. 근데 너무 비겁해서 차라리 내 탓으로 돌리기로 한 거야. 제발 그 여자애가 걔한테 버섯피자보다 버섯을 더 잔뜩 먹여주면 좋겠다."

나는 운전을 하면서 상황을 가볍게 넘기려 애썼다.

"혹시 네 친구가 잘못 들은 거 아닐까?"

"아니야. 여자 이름까지 말해줬어. 놀랍지도 않아. 걔만큼 달아오른 애도 없거든. 걘 차 유리창 성에를 자기 열기로 녹일 정도라니까."

"진정해, 아가트. 너만 더 힘들어질 뿐이야."

"난 그냥 사실을 말하는 거야. 평가하는 게 아니고. 각자 하고 싶은 대로 하면 되지. 하지만 사실이잖아. 걔는 바비큐 판에 올라간 소시지보다도 많은 놈들이랑 잤다니까."

"그럼 걔는 네 인연이 아니었던 거야. 사람들이 하는 말 있잖아. 하나 잃으면 열을 얻는다고." 말이 내 입술을 떠난 순간, 왜 그런 말을 했을까 스스로 의아했다. 세상에 그보다 멍청한 표현도 드물다는 걸 알면서도. 하지만 그 말이 아가트를 그토록 화나게 만들 줄은 상상도 못 했다. 아가트의 목소리가 한층 높아지더니 나중엔 거의 소리치다시피 했다.

"진심이야, 언니? 언니가 할 수 있는 말이 고작 그거라고? 사람을 그렇게 쉽게 갈아끼울 수 있다고 생각해? 진짜로 열 명의 남자가 내가 사랑하는 그 사람을 잊게 해줄 거라 믿는 거야? 내가 왜 이렇게까지 놀라는지 모르겠네. 언니가 그렇게 생각하는 게 어찌 보면 너무 당연하지."

나는 대답하지 않았다. 아가트가 무슨 뜻으로 말하는지 정확히 알고 있었기 때문이었다. 아가트는 잠시 침묵했다. 아마 입술 끝에서 불타는 말을 억누르려 했을 것이다. 하지만 마침내 그 말을 내뱉었다.

"언니 인생에서 날 내쫓았을 때, 그때도 그런 생각을 했던 거야? 내가 그냥 언니 자리를 다른 사람으로 대신하면 되는 거라고?"

아가트는 울음을 터뜨리며 계기판을 세게 쳤다.

"차 세워. 나 내릴래."

나는 못 들은 척했다. 한밤중에 길가에 아가트를 내버려둘 생각은 전혀 없었다. 그러자 아가트가 소리쳤다.

"언니! 차 세우라고, 젠장!"

"진정해, 아가트."

"그렇게 부르지 마! 언니는 날 버렸잖아. 우리가 여전히 가까운 사이라도 되는 것처럼 굴지 마!"

나는 입을 다물었다. 아가트의 분노는 항상 나를 얼어붙게 만들었다. 내가 할 수 있는 최선은 그 분노가 가라앉을 때까지 기다리는 것이었다.

아가트는 차가 할머니 집 앞에 온전히 멈추기도 전에 차에서 뛰어나갔다. 집으로 들어가 문을 쾅 닫고 자기 방으로 달려갔다. 정원에서도 아가트의 울음소리를 들을 수 있었다.

나는 다시 고요가 찾아오기를 기다렸다가 방으로 갔다. 아가트는 침대 위에 몸을 웅크리고 있었고, 얼굴에는 마스카라가 번져 있었다.

"미안해." 아가트가 말했다.

"네 잘못 아니야, 아가트."

"알고 있었어?"

나는 고개를 끄덕였다.

"할머니가 말해줬어."

아가트가 몸을 일으켰다.

"진단받은 지 벌써 3년 됐어. 그렇게 큰 충격은 아니었어. 의사가 뭐라고 말할지 이미 알고 있었거든. 제2형 양극성 장애라고 하더라."

"많이 놀랐겠다."

"물론 조금은 그랬지. 평생 약을 먹어야 한다는 게 달가운 일도 아니었고. 내가 양극성 장애라고 하면 사람들은 겁을 먹어. 하지만 그보다 안도감이 훨씬 컸어. 우선, 침대에서 일어날 힘조차 없던 시기와 지나치게 흥분된 시기, 그리고 분노의 시기까지 설명이 되니까 마음이 한결 가벼워졌어. 무엇보다 치료법이 있다는 뜻이었고, 그 치료가 효과가 있다면 어쩌면 좀 더 정상적인 삶을 살 수 있을지도 모르니까. 적정 복용량을 찾는 데 시간이 좀 걸렸어. 처음에는 오히려 상태가 더 안 좋았어. 부작용도 많았고. 아직도 좀 남아 있긴 한데 그래도 다시 숨통이 좀 트이는 것 같아."

아가트는 잠시 말을 멈추고 나를 똑바로 바라보았다. 내 반응을 기다리고 있었다. 할머니가 아가트의 상태를 알려줬을 때, 나도 놀라지 않았다. 나는 항상 알고 있었다. 의식적인 것이 아니라 본능적이거나 동물적인 감각으로. 아가트가 태어날 때부터 결함과 연약함을 느꼈다. 아가트는 절벽 가장자리에서 걷고 있었다. 감정에 지배당하고, 기분에 휘둘렸다. 아마도 그 때문에 자연스럽게 내가 방패가 되어 아가트를 지키려고 했던 것 같다. 작은 충격에도 그녀가 부서질까 두려웠다. 아가트의 장애에 이름을 붙이는 것은 그녀를 더 잘 이해하게 해주지만, 내 눈에는 그 진단이 아무것도 바꾸지 못했다. 양극성 장애는 아가트를 정의하는 것이 아니라 아가트의 일부일 뿐이었다.

나는 아가트의 어깨에 머리를 기댔다.

"네가 안정을 찾았다니 기뻐. 눈으로도 느껴지고 마음으로도 느껴져. 하지만 솔직히 말해봐. 너 사실 나한테 소리 지를 핑계를 찾은 거지?"

과거

2003년 4월

아가트, 열여덟 살

  오늘 나는 열여덟 살이 되었다. 로맹이 학교를 나서는 나를 기다리고 있었다. 멀리 로맹의 차에서 피프티센트의 노래가 크게 흘러나왔다. 나는 솔직히 그 음악이 내 취향이 아니라고 말할 용기가 없었다. 나는 키오를 더 좋아했다(앨범이 발매된 이후로 '마지막 춤'을 반복해서 듣고 있다). 하지만 로맹을 실망시키고 싶지 않았다. 로맹은 내 인생의 남자였고, 이런 감정을 느껴본 적은 없었다. 언니는 내가 카멜이나 마누에게도 똑같은 말을 했다고 했고, 아마 그랬을 수도 있지만, 내 감정은 그때와는 비교가 되지 않았다. 로맹은 완벽했다.

  로맹이 나에게 관심을 보였다는 게 믿기지 않았다. 로맹은 잘생기고, 진지하고, 매력적인 그 누구와도 사귈 수 있는 사람이었다. 그런데 도대체 나의 어떤 점에 끌린 걸까. 내 코는 너무 길어서 앞으로 쓰러지지 않는 게 신기할 지경이고, 머리는 넬리 올슨처럼 뻣뻣하며, 이빨은 삐뚤빼뚤했다. 게다가 지난 여름 이후로 2킬로그램이 늘고 엄청나게 뚱뚱해져서 38사이즈 옷을 입어야 했다. 엄마는 내가 먹는 것을 감시했다. 내가 창문 밖으로 음식을 던지는 걸 들켰기 때문이다. 엄마가 의사에게도 얘기했는데, 의사가 뭐라고 했는지는 모르겠지만 엄마는 나를 놓아주지 않았다. 내 몸을 내 마음대로 할 수 없다는 게 말도 안 된다.

로맹이 나를 데리러 올 줄은 몰라서 너무 놀랐다. 그는 자기 집에 가자면서 차에 타라고 했다. 나는 로맹을 따라가기로 했지만 시간을 잘 지켜야 했다. 엄마가 케이크를 준비해두었고, 매년 그랬던 것처럼 식당에도 가야 했다. 늦게 들어가면 엄마에게 잔소리를 들을 것이 뻔했다.

로맹은 나에게 에이브릴 라빈의 노래 두 곡이 담긴 CD를 선물하고는 "너도 에이브릴 라빈처럼 배꼽티를 입으면 좋겠어."라고 말했다

우리는 잠자리를 가졌다. 조금 아팠고, 좀처럼 긴장을 풀 수 없었다. 좀 더 천천히, 서두르지 않고 했다면 좋았겠지만 그런 걸 말할 용기는 없었다.

로맹은 제시간에 나를 데려다주었다. 엄마와 언니가 생일 축하 노래를 불러주었다. 식사를 마치고 집에 돌아와서 엄마는 앨범을 꺼냈다. 아기였던 내 모습을 보더니 엄마는 눈물을 흘렸다.

"내가 못생겼던 건 알지만 그래도 눈물은 좀 참아요!" 나는 웃으며 말했다.

"진짜 못생겼었지." 언니가 맞장구쳤다. "처음 네 모습을 봤을 때 나도 그렇게 생각했어."

"시간이 너무 빨리 지나갔어." 엄마가 한숨을 쉬었다. 그리고 과거로 돌아간다면 지금과는 다르게 행동했을 거라고 말했다.

우리는 사진을 보며 시간을 보냈고 케이크를 나눠 먹었다. 올해는 커다란 밀푀유 케이크였다.

"오늘의 주인공에게는 가장 큰 조각을 줘야겠지!" 엄마가 케이크를 담아주며 말했다.

엄마는 내게서 눈을 떼지 않았다. 나는 마지막 한 입까지 다 먹었다. 정말 맛있었다. 내가 가장 좋아하는 부분은 윗부분이었다. 하루 종일 밀

피유 케이크의 윗부분만 먹을 수도 있을 것 같았다.

하지만 그렇게 하면 배꼽티를 입을 수 없었다.

엄마는 음악을 틀었고, 언니는 케이크를 한 조각 더 먹었다. 나는 화장실에 가서 평평한 내 배를 상상하며 손가락을 목 깊숙이 넣었다.

과거

2003년 6월

엠마, 스물세 살

우리는 집을 떠났다.
이번이 마지막이었다.
엄마는 통제할 수 없을 정도였다.
엄마가 아가트를 죽일까 봐 두려웠다.
짐을 가방에 집어넣었다.
우리는 버스를 탔고 또 기차를 탔다.

할머니가 문을 열어주었다.
아가트가 울기 시작했고, 나도 울었다.
"어서 들어오렴. 내 귀여운 아이들."

현재

8월 9일

아가트

9시 23분

침대에서 나오고 싶지 않았다. 여기서 보낼 날도 이제 겨우 사흘 남았고, 그러면 끝이었다. 언니는 계속 문을 두드렸지만 나는 그저 으르렁거리는 소리로만 답했다.

그 긴 시간 동안 언니 없이 어떻게 지냈는지 모르겠다.

열다섯 살 때 손목이 부러진 적이 있다. 넘어지면서 손을 앞으로 내밀어 몸을 지탱하려 했고, 쾅 하는 소리가 들렸다. 통증이 너무 심해서 아무 느낌도 없을 지경이었다. 너무 아플 때는 뇌가 정보를 차단한다고 했다. 내 뇌는 언니를 향한 그리움을 차단하고 있었다. 나는 언니 없이는 살 수 없어서, 언니 없이 사는 법을 배우느라 다섯 해를 보냈다.

언니가 이번 한 주를 함께 보내자고 제안했을 때, 내 첫 반응은 '절대 싫다'였다. 답장을 보내고 스스로 설득하는 데 5일이 걸렸다. 어쩌면 좋은 생각일 수도 있다고 스스로를 설득했다. 언니와 보낼 일주일을 기다리며 나는 시험을 앞둔 것처럼 나 자신을 다잡았다. 결국 나는 기쁜 척하며 도착했지만 그 기쁨은 가짜였다. 언니를 보자마자 내 방어막은 무너졌다. 그리고 오늘은 그 방어막이 완전히 사라졌다. 언니와 할머니만이 내가 있는 그대로의 나로 있을 수 있게 허락해준 유일한 사람들이었다. 어떤 통제도, 어떤 꾸밈도 없었다. 완전히 자연스러워졌다. 어젯밤, 춤을 추며 우리는 항상 지녀왔던 그 연결감을 느꼈다. 다시는 그걸 잃고 싶지 않다.

9시 42분

언니가 문틈으로 머리를 내밀었다.

"일어나, 게으름뱅이야!"

"음…."

"자, 깜짝선물이 있어!"

언니가 방 안으로 들어와 블라인드를 열었다. 나는 베개에 얼굴을 묻었다.

"절대 안 돼. 라룬 산에 올라가는 건 싫어."

언니가 웃었다.

"약속해. 정말로 이번엔 훨씬 재밌을 거야. 자, 침대에서 나와. 안 그러면 늦는다고."

10시 15분

언니가 운전대를 잡았고 우리는 차를 타고 비아리츠로 가고 있었다. 나는 일어나자마자 어디로 뭘 하러 가는지 알아내려고 애쓰고 있었다.

"먹는 거야?"

"아무것도 안 알려줄 거야."

"빨아먹는 거야?"

"아가트!"

"난 아이스크림 생각한 건데. 언니 무슨 생각을 한 거야?"

"물론이지."

"스포츠?"

"나도 몰라."

"영화 보러 가는 건가?"

"계속 물어 봐도 시간 낭비야."

나는 포기했다. 베르나르를 설득하는 게 더 가능성이 높을 것 같았다.

그때 계기판 위로 거대한 거미가 기어 오는 모습을 보고, 내 질문들은 한순간에 날아가버렸다.

내가 거미는 뭐라고 했었지?

괴물.

커다란 게처럼 생긴 것.

갈색 몸에 굵은 다리를 가진 그것이 내 쪽으로 곧장 다가왔다.

내가 비명을 질러서 언니가 깜짝 놀랐다.

"멈춰! 지금 당장 멈춰!"

"뭐? 왜?"

"멈추라니까아아아아!"

언니는 위험을 의식하지 못한 채 천천히 로터리를 빠져나와 길가에 차를 세웠다. 신중하고 책임감 있는 나는 토스트처럼 튀어 나가듯 차에서 뛰어내려 인도로 올라섰다. 다리가 떨렸다. 나는 거미에게서 시선을 떼지 못했다. 그 생물은 여전히 차 안을 조용히 탐험하고 있었다. 언니도 마침내 그것을 발견하고 마지막 신음 같은 비명을 지르더니 나와 함께 뛰어내렸다.

"이제 어떻게 할 거야?" 언니가 내 뒤에 숨은 채 물었다.

"차에 불을 지르는 거야."

언니가 잠잠한 것을 보니 진지하게 그럴까 생각하고 있는 것처럼 보였다.

"얘가 나오기 전까진 절대 안 들어갈 거야. 누가 이기나 한번 해보자."

"얘한테 말해봐. 들을지도 모르잖아."

나는 농담으로 한 말이었지만 언니는 유머 감각도 차에 두고 내린 듯했다. 언니는 차 쪽으로 한 걸음 다가가 거미를 똑바로 바라봤다. 거미는 꼼짝하지 않았다.

결투가 시작되었고, 긴장은 최고조에 달했다.

"끝장을 보자, 빌어먹을 놈. 하지만 내가 너보다 강하지."

"이렇게까지 했는데도 안 나오면….'

거미는 아직 마지막 한 방 남았다는 듯 차 문 쪽으로 다가갔다. 언니는 뒤로 점프하며 거의 울먹이듯 말했다.

"제발 내려가! 네가 원하는 건 뭐든 할게!"

나는 참지 못하고 웃음을 터뜨렸다. 언니는 진지함을 유지하려 했지만 오래 가지 못했다. 우리는 인도 위에서 웃다가 울 정도로 웃으며, 우리를 내려다보는 거대한 거미를 마주했다.

10시 29분

길을 지나가던 한 행인의 도움을 받아 거미를 차 밖으로 밀어낸 덕분에 우리는 다시 출발할 수 있었고, 언니가 예약해둔 스파 센터에 정확히 시간 맞춰 도착했다.

"이게 우리한테 딱 필요할 것 같더라고." 언니가 말했다.

우리는 각각 다른 탈의실로 이끌려 들어갔다. 난생처음 마사지를 받게 되었다. 담당자가 테이블 위에 놓인 종이 팬티를 입고 누우라고 안내

한 후에 나를 두고 나갔다. 나는 옷을 벗어 옷걸이에 걸고 휴대전화를 무음으로 바꾼 뒤에 팬티를 포장지에서 꺼냈다. 문제는 바로 드러났다. 이걸 어떻게 입어야 하는지 도무지 모르겠다는 것이 문제였다. 내 나이 거의 마흔, 인생에서 수많은 팬티를 입어봤다. 보정용, 스트링, 배를 눌러주는 것, 순면, 레이스, 쇼티, 탱가, 보디 슈트까지 다 입어봤지만 이렇게 생긴 건 처음이었다. 앞뒤의 폭이 똑같았고, 아마 돈이 부족했는지 더 이상의 디테일도 없었다. 얇은 끈만 두 개가 달려서 엉덩이가 두 겹인 사람에게나 맞을 법한 디자인이었는데 나는 그런 사람이 아니었다. 이걸 입고 방귀를 뀌면 휘파람 소리가 날 거라고 생각했다. 마치 아카시아 잎을 입에 대고 불 때 나는 소리처럼 말이다. 도대체 몸의 어느 부분을 가리기 위한 팬티인지 궁금했다. 아마 내가 잘못 이해한 걸 수도 있었다. 담당자가 '팬티'라고 말한 게 아니라 '헤어밴드'라고 한 건 아닐까 싶었다.

노크 소리가 들렸다. 이제 나갈 시간이었다.

나는 힘겹게 그 '팬티형 헤어밴드'를 착용했고, 마사지사가 들어왔다.

"이완 마사지와 활력 마사지 중 어느 쪽을 원하시나요?"

"둘의 차이가 뭐죠?"

"이완 마사지는 이완해주고, 활력 마사지는 활력을 줍니다."

나는 '활력을 주는 마사지'를 선택했다. 이 단어를 내가 모르는 건지 아니면 마사지사가 잘못 알고 있는 건지 모르겠지만.

그리고 마사지가 시작되자마자 나는 이완 마사지를 선택하지 않은 걸 후회했다.

과거

2003년 10월

엠마, 스물세 살

강의실은 엄청나게 컸지만 학생이 너무 많아 바닥에 앉아 있는 사람들도 있었다. 오늘은 수업 이틀째였고 나는 벌써 친구를 사귀었다. 이름은 마리아였고, 내 위층 스튜디오에 살고 있었다. 마리아가 매니저에게 내 얘기를 해줘서 내일 맥도날드 면접을 보게 됐다. 할머니에게 말할 생각에 기대가 됐다. 할머니가 선뜻 도와줄 거라는 것을 알았지만, 할머니의 퇴직 연금으로는 집세를 내기도 버겁다는 걸 알고 있다.

나는 모든 걸 적느라 애를 먹었다. 문학사 수업 교수님이 말이 너무 빨랐다. 수업을 시작하면서 중요한 것만 적으라고 경고하셨는데 내 눈에는 다 중요해 보였다.

"굳이 다 적지 마. 내가 요약 노트 빌려줄게." 옆자리 학생이 속삭였다. 그가 내 눈빛에서 호기심을 읽은 모양이었다. 그는 이렇게 덧붙였다. "이번에 1학년 수업을 두 번째로 듣는 중이거든. 내 이름은 알렉스인데, 너는?"

어제 점심에는 벤치에서 햄샌드위치로 끼니를 때웠는데, 오늘은 호사스럽게 마리아와 카페테리아에서 밥을 먹었다. 마리아는 자기 이야기를 들려주었다. 학업을 위해 스페인을 떠나왔다는 이야기였다. 나는 한쪽 귀로 흘려 들으며 주변을 둘러보았다. 내가 여기 있다니 믿기지 않았다.

오랜 세월 꿈꿔왔던 일을 지금 경험하고 있었다.

휴대전화가 울렸지만 받지 않았다. 누군지 알고 있었기 때문이다. 우리가 떠난 이후로 엄마는 하루에 우리 각자에게 열 통씩 메시지를 남겼다. 사과도 하고, 엉덩이 가죽이라도 잡아서 끌고오겠다며 협박하고, 자살하겠다고 하거나 울며 소리쳤다. 하지만 우리는 한 번도 전화하지 않았다. 힘들었다. 나는 엄마를 용서하고 싶었다. 엄마가 이제 우리 마음을 알았다고, 변하겠다고 약속할 때마다 그 말을 믿고 싶었다. 사랑하는 사람을 믿는 것이 현실을 믿는 것보다 쉬웠다. 언젠가는 다시 엄마에게 연락하겠지만 지금은 시간이 필요했다.

알렉스는 카페테리아를 나와 담배를 피우고 있었다. 그는 아마 눈에 띄지 않으려 한 것 같지만 내가 보이자 속도를 늦췄다.

"어디서 왔어?" 알렉스가 물었다.

"앙글레." 내가 대답했다.

"멋지다! 나 바스크 지방 정말 좋아하거든."

"좋네."

"좋아. 담배 한 개비 할래?"

"나는 담배 안 피워."

"알겠어. 그럼, 나중에 봐!"

"안녕!"

알렉스가 멀어지자 마리아가 웃었다.

"진짜 흥미진진한 대화였어!"

그 말에 나도 웃었지만 매력적인 알렉스의 작은 엉덩이에서 시선을 떼지 못했다.

내가 돌아왔을 때, 아가트는 이미 우리가 침대로 쓰고 있는 접이식 소파에 누워 〈프렌즈〉를 보며 감자칩 한 봉지를 해치우고 있었다.

"둘째 날은 어땠어?" 아가트가 물었다.

"최고였어! 너는 오늘 어땠어?"

"완전 좋았지! 아르바이트를 구했어! 주 4회, IT 회사에서 청소 일을 할 거야."

아가트는 지난달부터 IRTS* 수업을 시작했는데, 수업이 마음에 드는 것 같았다. 친구들도 사귄 모양이었다. 아가트가 이렇게 활기찬 모습은 오랜만이었다. 우리가 할머니 집에서 보낸 올해 여름은 복잡했다. 엄마 집을 떠나온 후유증이었을 것이다. 아가트는 방 안에서 많은 시간을 보내며 음악을 듣고 그림을 그렸다. 조아킴과 뤼카가 매년 여름마다 그랬듯 서핑하러 가자고 찾아왔지만, 아가트는 집 안에 머무르고 싶어 했다.

이번에는 뭔가 달라질지도 모르겠다. 그렇게 믿고 싶었다. 나는 아가트 옆에 누워 쿠키 한 움큼을 훔쳐 먹으며, 레이철이 로스에게 임신했다고 알리는 장면을 지켜봤다.

---

* Institut Régional du Travail Social, 프랑스 전역에 지역 단위로 설치된 지역 사회복지 연구 및 교육 기관이다.

과거

2004년 5월

아가트, 열아홉 살

    요즘 언니가 알렉스 집에서 자는 날이 부쩍 많아졌다. 언니는 항상 내 곁에 있으려고 했지만 나는 애써 괜찮은 척하며 언니를 안심시켰다. 사실은 혼자 있는 게 싫었다. 내게는 언니가 필요했다.

    유기견 보호소 문이 열리자마자 도착했다. 어제 IME*에서의 실습이 끝났다. 6주 동안 자폐 스펙트럼 장애를 가진 아이들과 지냈는데, 그 경험은 내가 마음 속으로 지녀왔던 것을 다시금 확신한 시간이었다. 내가 누군가를 돌보는 일에 어울리는 사람이라는 것 말이다.

    월요일엔 다시 학교에 가야 하니 이번 3일간의 휴일을 이용해 새로운 반려동물을 맞이하기로 했다. 강아지들이 짖는 소리에 마음이 찢어졌다. 나는 모든 케이지를 열어 강아지들을 전부 풀어주고 싶은 충동을 참으며 보호소 복도를 걸었다.

    아빠가 돌아가셨을 때, 나는 엄마가 스누피를 보호소에 맡긴 것이 옳았다고 스스로를 설득했다. 한동안 그 생각 때문에 잠을 잘 수 없었다. 스누피가 혼자 남아 '왜 나를 보러 오지 않지?' 하고 궁금해할 모습을 상상하며, 누군가 그에게 새로운 주인을 보내달라고 하늘에 기도하곤 했다.

---

* Institut Médico-Éducatif, 주로 장애가 있는 아동·청소년을 대상으로 한 의료 교육 기관이다.

나는 눈부시게 멋진 래브라도 리트리버 한 마리를 발견했다. 그 강아지가 철창 사이로 내 손을 핥았다. 이름은 술탄이고, 세 살이라고 적혀 있었다. 옆 케이지에 있던 개도 우리에게 다가왔다. 한 생명체가 이렇게까지 못생길 수도 있다는 걸 처음 알았다. 이 개는 제대로 된 부분이 하나도 없었다. 모든 부위가 무작위로 조합된 듯했다. 완전히 엉망진창인 인형 같았다. 이름은 조이, 여덟 살이었다. 조이는 한쪽에 머무르며 내 존재를 코끝으로조차 신경 쓰지 않는 듯했다.

언니가 집에 들어오면서 나를 보기도 전에 비명을 질렀다.
"이게 뭐야?"
"개인 것 같은데 확실하진 않아."
그 동물은 거실 카펫 위에 등을 대고 누워 있었다.
"근데 여기서 뭐 하는 거야?"
"내가 입양했어."
"뭐? 아가트, 장난하는 거야? 누가 돌보는데? 우리 둘 다 하루 종일 집에 없을 텐데, 그럼 얘는 혼자 남겨둬?"
"보호소에 있는 것보단 훨씬 나아. 여덟 살인 데다가 고슴도치처럼 생겨서 아무도 원하지 않았어. 거기 3년 동안이나 있었다는데 어떡해."
언니가 개를 바라봤고 개는 꼬리를 흔들었다.
"봐, 게다가 꼬리로 박자 맞추기까지 해. 안 데려올 수가 없었어."
언니가 한숨을 쉬며 쭈그려 앉자 개가 일어나서 언니의 검은 바지에 몸을 비볐다.
"어쨌든 선택의 여지가 없네. 이름이 뭐야?"
"미스터 포테이토. 미스터 포테이토 들로름."

현재

8월 9일

엠마

11시 40분

"마사지 어땠어?" 아가트에게 물었다.

"말도 마. 마사지를 받은 게 아니고 완전히 밟혔어."

"부드럽게 잘해주지 않았어?"

"너무 부드러워서 술 취한 엄마가 생각나더라니까."

웃기려고 한 말이었지만 그 농담은 바닥에 떨어졌다.

"사실 좋았어." 아가트가 만회하듯 말했다. "고마워. 이런 깜짝선물."

아가트는 내 뺨에 입을 살짝 맞추고 가방에서 비닐봉지를 꺼냈다.

"팬티도 하나 훔쳤어. 기념품이 될 거야."

12시 2분

나는 혹시 또 다른 거미가 나타날까 봐 시끄럽게 좌석에서 몸을 흔들며 이동했다. 어린 시절 할아버지가 숲에서 송로버섯을 찾을 때 이렇게 가르쳐주셨다. "걸을 때 소리를 내야 해. 그래야 뱀이 물러난단다."

"엉덩이에 벌레라도 있어?" 아가트가 물었다.

나는 부모님 세대에나 쓰던 그 표현을 듣고 웃었다.

아가트가 팔을 뻗어 볼륨을 올렸다. 셀린 디옹의 목소리가 차 안을 가득 채웠다.

"기억나?" 아가트가 물었다.

"무슨 소리야. 당연히 기억하지."

내가 〈타이타닉〉을 보자며 아가트를 영화관에 끌고 갔을 때, 아가트는 마지못해 따라왔었다. 나는 이미 영화관에서 그 영화를 다섯 번이나 봤고 북대서양을 채울 만큼 울어댔다. 그런데도 나는 늘 〈타이타닉〉 얘기를 꺼내곤 했고, 로즈와 잭의 비극적인 사랑 이야기에 완전히 빠져 있었다. 내가 바라는 건 한 가지였다. 나도 언젠가 이토록 강렬한 사랑을 해보는 것. 나는 들뜬 나머지 아가트에게 결말을 말해버렸고, 아가트는 흥미를 잃어버렸다. 그런데 영화가 끝나고 나오자 아가트는 언제 다시 보러 갈 거냐고 물었다. 완전히 빠져버린 것이다. 우리는 그다음 주, 그리고 그다음 주, 또 그다음 주에도 같은 영화를 보았다. 매번 눈은 빨개졌고, 코에서는 콧물이 흘렀다. 결국 영화관 직원은 우리가 안쓰러웠는지 그냥 들여보내줬다.

몇 달 후, 사운드트랙 CD가 출시되던 날 우리는 그걸 사서 몇 주 동안 반복해서 들었다. 그때의 우리 모습이 떠올랐다. 내 침대에 앉아 영어-프랑스어 사전을 들고 가사지의 가사를 번역하며 셀린 디옹이 뭐라고 말하는지 이해하려 했던 모습. 번역은 대체로 엉망이었다. 'You're safe'라는 가사를 '너는 금고야'라고 번역했다. 그런데 아무도 이상하게 생각하지 않았다.

우리는 가사를 잊지 않았다. 차 안에서 창문을 활짝 열고 소리 지르며 노래했다. 사람들이 우리를 쳐다봤지만 우리는 신경도 쓰지 않았다. 마치 10대 시절 그 방으로 돌아가 잭과 로즈와 함께 있는 듯했다.

"언니, 잭이 살 수도 있었다는 거 알고 있었어?" 갑자기 아가트가 물었다. "그 문에 두 명이 충분히 올라갈 수 있었다고 전문가들이 증명했대."

"그만해. 들어본 적은 있는데 난 인정 못 하겠어."

"왜?"

"그럼 내가 가진 로즈의 이미지가 바뀌니까. 로즈에게는 절대 손대면 안 돼."

"그래, 그럼 로즈가 수갑 찬 잭을 한참이나 방치하다가 나중에서야 그가 음모에 휘말린 희생자라는 걸 깨닫는 부분도 그냥 넘어가자는 거지?"

"당연하지."

"알겠어. 값비싼 보석을 바다에 던진 건?"

"안 들려. Youuuu're heeeeere, theeere's nooooothing I fear."

12시 23분

우리는 할머니의 레시피가 담긴 노트를 펼치고 애호박 파스타를 만들기 시작했다. 별로 어렵지 않았다. 모든 것은 애호박의 조리법에 달려 있었다. 겉은 살짝만 구워야 하고 속은 부드러워야 했다. 아가트가 애호박을 잘랐고, 나는 파르메산 치즈를 강판에 갈았다.

"엄마가 전화했었어." 아가트가 갑자기 말했다.

"아, 그래."

"들러도 되냐고 물어보더라고. 언니가 보고 싶다고."

나는 치즈를 강판에 미친 듯이 문질렀다.

"내가 이제 엄마 보고 싶지 않다고 했잖아."

"알아. 하지만 엄마도 나이 들고 있어. 엄마가 영원히 우리 곁에 있는 게 아니잖아. 언니가 후회하지 않았으면 좋겠어."

"네가 엄마랑 다시 연락하고 있는 줄 몰랐네."

"연락을 아예 끊지 못했어. 엄마니까."

"그건 나도 마찬가지야. 네 목소리에 묻어나는 원망이 싫어."

아가트가 칼을 내려놓고(내게는 다행이었다) 내 눈을 똑바로 바라봤다.

"뭐라고 하는 게 아니야, 언니. 그냥 가끔은 흘려보내는 게 더 나을 때가 있다고 생각할 뿐이야. 솔직히 엄마보다 더 심한 사람도 있어. 엄마가 그렇게 무서운 사람은 아니야."

나는 입을 열어 반박하려 했다. 잦은 매질, 폭발하던 분노, 벽에 던져져 산산이 부서지던 물건들, 자살 협박, 끊임없는 원망을 들이밀고 싶었지만 이내 삼켰다. 우리는 같은 아파트에서, 같은 엄마 밑에서 자랐지만 다른 기억을 안고 있었다. 그리고 바로 그것이 내가 바랐던 것이었다. 가능한 한 아가트를 방에서 나오지 못하게 하고, 음악 소리를 충분히 크게 틀어 울음소리를 가렸다. 하지만 불행히도 아가트가 모든 것을 피할 수 있었던 건 아니었다. 때때로 엄마의 분노가 아가트를 향할 때면 나는 그 화살을 내 쪽으로 돌릴 수 없었다. 그렇지만 내가 겪었던 것에 비하면 아가트의 어린 시절은 조금은 더 평안했다.

"마지막으로 엄마를 본 게 언제야?" 아가트가 물었다.

"7년 전. 마지막으로 본 게 알리스의 세 살 생일 때였어."

"기억나."

아가트가 잠시 침묵했다. 그사이에 애호박을 기름에 담갔다. 그리고 말을 이었다.

"언니는 아이들한테 손댄 적 있어?"

"절대 없지. 하지만 정말 큰 노력이 필요해. 가끔 분노가 뱃속을 비트는 것 같고, 피가 혈관 속에서 끓어오르는 걸 느껴. 아이들이 말대꾸 할 때, 같은 말을 세 번이나 반복해야 할 때, 우리가 늦었을 때, 그럴 땐 소리를 지르기도 해. 만약 본능대로 한다면 아이들을 때릴 수도 있을 거야. 하지만 난 본능에 맞서려고 노력해. 우리 애들이, 우리가 엄마 앞에서 떨던 것처럼 내 앞에서 떨게 두지 않겠다고, 나는 엄마와 같은 사람이 되지 않을 거라고 다짐하면서. 내게 그런 '유산'을 남긴 엄마가 원망스러워. 우리를 이렇게 상처 입힌 엄마가 너무 미워."

아가트가 팬에 애호박 조각을 저으면서 말했다.

"나는 아이 안 낳을 거야."

"진짜? 아예 안 낳을 거야?"

아가트가 웃었다.

"내가 아흔 살이 되면 생각해볼지도 몰라. 하지만 그전까지는 안 돼."

"왜 안 낳고 싶은데?"

"언니라서 말해주는 건데 사실 내가 이런 걸 설명해야 한다는 게 진짜 싫어. 여자가 아이 안 낳겠다고 하면 그 이유를 설명해야만 한다는 게 말이 안 되잖아. 이유가 꼭 필요해? 그냥 안 낳고 싶어. 그게 다야. 아이 앞에서 기뻐한 적도 없고, 대가족을 꿈꾼 적도 없어. 솔직히 누군가를 이 세상에 보내고 싶지도 않아. 기후 문제, 전쟁, 폭력, 가난, 바이러스, 이런 것들을 생각하면 말이야. 만약 나한테 선택권이 있었다면 난 머리조차 내밀지 않았을 거야. 그리고 무엇보다 나는 언니랑 달라. 화가 치밀어 오르면 아무리 노력해도 참을 수 없어. 나는 좋은 엄마가 못 될 거야. 하지만 언니가 원하면 좋은 이모는 되어줄 수 있지."

아가트의 고백에 약간 멍해졌다. 나는 한 번도 그런 생각을 해본 적이 없었다. 내겐 아가트가 아이를 갖는 것이 당연한 일이었다. 이런 생각은 내 머릿속에 너무 깊이 박혀 있어서 마치 모든 인간의 운명이 번식하는 것뿐인 양 의심해본 적조차 없었다. 나는 냄비에 물을 붓고 불 위에 올렸다.

"난 네가 필요해. 하지만 하나 약속해줘."

"뭔데?"

"로즈와 잭 얘기는 절대로 아무에게도 하지 마."

과거

2005년 7월

아가트, 스무 살

나는 짧은 방학을 보내기 위해 기차에 올랐다. 할머니와 함께 시간을 보내기 위해서였다. 대학에 들어간 이후로 할머니를 충분히 만나지 못했다. 2주 동안 나는 할머니와 라자냐에 푹 빠져 지냈고, 2킬로그램과 사랑을 한가득 안고 돌아왔다.

돌아오는 기차 안, 내 발밑에는 미스터 포테이토가 있었고, 나는 손목에 감은 진주 목걸이를 쓰다듬으며 울지 않으려 애썼다. 창밖으로 스쳐 가는 풍경을 바라봤다. 풍경이 시간만큼 빠르게 흘러갔다. 하루하루는 이어지고, 한 달이 되고, 한 해가 된다. 우리는 인생을 정신없이 지나가며, 늘 '시간을 붙잡아야 한다'고 스스로에게 말하지만, 정작 우리를 데려가는 건 시간이다. '지금'이라고 말하는 사이, 이미 '어제'가 되어버린다. 어린 시절 내내 나는 "정말 빨리 크는구나."라는 말을 들으며 자랐다. 당시에는 어른들이 침묵을 메우기 위해 던지는 흔한 말로만 생각했다. 하지만 이제는 그 말이 다르게 다가왔다. 시간을 멈추고만 싶다. '어린아이'로 남고 싶다. 할머니를 내 삶 속에 가두고 싶다. 언니와 함께 소파를 영원히 공유하고 싶다. 시간을 붙잡지 않고도 그렇게 할 수 있다면 더할 나위 없을 텐데.

내가 돌아오는 날에 언니는 알렉스 집에 가 있을 거라고 미리 알려줬는데, 막상 집에 도착하니 언니가 거기서 울고 있었다. 나는 달려가 언니에게 안기려다가 언니의 눈에서 눈물이 흘러내리는 걸 보고 멈췄다.

"무슨 일이야, 언니?"

"알렉스가 날 떠났어."

언니는 사흘 전 일이었다고 설명하면서 내 휴가를 망치지 않으려고 말하지 않았다고 했다.

"우린 아직 한창인데 벌써 늙은 부부처럼 굴어서 답답하대. 숨이 막힌다고 하더라."

"그걸 이제야 알았대?"

말이 너무 빨리 나왔다. 언니는 눈물을 흘렸다.

"다시 사이가 괜찮아질 수도 있지 않을까?"

언니가 소매로 콧물을 훔쳤다.

"아니. 정말로 결심한 것 같아. 내가 아직 나를 사랑하냐고 물었는데 대답도 안 했어."

"멍청한 놈…."

"어떻게 극복할지 모르겠어. 너무 사랑했는데…. 내 물건도 찾아 와야 하는데 용기가 안 나."

"가자. 나랑 같이 가."

"지금?"

"지금."

지난번 언니가 헤어졌을 때 내가 실수했던 걸 떠올렸다. 그때 나는 소냐를 위로해야 한다며 나갔지만, 사실 소냐는 내가 만들어낸 가상의 인물이었다. 그때 나는 당황했었다. 언니가 그렇게 연약한 모습을 보인 적이 없었으니까. 항상 우리 둘 중 더 단단했던 사람, 상황을 통제하고 결정을 내리는 사람이 바로 언니였다. 그런 언니의 슬픔 앞에서 나는 무력감을 느꼈고, 기둥이 무너지는 모습을 보는 대신 도망치는 걸 선택했었다. 이번에는 그 일을 반드시 만회할 생각이었다.

알렉스는 집에 없었고, 언니는 열쇠를 가지고 있었다. 언니와 함께 집 안으로 들어갔다. 언니가 남겨둔 몇 가지 물건을 챙기는 동안 나는 아파트를 둘러봤다. 작고, 환하고, 어수선했다. 테이블 위에는 햄버거와 식어 빠진 감자튀김이 남아 있었다(식어 빠진 감자튀김만큼 역겨운 건 없다). 벽에는 언니와 알렉스의 사진들이 걸려 있었다. 한 사진 속 언니는 카메라를 응시하고 있었는데 행복해 보였다. 좀 아쉬웠다. 괜찮은 사람이라고 생각했는데.

화장실에서 언니가 흐느끼는 소리가 들렸다. 언니의 기분을 바꿔야 했다.

언니가 눈이 붉어진 채로 나오자마자 내 작품을 발견했다. 중학생 수준이라 부끄럽긴 해도 언니를 웃게 만들었다. 항상 가방에 넣고 다니는 검은색 마커로 벽에 가장 먼저 떠오른 욕을 아주 크게 썼다.

식어 빠진 감자튀김 같은 자식

과거
2005년 10월
엠마, 스물다섯 살

아가트가 또 집 안의 가구를 옮겼다. 올해만 벌써 세 번째였다. 아무리 내가 변화를 싫어한다고 설명해도, 아가트에게는 어쩔 수 없는 충동이었다. 나는 일주일에 이틀은 알렉스 집에서 시간을 보내지만 여기도 우리 집인데.

"봐, 이렇게 하면 소파에서도 하늘이 보인다니까!" 아가트가 설득하듯 말했다.

나는 아가트 옆에 누웠고, 머리 위로는 별들이 반짝였다.

"봐? 정말 멋지지!"

"맞아, 아가트. 근데 이제 화장실 문은 못 열겠네."

"언니 진짜 꼼꼼하구나."

나는 포기했다. 아가트가 방광이 차면 또 모든 걸 다시 옮길 테니까.

언젠가 이 시기를 향수 어린 시선으로 돌아보게 되리라 생각하면서 동거의 불편한 점들을 눈감아보려 했다. 대부분의 시간에 우리는 잘 지냈다. 많이 웃고, 침낭과 텔레비전을 앞에 두고 시간을 보내며 서로를 챙겼다. 나도 단점이 많다는 것을 기꺼이 인정하지만, 아가트는 정말 사람을 피곤하게 만들었다. 아가트와 함께 있으면 롤러코스터를 타는 기분이었다. 감정이 극과 극을 오가며 중간이 없었다. 감정을 모두 밖으로 드러냈고, 곁에 있는 사람은 그것을 감당해야 했다. 아가트의 극단적인 기복을 따라가야만 했다. 최근 아가트에게는 새로운 집착이 생겼다. 만화를 그리기 시작한 것이다. 아가트는 모든 여가 시간을 거기에 쏟고, 돈은 물론 내 돈까지 공책, 펜, 가이드북에 써버렸다. 아가트는 항상 자신의 열정을 내게도 옮기려고 했고, 나는 아가트를 격려하며 몇 시간씩 이야기를 들어줬다. 하지만 솔직히 나는 이 열정이 장 폴 고티에, 타투, 수채화처럼 결국 사라지지 않을까 두려워졌다.

누군가가 문을 두드렸다.

"내가 갈게!" 아가트가 현관을 향해 달려가며 외쳤다.

엄마가 문 앞에 서 있었다.

"안녕, 우리 딸들. 이렇게 갑자기 와서 미안하지만 너희 없이 사는 건 더 이상 견딜 수가 없었어. 그래도 나를 보고 싶지 않다면 갈게."

아가트가 나를 바라봤다. 나는 아무 반응도 하지 않았다. 엄마 집을 떠난 이후로 엄마를 보지 못했다. 엄마는 우리에게 연락하려는 시도조차 하지 않고 2년을 보내더니, 이제는 뻔뻔하게, 아무 일도 없던 것처럼 나타나 우리가 팔을 벌려 맞아주길 기다리고 있었다.

"여기 주소는 어떻게 알았어?"

내 목소리는 내가 생각했던 것보다 더 건조했다. 아가트가 엄마를 집 안으로 들였다. 미스터 포테이토가 엄마를 반겼다. 엄마가 몸을 숙여 개를 쓰다듬었다.

"아가트가 주소를 알려줬어."

아가트는 내 시선을 피했다.

엄마의 파촐리 향이 집에 퍼졌다. 배가 조여오는 기분이 들었다. 엄마의 머리는 짧아졌고, 손은 조금 떨렸다. 차라리 분노가 치밀어 엄마를 쫓아낼 수 있기를 바랐다. 그래야 엄마의 무너진 마음에 휘둘리지 않을 테니까. 하지만 눈앞에 초라히 무너진 엄마를 보니, 결국 연민이 먼저 밀려왔다. 엄마가 일어서서 우리와 마주하지 않기 위해 미스터 포테이토에게만 시선을 두고 있던 그 순간, 나는 엄마의 품에 안겼다.

현재

8월 9일

아가트

15시 17분

언니는 낮잠을 자고 있었다. 마사지가 정말로 편안했나 보다. 내가 받은 마사지는 내 몸에 존재하는지도 몰랐던 곳들까지 깨워냈다. 차라리 평생 모른 채 살았으면 좋았을 텐데. 내가 의자에서 잠들 수 있는 괜찮은 자세를 찾으려 애쓰고 있을 때 초인종이 울렸다. 언니가 갑자기 일어나 잠이 덜 깬 눈으로 바라봤다.

"뭐? 뭐야?"

나는 크게 웃었다.

"정말 편안해진 것 같네."

언니가 정신을 차리는 동안 내가 문을 열러 갔다.

문 앞에는 한 남자가 서 있었다. 흰머리를 하고 팔에는 고양이를 안고 있었다.

"로버트 레드퍼드다!"

나는 그 남자를 안으로 초대했다. 그는 대문을 밀고 들어와 나에게 다가왔다. 고양이는 나에게 관심 하나 없었다. 가능하다면 머리를 통째로 돌려 빼내서라도 무관심을 표현할 녀석이었다.

"포스터 봤습니다." 그가 말했다. "보아하니 당신이 고양이를 찾고 있는 거군요."

"네, 할머니의 고양이예요."

"압니다. 저희는 친구였거든요."

옆집의 가르시아 부인이 했던 말이 떠올랐다. 부인이 할머니와 친한 이웃 이야기를 해준 적이 있었다. 그가 할머니를 대하는 방식만으로도 그에게 호감이 갔다. 그를 집 안으로 들였다. 언니는 완전히 잠에서 깼지만 머리카락은 여전히 잠에서 덜 깬 것 같았다.

"할머니의 친구셨나 봐." 내가 언니에게 말했다. "성함이 어떻게 되세요?"

"조르주 로슈포르. 14번지에 살아요."

언니는 조르주에게 커피를 권했고, 그는 좋다고 했다. 조르주가 나와 같은 마음으로 언니가 자신에게 할머니 이야기를 해주길 바라고 있음을 느꼈다. 언니의 말 속에 살아 있는 할머니를 느끼고 싶었던 것이다.

조르주는 무릎 위에 고양이를 안고 커피에 설탕 반 스푼을 넣었다.

"할머니와는 오래 알고 지내셨나요?" 언니가 물었다.

"20년 동안 알고 지냈습니다."

나는 놀란 표정을 애써 숨겼다. 그의 존재는 처음 듣는 것이었다.

"친하게 지내셨나요?"

조르주가 웃었다.

"네, 좋은 친구였죠."

갑자기 한 장면이 떠올랐다. 할머니의 장례식에서 한 남자가 유독 감정이 북받친 듯 보였었다. 그때는 내 슬픔에 너무 압도되어 그 남자를 자세히 살펴보지 못했지만 그 모습이 마음에 남아 있었다. 나만 시끄럽게 우는 게 아니었다. 장례식장에서 그는 모자를 쓰고 있었지만, 그가 누구인지 알아볼 수 있었다.

"로버트 레드퍼드를 제가 맡아도 되는지 물어보려고 왔습니다." 조르주가 고양이를 쓰다듬으며 말했다. 고양이는 그의 무릎에서 꿈쩍도 하지 않았다. 우리가 캉타우 시장으로 가던 길에 이 고양이를 발견했는데, 다쳐 있었거든요…."

"함께 가셨던 거예요?" 내가 놀라서 물었다. 할머니가 들려주었던 로버트 레드퍼드 구조 이야기에 새로운 인물이 등장했다.

"우리는 항상 함께 시장에 갔어요."

언니가 나를 이해하는 듯한 눈빛을 보냈다. 나는 믿을 수가 없었다.

"우리는 이른바 공동 육아를 했었다고 할 수 있죠." 하고 조르주가 농담처럼 말했다. "고양이는 우리 두 집을 오가며 지냈습니다. 낮에는 우리 집에 있다가 저녁이 되면 이곳으로 돌아오곤 했지요. 그녀가 입원해 있는 동안에는 이틀 밤을 우리 집에서 보냈습니다. 저는 그 사실을 전화로 그녀에게 전했어요. 그녀는 투덜거렸죠. 고양이가 자신을 버릴까 봐 걱정된다고요. 저는 그녀가 돌아오면 바로 고양이를 다시 데려다주겠다고 약속했습니다."

조르주가 말을 멈추고 시선을 돌렸다. 그의 슬픔이 그대로 느껴졌다. 언니는 손가락으로 조심스레 하트를 만들어 보였다. 나는 고개를 저었다. 할머니는 연인이 없었고, 있었다면 분명 내가 알았을 것이다.

"고양이를 맡아주셔도 돼요." 언니가 대답했다. "포스터는 저희가 떼어낼게요."

"고양이가 어르신과 함께 있어서 좋네요." 내가 덧붙였다. "작은 질문이 하나 있는데요, 어르신. 할머니와 자주 만나셨나요?"

조르주는 시선을 빛내며 진심으로 미소 지었다.

"가능한 한 자주 만났죠. 함께 있는 걸 좋아했으니까요…. 그녀가 너무 그립습니다."

조르주는 고개를 숙이고 망설이는 듯하다가 깊게 숨을 들이쉬었다.

"제가 하나 더 부탁드릴 게 있습니다. 조금 민감한 문제지만 이해해주실 거라 믿어요."

과거

2006년 7월

엠마, 스물여섯 살

우리는 마지막으로 집을 한 바퀴 돌아보고 문을 완전히 닫았다.

"너랑 같이 살아서 정말 좋았어, 아가트." 내가 속삭였다.

나는 아가트를 안았다. 아가트는 내가 이렇게 할 수 있는 유일한 사람이었다.

나는 졸업했고, 아가트도 마찬가지였다. 9월이면 나는 IUFM*에 들어가 꿈인 교사가 되기 위한 길을 시작할 것이었다. 아가트는 할머니 집으로 가서 한 보호시설에서 일할 기회를 얻었다.

차 안이 터질 듯이 짐으로 가득했다. 알렉스가 짐 싸는 걸 많이 도와줬는데 테트리스 챔피언 수준이었다. 돌아오면 나는 알렉스와 함께 살 예정이었다. 난 그를 쉽게 받아주지 않았다. 애 좀 태우고 나서야 받아들였다. 그가 흔들렸던 터라 이제는 정말 확신이 있는지 알고 싶었다. 결국 알렉스는 금방 돌아왔다. 걱정되기도 하지만 나 없이 살 수 없다는 걸 깨달았다고 했다.

"길 조심해." 알렉스가 차 문을 닫으며 말했다.

"우리 걱정하지 마, 식어 빠진 감자튀김!" 아가트가 대꾸했다.

차 안에서 우리는 RTL 라디오를 들었다. 성인이 되었음을 정확히 알

---

* Institut Universitaire de Formation des Maîtres, 교사 양성을 위한 대학 부설 기관이다.

수 있는 방법은 간단했다. 듣는 라디오 채널이 음악 방송에서 일반 방송으로 바뀌는 순간이 바로 그때였다.

  우리는 밤이 되어 도착했다. 할머니는 감자 오믈렛으로 우리를 맞이했고, 우리는 몇 달 만에 먹을 걸 본 사람처럼 오믈렛을 허겁지겁 먹었다. 짐 정리는 내일로 미루고, 대신 할머니와 함께 중국식 장기를 시작했다. 언제나처럼 할머니가 이겼는데, 우리가 게임의 규칙을 할머니 마음대로 바꾼 걸 눈치챘다고 차마 말하지 못했기 때문이었다. 그리고 각자 방으로 들어가 잠자리에 들었다. 나는 늘 그랬듯 옛날에 아빠가 쓰던 방을 차지했고, 아가트는 장이브 삼촌의 방에 자리 잡았다.

  나는 반쯤 잠든 상태에서 문이 열리고 아가트가 내 침대에 슬쩍 들어오는 것을 느꼈다.

과거

2006년 12월

아가트, 스물한 살

  12월은 내가 가장 좋아하는 달이다. 관광객도 거의 없고, 바위와 하늘, 바다가 하나로 이어지고, 무엇보다도 크리스마스가 다가오는 달이니까. 매년 나는 장식을 어린아이처럼 기다리며, 사랑하는 사람들을 위한 완벽한 선물을 찾기 위해 상점들로 달려갔다. 할머니에게 줄 멋진 스카프를 찾았다. 지난달 할머니는 갑상선 제거 수술을 받았고, 이제는 목을 가릴 액세서리 없이는 외출하지 않았다.

  따뜻한 카페 안에서 창밖 불빛에 시선을 고정한 채로 조아킴과 초콜릿 무스를 나눠 먹었다.

  "진짜 맛있다." 내가 말했다.

  "네가 더 맛있어."

  그를 많이 사랑하긴 하나 보다. 이런 유치한 말도 참아주는 걸 보면.

  우리의 시작은 순조롭지 않았다. 조아킴은 오랫동안 그저 기름진 머리카락을 가진 친절한 이웃일 뿐이었고, 뤼카와 서핑할 수 없을 때나 찾던 사람이었다. 그 시간을 제외하고 나는 조아킴 생각을 해본 적 없었다. 세월이 흐르면서 우리는 친구가 되었고, 내가 조아킴에게 반할 거라고는 전혀 생각하지 못했다.

  그런데 이번 여름에 쿵 하고 한눈에 반해버렸다. 번개처럼 찾아온 사랑이었다. 조아킴은 이별 후 본가로 돌아왔다고 했다. 그 순간, 나는 갑자기 그가 새롭게 보였다. 운 좋게도 그 역시 나를 보고 있었고, 아마도 꽤 오래전부터였던 것 같았다. 내가 조아킴에게 키스했을 때 그는 "드디어!"라고 말했으니까.

우리는 한동안 우리의 관계를 비밀로 유지했다. 나는 할머니에게만 이야기했는데, 할머니에게는 아무것도 숨길 수 없기 때문이었다. 조아킴의 어머니 가르시아 부인은 나를 그다지 좋아하지 않았다. 조아킴은 가르시아 부인이 나를 '당돌한 계집애'라고 부른다고 털어놓았다. 내가 가르시아 부인처럼 고리타분한 스타일의 옷을 입지 않는다는 이유 때문이었다. 부인은 마치 트루아쉬스 카탈로그에서 튀어나온 할머니처럼 옷을 입었기 때문에, 나를 보고 당황스러워하는 게 이해됐다. 뤼카가 우리 사이를 알게 되었을 때도 조아킴과 똑같이 "드디어!"라고 반응했다. 당사자는 나였지만 정작 제일 늦게 알아챈 셈이었다.

우리는 카페를 나와 내 형광 분홍색 스쿠터로 향했다. 가는 길에 군밤을 샀는데 참을 수가 없어서 맛을 보려다가 혀를 데었다.

"뽀뽀로 호 해줄까?" 조아킴이 장난스럽게 물었다.

나는 거절하지 않았고, 조아킴은 나에게 키스했다. 나는 전율을 느꼈고, 우리는 스쿠터에 올라타 신호를 무시하며 집으로 달렸다. 도착하자마자 나는 그에게 달려들었다.

이번이 나의 가장 긴 연애였다. 다음 달이면 벌써 6개월이 된다. 이번에는 정말 맞는다고 생각했다. 심지어 늘 나를 말리던 언니조차 이번엔 아무 말이 없었다. 언니도 이번에는 다르다는 걸 분명히 알았다.

조아킴은 내가 선물을 준비한 첫 번째 사람이었다. 크리스마스에는 조아킴에게 나와 함께하는 삶을 선물할 예정이다.

현재

8월 9일

엠마

15시 45분

조르주 로슈포르가 사다리 아래에서 우리를 기다리고 있었다. 그가 말한 것만큼 까다로운 요청은 아니었다. 조르주는 15년 전 할머니와 자신을 위해 스페인 예술가가 그린 그림 하나를 가져가고 싶다고 했다. 생각해보면 하나도 이상할 게 없는 부탁이었다.

"할머니가 그 그림을 걸어두지 않았다니 의외네요!" 아가트가 말했다.

"그림이 조금 특별해서요." 조르주가 대답했다. "인테리어에 쉽게 어울리지 않는 그림이거든요."

아가트와 나는 이 집에 다락방이 있는 줄 몰랐다. 조르주는 우리에게 다락방으로 들어가는 덧문(보일러 바로 위 세탁실에 있었다)과 사다리가 있는 위치(차고에 있었다)를 알려주었다. 늘 용감한 아가트답게 나를 먼저 올라가게 했다.

"얼마 전에 어떤 남자가 몇 년 동안 다락방에 살았는데 집주인이 전혀 눈치채지 못했다는 내용의 영화를 봤어." 아가트가 말했다. "누군가 보이면 '위험해!'라고 외쳐. 그러면 내가 바로 알아들을게."

"정말 바로 알아들을 수 있겠어? 메시지가 좀 애매한데…."

내가 덧문을 밀며 말했는데 덧문이 잘 열리지 않았다.

"한동안 안 열렸었나 봐." 내가 말했다.

"안심이 되네." 아가트가 대답했다. "만약 누가 몰래 들어왔다면 이미 죽었을 거야."

조르주가 피식 웃는 소리가 들린 것 같았다. 덧문이 열렸고 나는 다락방으로 몸을 끌어올렸다.

"아가트, 와도 돼!"

"확실해? 주변에 아무도 없어?"

"내 관자놀이에 총을 겨누고 있는 남자가 아무도 없다고 전하래."

"아하하, 진짜 웃기다. … 농담이지?"

마침내 아가트가 다락방으로 들어왔다. 작은 창문으로 빛이 들어왔다. 다락방은 그리 크지 않은 집 전체를 덮고 있었는데, 놀랍게도 아늑하게 꾸며져 있었다. 바닥에는 카펫이 깔려 있었고, 벽에는 벽지가 발려 있었다. 선반들은 각종 물건들로 가득했다. 접시, 책, 접은 옷, 토스터, 신발, 전기 믹서, 쿠션, 물병, 도자기 장식품, 시트, 커튼, 크리스마스 장식, 전구, 거울, 향수 미니어처, 우리가 질문할 때마다 할아버지가 답을 찾곤 했던 스물두 권짜리 백과사전과 매일 아침 욕실 거울 앞에서 사용하던 전기면도기, 그리고 실내화를 찾았다.

"이리 와봐." 아가트가 열린 상자를 보며 말했다.

물건을 꺼내보지 않아도 아빠의 물건들이 여기에 보관되어 있음을 바로 알 수 있었다. 아빠가 학창 시절에 쓰던 공책, 나무 기차, 시계, 체크무늬 셔츠, 향수. 아빠에게 아버지날 선물로 스콜피오 향수를 사준 적이 있었다. 엄마가 저렴하고 슈퍼마켓에서 잘 팔리는 것이라며 추천해준 것이었다. 아빠는 그 향수를 소중히 간직하며 특별한 날에만 뿌렸다. 아가트가 빨간 병을 집어들고 스프레이를 눌렀다. 향기가 코를 타고 들어와 아빠를 떠올리게 했다. 잠깐 동안 아빠가 내 앞에 있는 듯했다. 넓은 어깨, 수염, 미소, 목소리까지. 아가트의 손이 내 손에 스며들었다.

조금 더 살펴보다 내 딕테마직과 아가트의 반딧불이 인형을 발견했다. 우리의 레코드 플레이어는 포폴즈 인형 옆에 놓여 있다.

할머니는 시집에 종종 흘러가는 시간을 기록하곤 했다. 그중 내가 태어난 해에 쓰인 시 한 편이 내 기억 속에 각인되어 있다.

이제 아빠가 사는 곳이 바로 여기다.
엄마도 이곳에 왔다.
내 어린 시절 웃음소리와 젊은 시절을 여기 남겨 두었다.
우리의 첫 춤도 이곳에서 사라졌다.
돌아보아도 더 이상 그들을 볼 수 없다.
한순간이라도 그럴 수 있다면.
시간을 멈추고 어제를 되찾을 수 있다면.

이곳은 단순한 다락방이 아니었다. 이곳은 묘지였다. 할머니는 흘러가는 시간을 여기 묻어두었다.

"찾으셨나요?" 조르주가 물었다.

"완전히 잊고 있었어." 아가트가 내게 속삭였다.

"아직이요!" 내가 대답했다. "어디에 두었는지 기억나세요?"

"오른쪽이었던 것 같아요. 통 근처였던 것 같은데."

아가트가 방 안 깊숙이 있는 할아버지가 만든 통을 보여줬다. 다락방 천장이 경사져 있어서 우리는 허리를 구부리고 다가갔다. 그림은 벽을 향해 세워져 있었다. 나는 그것을 집어 들어 뒤집었다.

"세상에!" 내가 외쳤다.

"똑같아." 아가트가 눈을 가리며 말했다.

조르주는 거짓말하지 않았다. 정말 특별한 그림이었는데, 바로 조르주와 할머니의 초상화였다. 정확히 말하면, 웃고 있고, 단정히 머리를 빗었으며, 완전히 벗은 상태였다.

21시 32분

알렉스는 첫 번째 신호음이 울리자마자 전화를 받았다.

"안녕, 여보."

"안녕, 자기야. 잘 지내?"

"잘 지내. 보고 싶어."

"그 말을 들으니 기쁘다."

"당신이 기뻐보여서 나도 기뻐."

침묵.

"서운해?"

"아니라고는 못 하겠네. 요즘 당신이 좀 거리를 두는 게 느껴졌거든."

"미안해."

"괜찮아, 이해해. 그런 일이 있었으니 마음이 복잡할 수 있지."

"그런 걸지도 몰라. 하지만 그건 당신도 마찬가지겠지."

나는 알렉스의 말투에 울컥한 기색이 번지는 것을 느꼈다.

"그럼 우리 비긴 걸로 하자. 기억나? 우리 만난 지 얼마 안 됐을 때, 숨 쉴 틈이 필요했던 쪽은 나였잖아."

"그건 그렇네. 근데 내가 돌아갔을 때는 벽에 낙서 같은 건 없었으면 좋겠어."

알렉스가 웃었다.

"그 특권은 당신 동생에게 남겨둘게. 아가트와는 어떻게 지내?"

"잘 지내. 아주 잘 지내고 있어. 다시 만나서 좋아."

"좋네."

"애들은 잘 있어?"

"애들은 놀이센터에서 돌아오면 지쳐버릴 만큼 재밌게 놀고 있어. 당신이 돌아오길 기다리면서. 알리스가 그림을 잔뜩 그려서 벽이 모자랄 거야."

"하나도 버리지 마!"

"걱정 마! 당신이 다 간직할 거 알지. 간단한 선 하나라도 말이야."

나는 웃었다. 알렉스가 날 완전히 이해하고 있음을 느꼈다.

"있잖아. 지난번 밤에 깨달았어. 곧 우리가 함께한 지 20년이 된다는 거, 알아? 이제는 떨어져 있던 시간보다 함께한 시간이 더 많을 정도야."

알렉스는 늘 그렇듯 감동하면 기침을 했다. 나는 거대한 슬픔이 밀려오는 걸 느꼈다. 둑이 무너질 것 같았다. 이만 돌아가야겠다.

"이제 가볼게, 자기. 아가트가 중국식 장기를 하자고 기다려."

"베버니차 너무 진하게 마시지 말고."

"나는 허브차를 샷처럼 마시는 게 좋아. 내가 좀 별나잖아."

"사랑해, 괴짜야."

"나도 사랑해."

"엠마."

"응?"

"말했어?"

"아직. 곧 할 거야."

과거

2007년 10월

아가트, 스물두 살

미스터 포테이토가 죽었다. 그는 분명 나를 기다렸을 것이다. 내가 출근할 때도 미스터 포테이토의 몸이 좋지 않았다. 산책할 때 늘 나무에서 나무로 재빠르게 뛰어다니며 냄새를 맡고 꼬리를 흔들던 모습이 아니었다. 그가 늙었다는 사실을 잊고 있었다. 산책 갔다 돌아와서는 매일 먹는 간식을 받아먹은 뒤, 할머니가 책을 읽고 있는 안락의자 발치에 놓인 쿠션에 몸을 뉘었다.

점심시간이 막 끝났을 때 할머니가 전화해 미스터 포테이토의 상태가 좋지 않다고 알렸다. 일어나지 못하고 숨을 매우 빠르게 쉬고 있다고 했다. 내 정신은 멍했지만 몸이 자동으로 움직였다. 스쿠터에 올라타 집으로 달려갔다. 미스터 포테이토는 내 품 안에서 마지막 숨을 내쉬었다.

나는 완전히 황폐해졌다.

머릿속에는 지난 3년간의 기억들이 슬라이드쇼처럼 스쳐 지나갔다. 사람들이 반려동물이라고 부르는 데는 이유가 있다. 미스터 포테이토는 내 일부나 다름없었다. 그의 발이 바닥을 디디는 소리가 어디든 나를 따라왔다. 미스터 포테이토는 내 감정을 느꼈고, 때로는 내가 감지하기도 전에 알아차리곤 했다. 내가 슬플 때면 그는 내 허벅지 위에 머리를 올렸고, 그의 눈에서 읽히는 사랑, 무조건적이고 판단 없는, 오직 동물만

이 줄 수 있는 사랑이 내 마음을 조금이나마 위로해주었다. 인간보다 동물을 더 깊이 사랑할 수 있다는 것을 몰랐다. 미스터 포테이토는 내 팔 안에 있었고 여전히 따뜻했지만 이미 떠나버렸다. 이번에는 나를 위로하지 못했다. 어지러웠다.

할머니가 나를 안아줬다. 할머니는 자신의 슬픔을 억누르고, 내 슬픔을 온전히 받아줬다. 하지만 나도 알고 있다. 할머니 역시 미스터 포테이토를 얼마나 사랑했는지. 그는 하루 종일 할머니와 함께 있었다. 할머니는 추운 날을 위해 미스터 포테이토에게 스웨터를 떠주었고, 내가 절대 그러지 말라고 말했음에도 불구하고 남은 음식을 미스터 포테이토의 밥그릇에 자주 부어주었다.

미스터 포테이토가 없는 삶을 어떻게 버텨야 할지 모르겠다.

나는 언니에게 전화를 걸었다. 힘들 때마다 그랬듯 언니와 이야기할 필요가 있었다. 하지만 전화는 자동응답기로 연결되었다. 일을 하고 있는 모양이었다. 나는 메시지를 남겼다.

우리는 한동안, 아마 한 시간 정도, 무엇을 해야 할지 잘 몰라 멍하니 있었다.

"수의사에게 가볼까?" 할머니가 제안했다. "아마 수의사가 그 이후를 책임져줄 수 있지 않겠니?."

할머니는 그 단어를 입 밖에 내지 않았다. 화장. 조심스레 말하거나 말줄임표에 묻어두게 되는 그런 종류의 단어였다.

"정원에 묻어도 돼요?"

나는 흐느낌에 숨이 막혔다.

"수국 옆에 묻어주자꾸나." 할머니가 대답했다.

나는 웃었다. 미스터 포테이토는 항상 수국에 오줌을 싸서 할머니와

늘 싸웠었다.

할머니는 구덩이를 다시 덮기 전에 석회를 부어야 한다고 알려주었다. 나는 석회를 사러 가면서 할머니에게 먼저 구덩이를 파지 말라고 신신당부했다. 보도 위 스쿠터로 돌아오는 길에 나는 조아킴의 차가 집 앞에 주차되어 있는 것을 발견했다. 조아킴이 일하러 간 줄 알아서 방해하고 싶지 않았는데 그가 집에 있었다. 그의 팔이, 그의 입술이, 그의 목소리가 거기 있었다. 조아킴은 나를 꼭 안아줄 것이고, 흩어진 내 조각들을 다시 제자리에 맞춰줄 것이었다.

나는 대문을 밀고 들어갔다. 조아킴의 부모님은 이 시간에 일하고 계셔서 가르시아 부인에게 물릴 걱정은 없었다. 문을 두드렸지만 아무도 나오지 않았다. 집을 한 바퀴 돌며 창문으로 안을 살폈다. 내 얼굴은 눈물로 범벅이었다. 나는 지금 그 어느 때보다 조아킴이 필요했다. 조아킴은 그의 방에 있었다. 우리의 시선이 창문 사이로 마주쳤다. 조아킴이 내 눈에서 무엇을 읽었는지 알 수 없지만, 나는 그의 눈빛을 완벽하게 해독할 수 있었다. '젠장, 방금 여자친구가 아닌 다른 여자와 섹스하다 걸렸군.'

과거
2007년 10월
엠마, 스물일곱 살

수영장을 나서자 자동응답기에 메시지 두 통이 와 있었다.

나는 바로 듣지 않고, 먼저 내가 실습하는 반의 선생님에게 전화했고, 그다음 알렉스에게 전화했다.

"조금 늦게 들어갈 것 같아, 자기야. 장 좀 보고 와야 해. 뭐 필요한 거 있어?"

"응! 요거트가 다 떨어졌는데 하나만 사다줄래?"

"바닐라 맛으로, 맞지?"

"맞아. 조금 이따 봐, 자기야. 근데 오늘 아침 수업 어땠어…?"

머리를 말리지 못해 등이 젖어 축축했다. 10월 말치고는 날씨가 온화했지만 내 몸은 싸늘했다.

목록에 적은 모든 걸 쇼핑 카트에 담았다. 먼저 건조식품, 그다음 신선식품, 마지막으로 냉동식품. 계산대에 서서 커피를 안 담은 걸 깨달았다. 순간 나는 모른 척하고 그냥 넘어갈까 고민했다. 지금 줄에서 나가면 다시 긴 줄을 기다려야 했고, 사람도 엄청 많았다. 집에 가고 싶었다. 하지만 알렉스가 커피를 얼마나 좋아하는지 알기에 나는 줄에서 빠져나와 쇼핑 카트를 커피 코너로 밀었다.

커피 두 봉지를 들고 고민하고 있는데 전화벨이 울렸다. 알렉스가 진한 맛과 부드러운 맛 중에 어느 쪽을 좋아했는지 기억이 나지 않았다. 나는 부드러운 맛을 내려놓고 전화를 받았다.

할머니였다. 몇 번이나 되물었지만 한마디도 이해가 안 됐다. 할미니는 울고 있는 듯했다. 숨을 크게 들이쉬고 겨우 말했다.

"아가, 네 동생이 병원에 있단다. 바보 같은 짓을 했어…."

진한 커피 원두가 내 발밑으로 쏟아졌다.

현재

8월 11일

엠마

7시 52분

바다가 파도 한 점 없이 잠들어서 마치 호수처럼 잔잔했다. 나는 물을 천천히 가르며, 단 한 점의 물결도 만들지 않으려 애썼다. 물은 투명했다. 어깨까지 잠긴 채 내 발을 보고 있었다. 발가락이 모래 속으로 파고들었다. 해변은 텅 비어 있었는데 저 멀리 성모 바위 근처에서 아침 수영하는 사람이 한 명 보였다. 나도 발을 모래에서 떼고 평영을 시작했다. 물이 몸을 스치고, 머리를 물에 담갔다가 다시 들어 올리고, 숨을 들이쉬었다. 뒤돌아보지 않고 멀리 나아갔다. 나는 매주 화요일 아침이면 시립 수영장에서 쉬지 않고 수영을 했다. 개장 시간에 맞춰 가면 수영장은 한산했고, 나는 평영을 이어가며 내 고통과 불안을 하나씩 내려놓았다. 하지만 바다라는 그 움직임, 거대함, 신비, 짠 맛, 어쩌면 위험이 내가 온전히 살아 있음을 느끼게 한다는 것을 잊고 있었다.

바위틈을 지나자마자 종아리에 쥐가 나서 꼼짝할 수 없었다. 다리를 펴고 스트레칭을 해봤지만 통증은 사라지지 않았고, 나는 헤엄칠 수 없었다. 공포가 몰려오고 숨이 가빠졌다. 주변에서 해결책을 찾았다. 해변에 매일 갈매기와 함께 다니는 그 노인이 막 도착했다. 가끔 내 죽음을 상상하곤 했지만 물고기와 새의 먹이가 되어 끝나는 것은 결코 선택지에 포함된 적이 없었다. 나는 뒤로 몸을 젖히고 몸을 쭉 뻗어 물에 떠 있도록 했다. 눈을 감고 호흡과 피부에 닿는 시원한 물의 감각에 집중했다. 점점 온몸이 이완되었다. 그것을 하나하나 정확히 느꼈다. 먼저 발가락, 이어 가벼워지는 다리, 손가락 위로 부드럽게 튀기는 물방울, 얼굴 위로 닿는 햇살의 감촉, 풀리는 등, 느려지는 호흡, 조용해지는 생각, 귓속의 고요함까지. 무중력 상태에서 온몸의 모든 세포가 깨어 있는 듯한 느낌으로, 나는 살아 있음을 느꼈다. 나보다 먼저 존재했으며, 나 이후에도 이어질 거대한 전체의 일부가 된 느낌이었다. 순간적이면서도 영원할 것만 같았다. 눈가를 타고 흘러내린 눈물이 볼을 따라 굴러 바다와 합쳐졌다.

8시 12분

나는 천천히 해변으로 돌아왔다.

이번 주는 이상적인 한 주가 될 거라고 생각했던 나 자신을 떠올렸다. 과거와 두려움을 달래기 위해서는 이번 주가 완벽하다고 스스로를 설득해야 했다. 하지만 완벽하지 않았다. 어쩌면 그걸 뛰어넘었다. 결점투성이에 거침없는 침묵과 시끄러운 웃음으로 가득했다. 이번 한 주는 우리를 닮았고, 동시에 우리를 하나로 모아주었다. 나는 아가트를 다시 만났다. 내가 기억하던 모습과는 달랐다. 아가트는 여전히 열정적이고 극단적이지만 좀 더 자신감 있는 모습이었다. 마치 짙은 안개를 뚫고 나온 듯했다. 지난 5년 동안 우리는 '나'라는 1인칭 시점으로 살아왔다. 잠시 숨을 고르는 사이, 우리는 서로 다른 평행한 길 위로 나아갔다. 5년이라는 편차가 우리를 다시 만나게 했다. 변할 수도 있었고, 서로를 알아보지 못할 수도 있었으며, 전혀 변하지 않아 더 이상 견디지 못할 수도 있었지만, 단 1분도 되지 않아서 우리는 다시 나란히 걷기 시작했다. 우리 사이에는 어떤 다툼보다 강하고, 어떤 차이보다 견고한 무언가가 존재했다. 이제야 그것을 느꼈다. 그리고 그 사실이 나를 강하게 만든다.

물에서 나오자 작은 바람이 불기 시작했다. 나는 내 물건 쪽으로 달려가 수건으로 몸을 감쌌다. 그 노인은 젖은 모래 위에 두 발을 딛고 서서 물속으로 먹이를 던졌다. 나는 고개를 끄덕이며 인사했다.

"꺼져, 멍청이야!" 그가 대답했다.

나는 수건으로 몸을 말리며, 저 남자는 왜 인간관계를 이렇게 공격적으로 거부하는지 생각했다. 아마 너무 불행해서 스스로를 보호하려는 것일 수도 있고, 만난 사람들과 늘 불운만 겪어서일 수도 있다. 나는 그에게 모든 사람이 그를 해치려는 게 아니라는 걸, 아무런 대가를 바라지 않고, 상처주려는 의도 없이, 예의바르고 친절할 수 있다는 걸 보여주고 싶었다. 나는 원피스를 입고 그에게 다가갔다. 차분히 적절한 말을 건네기만 하면 될 거라고 믿으면서.

"아저씨, 매일 아침 갈매기에게 먹이를 주시는 모습이 정말 인상적이에요."

그는 시선을 수평선에서 떼지 않고 계속해서 한 줌씩 먹이를 새들에게 던졌다. 가까이서 보니 그 먹이는 새우와 작은 물고기였다. 그가 내 말을 들었다는 아무런 단서도 없었다. 나는 다시 말을 건넸다.

"오래전부터 이런 일을 하셨나요?"

그가 천천히 고개를 돌려 내 얼굴을 바라보았다. 갈매기들이 우리 주위를 돌며 울어댔다. 그의 눈은 거의 투명할 정도로 푸르고 피부는 비정상적으로 매끈했다. 나는 미소를 지으며 다시 물었다.

"오래전부터 이런 일을 하셨다던데요?"

그는 가방에 손을 넣더니 새우를 가득 꺼내 내 얼굴에 던지며 말했다.

"넌 원래부터 멍청한 거야, 아니면 야간 학교에서 바보 되는 수업이라도 받는 거야?"

과거

2007년 12월

엠마, 스물일곱 살

크리스마스는 내일이지만 나는 이미 선물을 받았다. 아가트가 클리닉에서 퇴원해 나온 것이다.

의사들이 아가트를 잘 돌봐주었다. 의사들은 아가트가 우울증과 불안장애를 겪고 있다고 말했다. 치료를 받도록 약을 처방했고, 앞으로 심리치료도 받을 예정이었다.

아가트는 더 이상 죽고 싶어 하지 않겠다고 말했다.

그 말을 하기까지 오랜 시간이 걸렸다. 아가트가 깨어났을 때, 자신의 '실수'를 후회한다고 했다. 하지만 실수는 벽에 펜으로 글씨를 쓰는 것 정도가 아닌가. 유리컵을 깨는 것도 실수다. 앞머리를 자르는 것도 실수다. 하지만 두 통의 항불안제를 삼키는 것은 자살 시도라고 불린다.

할머니는 이런 말들을 결코 입에 담지 못했고 차라리 감추는 쪽을 택했다. 할머니는 침대에서 움직이지 못하는 아가트를 발견했고 죽은 줄로만 알았다. 그런 아가트를 혼자 두고 전화기로 걸어가 소방서에 알렸으며, 끝없이 길게만 느껴지는 몇 분을 기다렸다. 구급차가 도착했고, 사람들이 집 안으로 들어와 손녀를 깨우려 시도하며 데려갔지만, 손녀를 다시 볼 수 있을지는 알 수 없었다. 할머니는 차를 몰고 소방차를 따라가며, 교차로에서 멈추고, 신호를 위반하지 않으며, 붐빈 주차장에서 자리를 찾고, 플라스틱 의자에 앉아 흰 벽에 걸린 시계를 바라보며 부정적인 생각을 쫓아냈다. 문이 열릴 때마다 놀라며, 하나님과 은밀히 협상하고, 실내화를 신은 채로 병원에 왔음을 깨달았다. 아가트는 위세척을 받아서 이제 안전하며 치료 클리닉에 가야 한다고 의사는 말했다. 할머니는 아가트가 왜 그런 짓을 했는지, 막을 수 있는 방법은 없었는지 수천 번도 더 스스로에게 물었을 것이다. 그러니 만약 아가트가 이 일을 '실수'라고 부르고 싶다면, 나는 결코 반대하지 않을 것이다.

아가트는 방에서 나를 기다리고 있었다. 혼자서 퇴원할 수가 없었고 누군가 아가트를 데리러 와야 했다. 가방은 이미 싸두고 코트도 입은 상태였다. 아가트가 내 품에 뛰어들었다. 입원한 이후로 처음 보는 순간이었다. 아가트와 매일 전화는 했지만 면회는 받지 않으려 했다. 나는 아가트의 곱슬머리 속에 얼굴을 파묻고, 병원 냄새와 내 여동생의 향기를 맡았다.

나는 이 기쁨의 순간을 망치지 않기 위해 울지 않겠다고 스스로 다짐했지만 둑이 무너져버렸다. 너무나 두려웠다. 사실 내 인생에서 이렇게까지 겁에 질린 적은 없었다. 아가트를 잃을지도 모른다는 생각이 스쳐지나갔고, 아가트가 사라진 세상의 윤곽이 어렴풋이 스쳐갔다. 이미 상실의 문턱에서 숨조차 쉴 수 없었다. 완전히 그 세계에 들어가는 건 상상조차 할 수 없었다.

나는 아가트에게 아무 질문도 하지 않았다. 아가트의 '실수' 이후 내 머릿속에는 수백 가지 생각이 가득했다. 그럼에도 중요한 것은 아가트가 여기 있다는 사실이었다. 내 앞에 서 있다는 것. 살아 있다는 것.

나는 아가트가 왜 그런 선택을 했는지, 전에 그런 생각을 해본 적이 있는지, 단순한 충동이었는지 알고 싶어 죽을 것 같았다. 더 이상 살아가는 것을 견딜 수 없었던 것인지, 아니면 죽고 싶었던 것인지. 고통에서 벗어나고 싶었던 것인지, 삶에서 벗어나고 싶었던 것인지. 그 차이는 엄청나니까.

  나는 아가트가 모든 것을 멈추고 싶다고 느낄 정도로 절망에 이르기까지 겪었을 고통을 계속 생각했다. 그 절망을 상상할 때 느껴지는 고통은 때때로 육체적인 것처럼 느껴지기도 했다. 나는 우리가 같은 자궁에서 태어났다는 사실이 서로의 감정을 느낄 수 있는 힘을 주는지는 모르겠다고 생각했다. 하지만 한 가지는 확실했다. 형제자매 사이에는 설명할 수 없는, 손에 잡히지 않는 끈 같은 유대가 존재한다는 사실 말이다. 바로 이 유대 덕분에 우리는 한눈에 서로를 이해하고, 단 몇 초 만에 서로를 용서할 수 있었다. 마치 감각이 오가는 다리처럼, 한쪽이 고통을 겪으면 그 아픔이 그대로 전해지고, 한쪽이 행복하면 덩달아 들뜨는 그런 연결.

  나는 아가트의 가방을 어깨에 멨고, 아가트는 방을 마지막으로 둘러봤다. 나는 아가트의 손을 잡고, 그녀를 다시 삶으로 이끌었다.

과거

2007년 12월

아가트, 스물두 살

언젠가는 조아킴을 마주칠 수밖에 없었다. 담배를 사러 나가던 순간 조아킴이 부모님 집으로 들어오고 있었다.

"메리 크리스마스, 아가트."

"메리 크리스마스는 개뿔, 개자식아."

"내가 전화했었는데 왜 안 받았어?"

"너한테 할 말 없어."

"미안해. 네가 생각하는 그런 건 정말 아니야. 걔한테 아무 감정도 없어. 그건 실수였어."

"아. 그래서 사고 보고서에는 뭐라고 썼는데? 걔가 실수로 미끄러져서 네 거기에 꽂혔다고?"

"비꼬는 것 좀 그만해. 아무 의미도 없었다니까! 내가 사랑하는 건 너야. 몇 주 동안 걔가 나를 계속 꼬드겼어. 어떤 남자라도 무너졌을 거야. 내가 연애 중인 거 알면서도 그랬다니까. 걔는 그래서 오히려 더 재밌었던 거겠지."

"오, 내 사랑! 그 끔찍한 마녀 같으니! 그녀가 널 강제로… 그래도 분명 놀랐을 거야. 네가 워낙 드릴질하듯 들이대잖아. 아마 네가 석유라도 캐려는 줄 알았겠지."

조아킴이 짜증 난다는 듯이 하늘을 올려다봤다.

"유치하네."

"너야말로 그런 거 전문이잖아."

"이제 나를 더는 사랑하지 않는다고 말해봐."

"내가 사랑했던 건 내가 알던 사람이지. 지금 내 앞에 있는 비겁한 자식은 아니야."

"기회를 줘야지. 그렇게 단정 짓지 마. 잠깐 한눈팔고도 잘 지내는 커플들 많아."

조아킴이 무릎을 꿇었다.

"아가트, 나랑 결혼해줄래?"

"일어나, 조아킴. 네 체면이 지금 바닥에 굴러다니잖아."

조아킴이 몸을 일으켰다.

"넌 좀 더 성숙하니까 우리 둘이 함께 이겨낼 수 있을 거라 생각했는데…."

"네가 그런 짓을 한 건 네 선택이야. 난 그 일에 포함된 적 없으니까 함께 이겨낼 일 따윈 없어."

"네가 이래서 내가 다른 여자한테로 간 거야. 넌 너무 냉정해, 아가트. 너와 세상 사이에는 벽이 있어. 그걸 깨려고 나도 뭐든 해봤는데 넌 그 벽 안으로 아무도 들이지 않잖아."

"됐어, 조아킴. 나 가야 돼."

"봐, 넌 또 도망치잖아. 늘 그렇듯."

스쿠터 쪽으로 발걸음을 옮기던 나를 조아킴이 붙잡았다.

"너야말로 나 때문에 그런 짓 했다는 식으로 말하지 마. 네가 입원한 일로 내가 죄책감 느낄 거라 생각하지도 말고. 그건 어차피 언젠가는 네가 했을 일이야. 너랑 나, 둘 다 알잖아. 그건 더 깊은 문제라는 걸."

"그래. 너 잘 살아라."

"마지막으로 하나만 더 말할게. 나 다음 주에 이사해. 집 구했어. 이제 너도 좋겠네. 우리가 더 볼 일도 없을 테니까. 그때까진 너희 언니한테 내 차 긁는 거 그만두라고 말 좀 해줄래? 다 봤어. 티 안 난다고 생각하겠지만 전혀 아니거든."

나는 돌아서서 정원을 가로질러 집에 들어왔다. 그리고 거실에 있는 언니를 보고는 꼭 껴안았다.

현재

8월 11일

아가트

9시 3분

알람이 첫 번째로 울리자마자 일어났다. 우리의 마지막 이틀을 온전히 만끽하고 싶었다. 덧문을 열자 태양이 여유롭게 내 눈을 태워댔다. 난 더위를 싫어했다. 그렇다고 추위를 좋아하는 건 아니지만, 추위에는 무시 못 할 장점이 있었다. 바로, 옷을 껴입을 수 있다는 것. 스웨터, 재킷, 목도리를 겹겹이 두르면 어느 정도 추위를 잊을 수 있었다. 하지만 더울 땐 아무리 벗어봤자 알몸 이상으로는 어떻게 할 수 없었고, 그것도 어디서나 가능한 게 아니었다. 결과는 늘 똑같았다. 늘어지고 땀범벅이 되었다. 더 안타까운 건, 내 땀이 광고처럼 바닐라 향 데오드란트로 가볍게 가릴 수 있는 정도의 은은한 촉촉함 따위가 아니라는 점이었다. 내 땀은 벽지를 뜯어낼 만큼 강력했다. 영원히 가을이나 봄에 살고 싶다(아니면 아예 내 몸에 온도 조절 장치가 장착돼 있던가).

계단을 내려갔다. 집이 고요했다. 언니는 아마 수영하러 갔을 것이다. 나는 커피를 내리고, 식빵 두 조각을 구웠다. 거기에 버터(진짜 소금 결정이 박힌 버터다)와 딸기잼을 발랐다. 어렸을 때, 할머니는 유일하게 나만 좋아하던 아침 메뉴를 만들어주곤 했다. 노른자와 슈거 파우더를 중탕으로 저어가며 살짝 거품이 일도록 만든 것이었다. 할머니는 그게 원래 케이크나 과일과 곁들이는 이탈리아식 크림소스 쨔바요네를 변형해 만든 것이라고 설명해주었다. 나는 그걸 작은 숟가락으로 퍼먹었고, 마지막에는 그릇을 훑어가며 싹싹 비웠다.

  재료들을 쟁반에 올려놓고 있었는데 정원에서 소리가 났다. 창밖을 보니 한 남자가 그네 옆에 서서 집을 바라보고 있었다. 반사적으로 바닥에 몸을 던졌다. 늘 그랬다. 두려움은 뇌를 거치지 않고 곧장 몸에 명령을 내렸다. 심장소리가 귓속에서 요란하게 울렸고, 나는 규모 7 정도의 지진이 난 것처럼 떨었다. 경보기는 꺼져 있었고, 휴대전화는 방에 두고 내려왔다. 위층으로 올라가야 했다. 하지만 그전에 무기를 찾아야 했다. 아가트 들로름이 싸워보지도 않고 항복했다는 소리는 절대 듣기 싫었다. 손에 잡히는 첫 번째 물건을 움켜쥐었다. 하필이면 버터나이프라니. 내 행운은 분명 휴대전화와 함께 위층에 남아 있는 모양이었다. 하지만 더 나은 걸 찾을 시간은 없었다. 남자가 가까워지는 소리가 들렸다. 나는 기어가듯 계단 쪽으로 몸을 옮겼다. 머릿속에서는 내가 존 람보 같았지만 현실에서는 바다코끼리에 가까웠다. 계단 밑에 다다랐을 때 목소리가 들렸다. 여자가 그와 대화하고 있었다. 상대가 두 명이라면 내가 이길 가망이 없었다. 나는 쪼그려 앉아 계단을 오를 준비를 하는데 그 순간 현관문에 달린 불투명 유리창 너머로 머리 하나가 불쑥 나타났다.

"아아아아아아아아아악!"

"계세요?" 목소리가 물었다.

"없어!" 나는 절규하듯 소리쳤다.

"문 좀 열어주시겠어요? 새 집주인입니다."

"증명해보시지!"

여자의 웃음소리가 들렸다. 남자가 설득하려 했다.

"부동산을 통해 매물 보고 왔습니다. 판매자는 장이브 들로름이었고요. 에체베리 공인중개 사무소에서 매매 계약서에 사인했습니다."

나는 버터나이프를 꽉 쥔 채 문을 열었다. 서른 살쯤 되어 보이는 젊은 남녀가 서 있었고, 여자가 손을 내밀었다.

"마리 루이예입니다. 반가워요."

"미카엘 루이예입니다." 남자가 내 손을 다시 잡았다. "죄송해요. 아무도 없을 줄 알았거든요. 정원에서 수영장 때문에 치수를 좀 재야 해서요. 구역 규정을 맞추지 않으면 시청에서 철거 명령을 내릴 수 있거든요. 휴가용으로 집을 빌리신 건가요?"

"저는 주인 할머니, 아니, 전 주인 할머니의 손녀입니다. 아가트 들로름이에요."

"아, 유감이에요." 여자가 말했다. "최근에 할머니를 잃으셨다고요…. 얼마나 힘드실지 알아요. 저희가 귀찮게 하려는 건 아니고요. 마침 안에 계시니 실내 치수도 좀 재도 될까요? 저희가 열쇠는 이달 말에나 받거든요. 가구도 미리 구매하면 좋을 것 같아서요."

나는 문을 활짝 열어 그들을 안으로 들였다. 입에서 어떤 말도 나오지 않았다. 일부러 외면하려던 현실로 갑자기 끌려 들어온 기분이었다.

여자가 지나가며 내 어깨에 손을 올렸다. 그 손길에 눈물이 차올랐다. 위로의 몸짓은 언제나 슬픔 자체보다 더 쉽게 나를 울렸다. 멀리서 그들을 지켜봤다. 그들은 줄자를 든 채 거실 벽 길이와 싱크대 위쪽 공간의 높이를 확인했다. 그리고 들려오는 말 조각들. "이건 기둥 역할을 하는 벽이 아니니까 부숴도 돼요", "수납장 없애면 훨씬 넓어 보이겠네요", "여기에 텔레비전장 두면 좋겠어요." 나는 부엌으로 피신해 구운 식빵을 바라봤지만 더 이상 먹고 싶은 마음이 들지 않았다.

"아가트?"

언니가 방금 돌아왔다. 나는 상황을 간단히 설명했다.

"지금 위층에 있어. 만나보고 싶으면 가봐."

"너도 같이 갈래?" 언니가 물었다.

"별로 안 가고 싶은데."

"같이 가는 게 좋을 걸? 그래야 옷을 입지."

나는 눈을 내리깔았고 이내 공포에 사로잡혔다. 여태 속옷만 입고 있었던 것이다. 언니가 크게 웃어서 나한테까지 웃음이 번졌다. 나도 언니를 따라 위층으로 올라갔고, 언니가 손님들에게 자기소개를 하는 동안 나는 로브를 걸쳤다.

그들은 할머니 방의 옷장 치수를 재고 있었다. 침대 옆 탁자 위에는 우리를 지켜보는 할머니와 할아버지의 사진이 놓여 있었다.

"제가 가장 좋아하는 방이에요." 마리 루이예가 말했다. "햇빛이 잘 들어오고 멀리 피레네 산맥도 보이잖아요. 이 방에서 우리 아이가 자랄 거예요."

그녀가 배를 쓰다듬었다.

"당신들이 처음 알게 되는 거예요. 아직 아무한테도 말하지 않았거든요."

"여기서 행복하게 살 거예요." 남편이 그녀를 안으며 덧붙였다.

귀여운 부부였지만 계속 보고 있으면 곧 당뇨병에 걸릴 것만 같았다.

"이 집에 정이 많으시겠네요." 그녀가 말했다. "제가 할머니 집에 마지막으로 갔을 때, 그동안 함께한 좋은 순간들을 떠올리며 방 하나하나에 고맙다고 인사했어요. 그 덕분에 할머니와 작별할 수 있었던 것 같아요. 두 분께도 도움이 되는 방법일지 모르겠네요."

"두고 볼게요." 내가 대답했다. "아직 우리에게는 이틀이 남았거든요."
그녀는 고개를 끄덕였고, 둘은 다시 치수를 재러 갔다.

10시 14분
언니가 문을 닫았다. 두 사람은 방금 떠났다.
"새로운 가족이 여기서 자라겠네." 언니가 말했다. "저 사람들 마음에 들어. 이 집에서 분명 행복할 거야."
나는 고개를 끄덕이는 것으로 대답을 대신했다. 하지만 살면서 깨달은 건, 삶이란 언제나 예측할 수 없는 방향으로 흘러간다는 것이었다. 나는 60년 전의 할머니와 할아버지를 상상해봤다. 그들도 방 안 치수를 재며 가구를 놓을 자리를 정하던 젊은 시절이 있었다. 20대였고, 행복할 거라는 확신이 있었다. 대부분은 행복했지만 가장 깊은 슬픔도 견뎌야 했다.
커피가 식어버려서 새로 내렸다.
"우리 이제 뭐 해야 하는지 알아?" 언니가 물었다.
"아니."
"할머니의 물건을 포장해서 자선단체에 기부하는 거야."
"우리 사랑스러운 삼촌이 이미 집 정리해주는 업체를 불렀다는 사실은 까먹어버린 거야?"
"까먹을 수가 없지. 내 계획에는 세 가지 목적이 있어. 일단 좋은 일을 하고, 할머니의 물건에 멋진 두 번째 삶을 주고, 그리고 잔소리하는 삼촌을 골탕 먹이는 거."
"언니도 점점 나랑 비슷해지는 것 같아. 너무 좋다."

11시 30분

우리는 큰 가방 세 개를 채웠다. 옷 하나하나가 추억을 불러일으켰다. 할머니가 언니 결혼식 때 입었던 하늘색 드레스. 내가 병원에서 퇴원하고 돌아왔을 때 입었던 아이보리색 가디건. 내가 사라고 시켰던 청바지. 할머니가 늘 입던 로열 블루 셔츠. 그 옷들이 필요한 사람들에게 전해지는 모습을 상상하니 조금 위로가 됐다. 나는 원래 물건에 지나치게 집착하는 편이었다. 마치 물건이 감정을 가진 것처럼, 그것들이 버려지면 괴로워했다.

여섯 살 때, 세제 상자에 들어 있던 작은 피규어를 차 창문 밖으로 떨어뜨린 적이 있다. 아무런 가치도 없었고, 특별히 애착을 가진 건 아니었지만, 길 한가운데 혼자 남아 자동차에 치일 위험에 처한 피규어를 상상하니 그날 밤 잠을 이루지 못했다. 열다섯 살 때, 서핑 수업 중 머리를 묶고 있던 머리끈이 바다에 빠져 사라져서 몇 시간이고 울었다. 스무 살 때, 혼자 남은 완두콩 하나를 보고 안쓰러워했다. 나는 그 완두콩을 냄비 안, 가족이 기다리고 있는 곳으로 옮겨주었다. 서른 살 때, 약국에는 칫솔이 두 개 남아 있었다. 나는 처음에 분홍색을 집었다가, 잠시 내려놓고 초록색을 집었다. 그러다 첫 번째 칫솔을 잠깐나마 기쁘게 해준 뒤 버리는 건 비인간적이라는 생각이 들어 결국 두 개 다 내 욕실로 들어왔다. 평범한 물건에도 내 집착은 꽤 흥미로운 편이었지만 추억이 깃든 물건으로 넘어가면 이야기는 훨씬 복잡해졌다. 내가 사랑하는 사람이 준 것, 가까운 사람에게 속했던 것, 즐거웠던 순간을 떠올리게 하는 것들.

가능하다면 할머니의 모든 물건을 간직하고 싶었다. 집도 그대로 지키고, 냄새와 목소리와 추억을 유리병에 넣어 간직하고 싶었다. 하지만 그건 불가능한 일이었다.

다시는 이 동네를 지나지도 않을 것이고, 이 대문 앞에 발걸음을 멈추는 일도 없을 것이다.

"우리가 가져갈 걸 골라야겠다."

"그게 무슨 뜻이야?" 언니가 물었다. 언니도 잠시 과거에 잠겨 나만큼 감정이 복받친 듯했다.

"보석함이 비어 있는 걸 보면 삼촌이 이미 원하는 건 다 가져간 거잖아. 나머지도 곧 사라질 거고. 우리도 우리의 추억을 가질 권리가 있으니까."

언니는 잠시 생각에 잠겼다. 이게 합법적인지, 혹시 문제가 되는 건 아닌지 고민하고 있다는 걸 확신했다.

"그래, 맞아." 결국 언니도 동의했다.

12시 54분

많은 걸 챙기지는 않았다.

레시피 노트.

시집.

아빠의 향수.

할아버지의 녹음기.

사진 앨범.

반딧불이 인형.

포플즈 인형.

아빠의 시계.

레코드 플레이어.

로열 블루색 셔츠.

휴지걸이.

휴지걸이는 할아버지가 나무로 만든 것인데, 휴지를 풀 때마다 둔탁한 소리가 났다. 어릴 때 우리가 항상 휴지를 너무 많이 풀어버려서 할머니가 문 너머로 "휴지 좀 아껴 써라!"라고 말하곤 했다. 그리고 그건 우리만의 놀이가 되었다. 이제 그 휴지걸이는 내 화장실에 놓일 것이다. 그러면 휴지를 쓸 때마다 할머니의 목소리가 들려오겠지.

과거

2008년 4월

아가트, 스물세 살

지난번 저녁, 할머니와 함께 제과에 푹 빠진 사람들의 일상을 촬영한 프로그램을 우연히 봤다. 식사 후에 텔레비전 앞에 앉는 것은 우리의 작은 의식이었다. 우리는 날카로운 평을 하며 웃을 수 있는 프로그램을 좋아했다. 독립하고 나면 이런 저녁 시간이 그리워지겠지. 할머니는 내가 원하는 만큼 오래 머물러도 된다고 했지만, 언젠가는 자립해야 한다고도 말했다. 할머니한테 말은 안 했지만 이미 바이욘에서 아파트를 한 번 보고 왔다. 너무 작았고, 유일한 창문이 공용 계단을 향하고 있어서 그냥 포기했지만 말이다.

나는 화면을 바라보며 사람들이 만드는 놀라운 디저트에 넋을 잃었다. 나도 케이크를 딱 한 번 만들어봤는데 그건 케이크라기보다 배탈 덩어리에 더 가까워 보였다.

"보기엔 쉽지." 할머니가 말했다.

"해보고 싶어요." 나는 대답했다.

다음 날, 나는 제과의 기초를 배우기 위해 책 열 권 정도를 샀다. 주방에서 허리춤에 앞치마를 두르고, 반죽에 손을 담그고, 초콜릿을 녹이고, 아이싱을 만들고, 슈거 페이스트로 장식을 하는 모습을 상상했다. 필요한 모든 도구를 목록으로 정리했다. 돈이 제법 나갔다. 특히 할머니의 오븐이 최적이 아니었고, 나는 마침 완벽한 오븐을 발견했다. 열풍 기능과 자가 세척 시스템이 있는 오븐이었다. 은행 계좌를 확인했는데 내 계좌는 안 된다고 말했다. 그래서 텔레비전 광고 한 페이지를 장식한 금융 기관에 연락해 대출을 받았다.

오븐은 방금 배달되었다. 내가 찾던 틀도 다 구했는데 일부는 실리콘으로 된 것들이다. 밀가루, 설탕, 버터도 충분히 준비했다. 전쟁을 치를 정도로 많았다. 할머니의 모든 냄비를 제자리에 다시 놓았다(할머니는 오븐처럼 쓸모없다고 말했지만, 결과를 보면 내가 맞았다고 하겠지). 좋은 전기 믹서와 반죽기에도 투자했다. 대출금 전부에다 돈을 조금 더 빌려야 했지만 그래도 나는 흥분을 감출 수 없었다! 모든 주말과 가끔은 퇴근 후 저녁에도 주방에 들어가 맛있는 케이크를 만들 것이다. 아마 언젠가는 내 열정이 그 이상이 될지도 몰랐다. 프로그램의 아마추어 제과사 중 한 명은 행사 주문도 받는다고 했다.

나는 내 직업을 포기할 수 없을 정도로 좋아하지만, 아마 두 가지 일을 병행할 수도 있겠다고 생각했다. 오븐의 여러 기능을 시험해보던 중에 언니가 도착했다. 언니는 방학 중 며칠을 이곳에 머물기로 했다.

"할머니 새 오븐 샀어요?"

나는 언니에게 내 계획을 설명하고, 조리 도구와 책을 보여주고, 프로그램에 대해서도 이야기했다.

"아가트, 할머니한테 인사 좀 하고 와도 돼?"

순간 들떴던 마음이 산산이 부서졌다.

"그래. 난 그냥 언니랑 이 열정을 나누고 싶었을 뿐이야. 관심 없으면 됐어…."

"그런 말이 아니잖아, 아가트. 일단 내 물건 좀 내려놓고 인사부터 하게 해줘!"

나는 언니가 할머니와 이야기하는 동안 다시 부엌으로 돌아갔다. 기분이 상했다. 화나고 상처받았다. 분명 둘이서 나에 대해 이야기하고 있을 거라고 생각했다. 몇 분 후, 언니가 내게 다가왔다.

"자, 아가트, 다 말해봐."

"아니, 괜찮아."

"삐치지 마! 나 진짜로 궁금해."

"그렇겠지."

"아가트, 이제 지겹다. 말하기 싫으면 난 거실로 간다. 말해달라고 졸라대진 않을 거야."

"그래, 언니는 절대 나한테 비굴하게 굴 사람이 아니지."

"그게 무슨 뜻이야?"

"행주, 수건, 이런 거 말이야."

"제기랄, 무슨 소리냐니까?"

"언니도 알잖아. 우리 둘 중 늘 최고였던 건 언니였다는 거. 뭐든 잘하고, 누구에게나 사랑받고, 말썽 한 번 안부렸지. 그런 언니가 설마 날 이해하려고까지 하겠어?"

언니는 충격을 받은 것 같았다.

"아가트, 그건 억지야."

"봐, 지금도 언니는 내가 혼자 싸우도록 내버려두려는 거잖아! 내 감정이 언니 감정보다 덜 중요하지 않아! 나는 항상 언니 옆에 있으면 형편없는 사람처럼 느껴졌어. 완벽한 언니의 그림자 속에 있는 건 쉽지 않다고."

"네가 그렇게 느끼는 게 내 잘못이라는 거야?"

나는 어깨를 으쓱했다.

그건 언니의 잘못이 아니었다. 그 누구의 잘못도 아닐 것이다. 아마도 막내라는 위치에 본래 내재된 문제일지도 모른다. 언니를 본보기로 삼고, 절대 자신이 그에 미치지 못한다고 느끼는 것. 아마도 우리 둘의 차이 때문일 수도 있다. 언니가 더 매끄러운 성격을 가지고 있어서 그 대비로 내 거친 면이 더 부각되는 것이다. 어쨌든 나는 존재감을 드러내기 위해 더 크게 말하고 몸을 움직여야 하는 느낌을 자주 받곤 했다.

언니가 부엌을 나갔다가 갑자기 다시 돌아왔다.

"있잖아, 나는 너를 격려하려고 했어. 제과를 하면서 기분이 좋아질 거라고 말해주려 했어. 그런데 내가 진짜 생각하는 걸 말할게. 넌 허투루 돈을 다 썼고, 할머니의 주방도 엉망으로 만들었어. 3일 뒤면 또 다른 일로 넘어갈 거잖아."

대답할 틈도 없이 할머니가 나타났다.

"애들아, 또 시작이니? 싸우지 말아라. 둘이 방금 만났잖아. 자, 뽀뽀해." 할머니는 우리가 어릴 때 다투면 항상 그렇게 말했다. 우리를 강제로 화해시키고 뽀뽀를 하게 만들었다.

더 버텨봐야 소용없다는 걸 우리는 알고 있었다. 결국 할머니가 원하는 대로 될 테니까. 그래서 우리는 서로 한 발짝씩 다가서서 번갈아가며 속삭이듯 욕을 주고받으며 뽀뽀했다.

과거

2008년 5월

엠마, 스물여덟 살

종이 울리고 쉬는 시간에 클로에는 나와 이야기하고 싶다고 했다. 나는 모든 학생이 나갈 때까지 기다렸다. 마테오가 일부러 시간을 끄는 것 같아서 우리 말을 엿들으려는 게 아닌지 의심스러웠다. 문에 다가가자 마테오가 몇 걸음 떨어진 곳에서 교실을 향해 고개를 돌린 채 서 있었다.

"큰 소리로 말할까, 마테오? 네가 들을 수 있게."

"아뇨, 선생님! 엿들으려고 한 거 아니에요. 다리오를 기다리고 있었어요."

나는 문을 닫았다. 클로에는 당황한 듯했다. 나는 클로에의 가정 상황을 알고 있었다. 부모님이 이혼했고, 여덟 살 남동생과 함께 아빠 집에서 산다고 했다.

"숙제를 못 했어요." 클로에가 말했다.

"아, 무슨 문제라도 있었니?"

클로에는 몸을 꼬며 말했다.

"딱히 문제는 아니고… 아빠가 이번 주에 일이 많아서…."

"그게 숙제를 못 한 이유야?"

클로에는 고개를 숙이고 자신의 신발을 바라봤다.

"클로에, 뭐든 선생님한테 말해도 돼. 알지?"

"동생을 돌봐야 해요."

클로에는 거의 들리지 않을 정도로 속삭였다. 더 이상 나를 바라볼 용기도 없는 듯했다.

"씻는 걸 지켜보고, 숙제를 확인하고, 밥도 준비하고, 재우기도 해요. 레오가 말을 안 들으려고 해서 쉽지 않아요."

"뭐라고? 너 겨우 열 살이잖아! 아빠는 몇 시에 돌아오시는데?"

내 반응이 클로에를 놀라게 했다. 좀 덜 감정적으로 보여야겠다.

"잘 모르겠어요. 아빠가 들어오실 때 나는 자고 있으니까요. 하지만 곧 끝나요. 이제 3일 남았어요!"

"클로에, 질문 하나 해도 될까?"

클로에가 끄덕였다.

"왜 엄마 집에서 안 살아?"

"그럼 좋겠죠! 그런데 레오가 그러고 싶어 하지 않아요. 엄마가 출소한 뒤로는 더 이상 만나고 싶어 하지 않거든요."

"몰랐어. 미안… 혼자라도 가고 싶지 않아?"

"동생을 포기할 수는 없어요!"

"이해해, 클로에. 하지만 다른 사람을 위해서 너 자신을 희생할 수는 없어."

"선생님은 이해 못 하실 거예요. 동생이니까, 그래서 그래요."

클로에가 일어나 가방을 집어들었다. 나는 클로에의 팔뚝에 손을 얹었다.

"네가 생각하는 것보다 선생님은 너를 더 이해하고 있다는 것만 알아둬."

현재

8월 11일

엠마

16시 25분

아가트가 하는 일을 궁금해했더니 아가트는 내게 같이 가보자고 제안했다. 스쿠터에 올라탄 우리는 큰 석조 건물로 이어지는 길을 따라 올라갔다. 뒤쪽에는 나무 사이로 바다가 보였다.

"멋지다!"

"이리로 와봐. 여기서 경치 보여줄게." 아가트가 말했다.

나는 아가트를 따라 작은 숲이 있는 공원 끝까지 갔고, 우리가 절벽 위에 서 있다는 걸 알게 됐다. 절벽 아래로는 바다가 펼쳐져 있었고, 남쪽으로는 스페인까지 이어지는 바스크 해안이 보였다.

"여기서 3년 동안 일했는데도 질리지가 않아." 아가트가 속삭였다.

"아이들을 돌보는 일은 더 하고 싶지 않았던 거야?"

"너무 힘들었거든. 자원도 부족하고 무력하게 느껴지고. 아무리 아이들을 열심히 돌봐도 많은 아이들이 잘못된 길로 빠져. 우울했어. 변화가 필요했지. 그래서 생각했어. '그래, 이제 죽음이 가까운 사람들과 일해볼까?' 하고."

아가트가 크게 웃었다.

"솔직히 조금 걱정도 됐는데 지금은 정말 좋아. 사람들에게 마음이가."

우리는 출입구 쪽으로 향했다. 문 위에는 금속 글자로 이렇게 적혀 있었다.

르 타마리스 요양원

한 여성이 떡갈나무 그늘 아래 벤치에 앉아 있었다.
"루이즈, 날씨가 덥네요. 시원한 곳으로 들어가실래요?"
"오! 아가트! 못 봤네요. 휴가 중이 아니었나요?"
"잠깐 들른 거예요. 언니에게 제가 일하는 곳을 보여주려고 왔어요."
"만나서 반갑습니다." 언니가 고개를 숙이며 말했다.
"안녕하세요, 엠마. 당신 동생은 정말 보물이에요! 저를 많이 웃게 해주거든요. 우리 나이에 필요한 건 바로 이런 거죠."

아가트는 루이즈의 팔을 부축해 건물까지 안내했다. 자연스럽게 아가트의 걸음은 루이즈의 걸음에 맞춰졌고, 아가트의 에너지는 보호 대상인 루이즈에게 집중됐다. 나는 아가트가 세심하고 섬세하다는 사실을 새롭게 발견했다.

아가트는 자신의 사무실을 보여준 뒤, 잡동사니가 가득한 큰 방으로 나를 안내했다. 악기, 제과용품(아가트가 어릴 때 샀던 실리콘 틀도 알아볼 수 있었다), 천, 책, 보드게임 같은 것들이 있었다.

"여기가 활동 치료 공간이야." 아가트가 설명했다. "매일 아침, 인지 장애나 행동 장애가 있는 거주자들을 위한 워크숍을 진행해. 그들을 자극하고 사회적 연결을 유지하는 것이 중요하거든. 믿기 힘들지만 절대 사라지지 않는 것들이 있어. 우리가 찾으려는 게 바로 그거고. 예를 들어, 장이라는 분이 있는데 아직 예순아홉밖에 안 됐지만 알츠하이머가 이미 많은 기억과 습득을 앗아갔어. 거의 말을 하지 않으시고, 텔레비전 작동법도 모르시고, 식사도 도와드려야 하지. 그런데 내가 십자말풀이를 꺼내 알려드리면 바로 정답을 찾아내시는 거야. 그분 딸들이 말하길 아버지가 평생 십자말풀이를 즐기셨다고 하더라고. 그러니까 이런 건 남아 있는 거야. 신기하지?"

나는 아가트의 말을 들으며 매료되고 감동했다. 아가트에게 생기가 깃들어 있었다.

"자, 가자. 간식 시간이라 모두 공용 공간에 있을 거야."

우리는 여러 복도를 지나며 몇몇 거주자들과 마주쳤다. 아가트는 그때마다 잠시 멈춰 몇 마디를 나눴다. 두 개의 스윙 도어를 지나 우리는 50명 정도가 앉아 있는 공간에 도착했다. 밖에서 만났던 루이즈가 손을 살짝 흔들었다. 우리는 그녀에게 다가갔다. 루이즈 옆에는 한 남성이 반짝이는 눈으로 우리를 바라보고 있었다.

"엠마, 구스타브를 소개할게요." 루이즈가 부드럽게 말한다. "제 남편이에요."

"안녕하세요, 선생님. 만나서 반가워요. 제 이름은 엠마예요. 아가트의 언니고요."

"안녕. 잘 지내, 리즈?" 그가 대답했다.

"제 이름은 엠마예요." 이번에는 좀 더 또렷하게 발음하며 반복했다.

"됐어, 그건 구스타브 씨가 가장 좋아하는 농담이야." 아가트가 웃으며 말했다.

동료들이 아가트에게 인사하러 왔다. 그레그라는 남자와 마린이라는 여자도 있었다. 거주자들도 몇 명이 멀리서 손을 흔들거나 일어나 아가트에게 다가왔다.

방 맨 끝에 혼자 앉아 있는 한 남성이 보였다. 흰머리가 어깨 위로 흘러내리는 모습이 누군가를 떠올리게 했다. 그가 고개를 돌리자 더 이상 의심의 여지가 없었다. 갈매기와 함께 있던 그 노인이었다.

돌아가는 길에 나는 아가트에게 그에 대해 물었다.

"아, 그분? 레옹이야. 완전 골칫덩어리지. 시간을 반은 사람 귀찮게 하는 데 쓰고, 나머지 반은 자기 생각을 실천하는 데 써. 처음엔 뭔가 문제가 있는 줄 알았는데, 의사들이 단호하게 말하더라. 머리는 멀쩡하대. 그냥 성격이 그래. 단지 심술궂은 거야."

"나 그분 매일 아침에 마주치는데."

"정말? 어디서?"

"내일 보여줄게. 너도 같이 가자."

스쿠터에 올라타자 아가트가 시동을 걸었고 우리는 요양원을 떠났다. 누군가 묻는다면 눈물이 바람 때문에 난 거라고 말하겠지만 사실은 동생이 드디어 자기 자리를 찾은 모습을 보고 마음이 벅차올라서 눈물이 났다.

과거

2009년 9월

아가트, 스물네 살

  처음으로 하이힐을 신어보았는데 첫발을 내딛는 순간부터 후회했다. 누가 이런 고문 도구를 발명했는지 모르겠는데 더 놀라운 건 모두가 순순히 받아들였다는 사실이었다. 나는 스스로에게 계속 반복하며 마음을 다잡았다. '예쁘다, 다리가 예뻐 보인다, 걸음걸이가 우아해진다'라고. 확인해봐야겠지만 아무래도 '우아하다'가 '사냥꾼을 만난 오리처럼 걷는다'라는 뜻은 아닌 것 같은데. 엄마는 내 옆에서 얼굴을 굳힌 채 걷고 있었다.

  알렉스는 이미 시청 앞 광장에 서 있었고, 그의 부모님과 친구들이 주변을 둘러싸고 있었다. 장이브 삼촌과 주느비에브 숙모도 와 있고, 제롬과 로랑도 곧 도착할 것이다. 50명 정도가 모여 언니와 알렉스의 결혼을 축하할 것이다.

  내 미래의 형부가 우리를 맞이했다.

"안녕, 식어 빠진 감자튀김."

"안녕, 처제. 안녕하세요, 장모님."

알렉스가 우리 볼에 입을 맞추는데 그 입술이 떨리는 걸 눈치챘다.

"긴장했어?"

"조금. 이런 건 처음 해봐서."

"마지막이어야 할 거야. 안 그러면 내가 형부 얼굴에 낙서하러 갈 거니까."

"그거 때문에라도 엠마와 평생 함께해야겠네."

알렉스가 진지한 표정으로 나를 바라봤다.

"아가트, 너는 긴장되지 않아?"

"조금. 나도 이런 건 처음이니까."

"엠마를 행복하게 해줄 거지?" 내가 두려워하는 목소리로 엄마가 끼어들었다.

"최선을 다할 거라고 약속할게요."

"좋아. 엠마 인생이 항상 순탄했던 건 아니야, 알지? 나도 그렇고. 행운이 많지 않았다고 할까. 좋은 패를 가지고 시작한 게 아니었으니까."

엄마는 가방에서 손수건을 꺼내 눈을 닦았다. 엄마 때문에 짜증이 났지만 그래도 나는 엄마의 어깨에 손을 얹었다.

"울지 마요, 엄마. 오늘은 행복한 날이잖아요."

"그래! 엠마를 신랑에게 데려다주는 사람이 내가 아니지만 말이야."

시청장이 하소연이 길어지기 전에 우리를 안으로 이끌었다. 나는 신랑 옆, 그리고 언니의 다른 증인인 절친 마르고 옆에 섰다. 의자들은 중앙 통로 양쪽으로 놓여 있었고, 모든 의자에는 흰 꽃다발이 매달려 있었다.

영화 〈로미오와 줄리엣〉의 배경음악 'I'm Kissing You'가 나오면서 언니가 입장했다. 리어나도 디캐프리오의 미모에 감탄하며, 마지막 장면에서는 온몸으로 눈물을 쏟아내며 수없이 그 영화를 봤던 기억이 떠올랐다. 다행히 중학교 때 원작 희곡을 읽어서, 지난번처럼 결말을 스포일러 당하지 않았다.

언니의 드레스를 봤다. 언니는 내가 아무리 드레스를 보여달라고 해도 끝내 보여주지 않았다. 아마도 입장하는 순간에 나를 깜짝 놀래켜주려고 했던 거겠지. 결과는 성공적이었다. 내 얼굴이 완전히 눈물바다가 되었으니까.

언니의 팔짱을 낀 할머니는 하늘색 드레스를 입은 모습이 눈부시게 아름다웠다. 할머니의 눈은 반짝였고, 손은 떨렸다. 마르고가 내 손을 잡아주었다.

결혼식은 짧지만 감동적이었다. 그들은 서로를 바라보며 "네."라는 말을 사랑으로 가득 담아 속삭였다. 이 많은 사람들 속에서, 그들은 서로를 찾아냈다.

시청을 나섰고, 장미 꽃잎과 비눗방울이 흩날리며, 포옹과 축하 인사가 끝난 뒤, 나는 이제 공식적으로 들로름이 아닌 내 언니의 품에 몸을 던졌다.

과거

2009년 12월

엠마, 스물아홉 살

컵에 소변을 보고, 거기에 임신테스트기를 담갔다.

임신테스트기를 화장지 위에 올려놓았다.

5분 동안 바라보지 않으려고 애쓰고 있다.

우리는 6개월째 임신 시도 중이었고, 이번에는 제대로 임신된 것이 분명했다.

관계 후에는 다리를 잘 올렸다.

이상적이라는 체위에 대해서도 들었다.

마르고는 첫 달에 바로 임신했다.

이제 아기 이름 리스트를 만들어야 한다.

어떤 부모들은 아기 이름을 '보고스'라고 지었더라.

'클리토린'도 있었다. 아빠가 마음에 들어 했으면 좋겠다.

1분 경과.

느낌이 아주 좋다.

1년이 지나도 임신이 안 되면 병원에 가야 한다고 읽었는데.

그런 상황까지는 가지 않기를 바란다.

잠깐, 조금만 살펴볼까?

아니, 실망할 거야.

만약 여자아이이면, 중간 이름은 아가트라고 지을 거다.

2분 경과.

가슴이 이렇게 아픈 건 처음이었다.

분명 좋은 징조일 거야.

한 달씩이나 기다리는 게 너무 길었다.

지난달에는 정말 성공할 줄 알았는데.

누구에게 먼저 알려줄지 고민이 됐다.

아마 아가트일 수도 있고,

아마 할머니일 수도 있다.

오늘 저녁 알렉스가 돌아오면 제일 먼저 말해야지.

3분 경과.

임신 사실을 알려주려고 아기용 실내화를 준비했다.

알렉스가 정말 기뻐할 거다.

이사도 해야겠지. 아파트가 너무 좁아질 테니까.

입덧은 하지 않으면 좋겠다.

마르고는 출산할 때까지 계속 구토를 했다.

마르고의 아이와 내 아이의 나이 차이가 많이 나지 않았으면 좋겠다.

4분 경과.

시간이 거의 다 됐다.

시계를 바꿔야겠다. 너무 느리다.

사샤.

예쁘다, 사샤.

여자아이든 남자아이든 잘 어울리는 이름이다.

빨리 엄마가 되고 싶다.

우리 엄마보다 내가 더 잘할 수 있으면 좋겠다.

가슴이 정말 많이 아팠다.

속도 조금 울렁거리는 것 같았다.

셋.

둘.

하나.

5분이 지났다.

나는 깊게 숨을 들이마시고, 막대기를 잡고 결과를 바라봤다. 한 줄. 설명서를 확인했다. 이미 읽었지만 이번에는 반대의 결과가 나오길 바랐다.

판결문이 대문자로 나타나 있다. 이의 제기할 여지가 없다.

나는 임신테스트기와 나의 실망을 쓰레기통에 버리고, 손을 씻었다. 쓰레기통 페달을 밟자 뚜껑이 열렸다. 마지막으로 결과를 한 번 더 확인한 뒤 아기용 실내화를 정리했다.

현재

8월 11일

엠마

20시

영화관을 지나가다가 〈타이타닉〉이 3D로 상영 중이라는 소식을 봤다. 영화 개봉 25주년을 기념해 재개봉한 것이었다. 당연히 이 기회를 그냥 지나칠 수 없었다.

극장은 거의 비어 있었다. 사람들이 잭과 로즈가 바로 옆에 있는데도 그냥 지나칠 수 있다니 신기했다. 나는 텔레비전에서 우연히 이 영화를 보면, 시간이 언제든, 일정이 어떻게 되든, 끝까지 봐야 했다.

"이번에는 스포일러 못 하겠지." 아가트가 3D 안경을 쓰며 말했다.

"그 얘기 평생 듣겠네."

"물론이지. 어떻게 내가 이 트라우마를 잊겠어?"

영화가 시작됐다. 몇 초 만에 음악이 나를 휘감았다. 눈가로 아가트가 나를 지켜보는 것이 보였다.

"마음속으로 내기했거든. 언니가 10분 안에 울 거라고. 근데 언니가 기록을 경신했어!"

왜 이 영화가 나에게 이만큼이나 영향을 주는지 모르겠다. 처음 봤을 때 나는 열일곱 살이었고, 그때까지 어떤 작품도 나를 이렇게 흔들어놓은 적이 없었다. 그때는 로익과 사귀고 있었는데, 나는 문득 그를 떠날까 고민하기도 했다. 갑자기 내 사랑 이야기가 로즈와 잭의 이야기 옆에서는 너무 밋밋하게 느껴졌기 때문이다. 그리고 이렇게 많은 삶이 한순간에 사라지고, 마치 내가 그 현장에 있는 듯한 비극이 펼쳐졌다. 이이상하게도, 아빠를 잃었을 때보다 이 영화를 보고 나서야 나는 비로소 모든 게 한순간에 무너질 수 있다는 사실을 깨달았다. 그때의 나처럼 성장 중인 여성에게 〈타이타닉〉은 단순한 영화가 아니라, 작은 행복을 음미하고, 내 삶을 기록하며, 순간을 즐기라는 명령과도 같았다. 자꾸 이런 말을 듣다 보면 흔한 말로 느껴지고, 달콤하게 들리든 순진하게 들리든 진부해지기 마련이다. 그럼에도 곰곰이 생각해보면 이보다 더 중요한 것이 무엇일까. 좋은 여행을 하고, 후회 없이 목적지에 도착하며, 바로 지금 이 순간을 깨닫고, 작은 기쁨들을 인정하며, 나머지에 얽매이지 않는 것.

나는 이 영화가 내 인생 경로에 영향을 미쳤다고 확신한다. 작품의 힘이란 바로 이런 것, 한 사람의 삶을 바꿀 수도 있다.

20시 43분
우리에서 몇 좌석 떨어진 곳에 한 남자가 시끄럽게 뭔가를 씹고 있었다. 불쌍하게도 그 남자는 자신이 무슨 위험에 처했는지 모르고 있었다. 아가트는 쩝쩝거리는 소리를 참을 수 없을 만큼 싫어했는데, 특히 〈타이타닉〉 보는 동안에 그런 소리가 들리면 무슨 일이 일어날지 몰랐다.

20시 47분
아가트가 남자에게 몸을 숙이며 말했다.
"실례합니다, 아저씨. 철판을 드시는 건가요?"

나는 좌석에 몸을 웅크렸다.

21시 22분

로즈와 잭이 갑판에 서 있고, 해가 지고 있었다. 그들의 첫 키스 장면이었다. 눈물이 핑 돌았다.

"언니?"

"왜?"

"잭과 로즈가 배에 있어. 잭이 물에 빠지면 뭐가 남지?"

"아가트, 그만해."

21시 28분

"왜 영화가 3시간 14분인지 알아?" 아가트가 물었다.

나는 고개를 저었다.

"배가 가라앉는 데 걸린 정확한 시간 때문이래. 봐, 이번에는 내가 언니보다 더 많이 알아!"

"말 좀 그만해. 지금은 그림 그리는 장면이잖아."

그림 장면을 방해하면 안 된다. 바로 이 장면에서 내 마음이 두근거리고, 목탄이 은근히 관능적으로 느껴지는 순간이니까. 영화가 처음 개봉한 이후에 내 고등학교 친구들은 모두 그림을 그리기 시작했는데, 아마도 그러면 잭 도슨처럼 매력을 가질 수 있다고 생각했던 모양이었다.

21시 38분

이 영화를 스무 번 정도는 봤지만 빙산이 나타나고 선원들이 피하려고 애쓸 때마다 이유는 잘 몰라도 매번 그들이 피할 수 있기를 바랐다.

아가트의 손이 팔걸이 위에 힘껏 움켜쥐어져 있었다.

22시 17분
내가 가장 좋아하는 장면.
로즈가 구명보트에서 뛰어내려 배로 돌아가 잭과 합류했다.

"당신이 뛰어내리면 나도 뛰어내릴 거예요. 맞죠?"

나는 아가트의 손 위에 내 손을 올렸다.

23시 2분
영화는 백한 살이 된 로즈의 장면으로 돌아갔다.
"이제 당신들은 잭 도슨이 있었다는 것과 그가 나를 사람이 구원받을 수 있는 모든 방식으로 구해주었다는 것을 알게 되었겠죠. 나는 그 사람의 사진조차 하나도 없어요. 이제 그는 오직 내 기억 속에만 존재해요."
나는 헉 하고 숨을 내쉬었다. 이 한 문장이 나를 완전히 무너뜨렸다.

23시 7분
불빛이 다시 켜지고, 셀린 디옹의 노래가 흘렀다. 나는 아가트를 볼 용기가 없었다. 아가트가 50분째 쉬지 않고 울고 있었다. 아마 오늘 저녁 내내 그 얘기를 듣게 될 것이다.
나는 일어나 가방을 집어 들었지만 아가트는 움직이지 않았다.
몇 초간 기다렸는데도 아가트는 여전히 앉아 있었다.
"아가트?"

아가트가 나를 바라보며 고개를 들었다. 그리고 나는 눈물로 범벅이 된 얼굴에 눈은 빨갛게 충혈되어 있으며, 코는 흐르고, 턱은 떨리고, 입은 뒤틀려 있는 아가트를 보았다. 아가트는 체면을 차리며 나에게 미소를 지어 보이려 했다. 아마 내가 눈치채지 못할 거라 생각했는지도 모른다. 하지만 나는 터질 듯이 웃음을 터뜨렸다.

아가트는 어리둥절한 표정으로 거의 삐진 듯이 나를 바라봤다. 그래서 나는 이렇게 말했다. 웃긴 건 영화가 아니라 바로 우리 둘이라고. 세상 모두에게 강한 척하지만 영화에서 누가 죽기만 해도 눈물바다가 되어버리는 자매들이니까.

"아니, 난 괜찮아." 아가트가 말했다. 솔직히 아무렇지도 않았다고.

23시 35분

나는 처음과 같은 상태로 밖으로 나왔다. 삶을 통째로 삼켜버리고 싶었다. 지난 몇 년 동안 나는 내 삶을 스스로 결정하지 못한 채, 하루하루에 파묻혀 손가락 사이로 흘러내리는 시간을 놓쳐버렸다. 그러면서 열일곱 살의 엠마를 잃어버렸다. 매 순간을 즐기려는 아가트의 의지도 잊고 있었다. 아가트가 스쿠터의 시동을 걸었고, 나는 눈을 감고 아가트의 몸을 꼭 안으며 따뜻한 바람이 내 얼굴을 스치는 것을 느꼈다.

과거

2010년 3월

아가트, 스물네 살

열한 명의 친구들을 초대했다. 할머니는 우리를 3주 동안 먹일 만큼 충분히 음식을 준비했고, 뤼카는 모두가 앉을 수 있도록 의자를 가져왔다. 엠마, 알렉스, 그리고 내 동료들은 음료를 들고 왔고, 내 친구 줄리는 작은 파블로바를 만들었다. 친구 아멜리는 빵과 치즈를 사왔다. 내 집들이에 중요한 사람들은 모두 모였다. 디에고가 내게 중요한 사람인지는 아직 잘 모르겠지만, 그에게 오라고 했더니 바로 수락했다. 우리는 한 달째 만나고 있고, 나는 그가 무척 마음에 들지만, 흥분하지 않으려 노력 중이다(그냥 웨딩드레스와 우리 아이 이름만 정해놓았을 뿐이다).

"멋진 풍경이야." 할머니가 속삭였다.

"할머니 집을 대신하려면 이 정도는 필요하죠."

바다를 보려면 세탁기 위에 올라서야 하지만, 바다는 그대로였다. 어제 마지막 상자를 옮겼고, 오늘 밤이 여기서 맞는 첫 번째 밤이 될 것이다. 천천히 준비했다. 단 2킬로미터 떨어진 곳으로 이사 가는 것뿐인데도, 할머니와 떨어지는 마음은 너무 아팠다.

임대 계약서에 서명한 이후로 나는 스스로에게 이게 좋은 소식이라고 설득하려 애썼다. 엄마는 내 나이쯤 되면 혼자 살아야 한다고 반복해서 말했고, 엄마 말이 맞았다. 그럼에도 오늘 밤, 음악과 웃음이 이 새 삶을 축하하는 동안, 나는 울컥해 목이 메어왔다.

"조금 먹어보렴." 할머니가 말했다. 마치 내가 느낀 것처럼. "염소 치즈 페이스트리를 만들었어. 네가 좋아하는 거잖니."

나는 잡념을 떨치고 손님들이 있는 쪽으로 갔다. 우리는 낮은 탁자 주위에 앉았다. 소파에 앉은 사람도 있고, 의자에 앉은 사람도, 러그 위에 앉은 사람도 있다. 사람들은 서로를 알아가고, 내 언니는 교육 동료 린다와 이야기를 나누고, 알렉스는 디에고와 뤼카와 함께 웃고, 할머니는 줄리와 아멜리를 다시 만나 행복해했다. 서로 다른 세계가 섞이는 일은 언제나 미묘하지만, 때로는 아름다운 세계를 만들어내기도 했다.

잠시 우리는 춤도 추었다. 뤼카가 내 CD를 뒤적이며 남들에게 차마 듣는다고는 말 못할 음악들을 틀었지만 결국 우리는 몸을 가만히 둘 수 없었다.

저녁은 그렇게 흘러가고, 주변의 환희가 내게 스며들었다. 나는 행복에 젖어들었고, 나의 슬픔은 마침내 안개처럼 사라졌다.

할머니가 피곤해하기 시작했고, 우리는 디저트를 준비하기 위해 테이블을 정리했다. 줄리는 작은 접시에 파블로바를 예쁘게 담아 손님들에게 나누어주었다.

"맛있다!" 할머니가 감탄했다. "머랭이 완벽해. 이거 만들기 쉽지 않은 건데."

"키위랑 귤이 완전 잘 어울려." 언니가 덧붙였다.

"레시피 좀 알려줄래?" 린다가 물었다.

"난 이런 거 처음 먹어봐." 디에고가 내뱉었다.

줄리는 기뻐서 날아갈 듯했다. 줄리는 모두에게 감사 인사를 했고, 디에고가 다시 한마디했다.

"솔직히 말해. 오기 전에 제과점 들렀지?"

줄리가 웃으며 대답했다.

"맹세코 그건 아니야. 만드느라 몇 시간이나 걸렸어."

"아, 그만큼 시간 들일 만했네. 하나 남았으면 내가 먹을게!"

"배불러." 뤼카가 대답했다. "내 거 좀 먹어줄래?"

디에고가 접시를 잡고 케이크를 한입에 삼켰다. 나는 목구멍 속 덩어리가 다시 올라와 녹아내리는 것을 느꼈다. 우스웠다. 마치 세상을 구할 백신이라도 발견한 듯이 케이크를 찬양하다니. 다들 왜 이러는 거지? 오늘 내 파티야 아니면 줄리 파티야?

"아가트, 너도 꼭 배워야 해!" 디에고는 숟가락을 내려놓으며 말했다.

"너도 두 손 다 멀쩡하잖아."

갑자기 찾아온 침묵으로 보아 내 분노를 알아챈 모양이었다. 내 피가 혈관 속에서 끓는 게 느껴졌다. 나는 폭발 직전의 화산 같았다.

"왜 그렇게 말해?" 디에고가 물었다.

"내가 네 요리사인 줄 알아? 뭔가 먹고 싶으면 스스로 만들어 먹어. 여자만 요리하는 게 아니란다. 스물한 살이 된 걸 환영해, 아가야."

"난 그런 말 안 했어!"

"내 말 아직 안 끝났어! 그리고 만약 줄리 케이크가 그렇게 좋으면 줄리한테 직접 만들어달라고 해."

"내가 줄리를 꼬시려고 이러는 것 같아? 너 지금 농담하는 거지?"

"솔직히 좀 노골적이긴 했잖아."

"난 그런 느낌 전혀 못 받았는데." 줄리가 당황하며 끼어들었다.

할머니가 일어나 내 어깨에 손을 올렸다.

"자, 얘야, 오늘은 즐기러 온 거잖아. 티라미수 먹을래? 냉장고에 넣어났으니까 내가 가져올게."

"난 집에 갈게." 디에고가 문 쪽으로 걸어가며 외쳤다. "미친년!"

"굳이 욕하면서 나갈 필요 없잖아." 언니가 말했다.

"자, 분위기 좀 풀자!" 뤼카가 외쳤다. "디에고는 그냥 예의상 그런 걸 거야."

"네가 좀 심했어." 아멜리가 내 귓가에 속삭였다.

"꺼져."

모든 시선이 나를 향했다.

"꺼지라고. 내가 말했잖아!"

"아가트, 하아…." 할머니가 한숨을 쉬며 말했다.

"다들 나만 몰아붙이는 거 보니까 디에고 말이 맞는 것 같아. 그러니까 그놈 따라가라고."

"아가트." 언니가 노력했다.

"더 이상 아무도 보고 싶지 않아! 파티도 끝이라고!"

나는 화장실에 가서 문을 잠갔다. 몇 분 지나지 않아 현관문이 닫히는 소리가 들렸다. 분노가 나를 삼켜버렸다. 어떻게 해야 할지 모르겠다. 분노를 터뜨리려고 소리쳤다. 스스로를 모욕하고, 벽을 발로 찼다. 온 힘을 다해 손을 깨물었다. 이빨 자국이 엄지손가락에 박혔다. 사람들이 싫다. 내가 싫다. 죽고 싶다.

과거
2010년 4월
엠마, 서른 살

드디어 서른 살이 되었다. 아빠가 결코 살아보지 못한 나이라고 생각하니 이상했다. 오랫동안 나도 스물아홉 살에 아빠처럼 죽을 거라고 굳게 믿어왔다. 어제까지도 곳곳에서 징조를 보았는데 결국 이렇게 서른을 맞이해버렸다. 이제 나는 아빠의 멈춰버린 그 나이보다 더 나이가 많아졌다.

부모님이 지나온 나이를 통과하며 나는 그들도 참 젊었다는 사실을 깨달았다. 내가 태어났을 때 부모님은 열여덟 살이었다. 엄마는 자주 말하곤 했다. 나를 임신한 게 사고였다고. 하지만 곧바로 나를 낳아 기르기로 결정했다고.

내 나이였을 때, 엄마는 열두 살과 일곱 살 두 아이를 키우고 있었다. 나는 늘 그들을 어른, '부모님'으로만 여겨왔는데 이제는 내가 그 나이가 되었다. 부모님도 나처럼 10대 같은 마음으로 어른의 몸에서 살아가는 낯선 기분을 느꼈을까? 책임감에 눌려 벅차다고 느끼는 일이 많고, 나이를 자각하곤 하지만 어린 시절은 아직도 너무 가까이 있는 듯하다. 그들도 그렇게 느꼈을까? 내가 엄마가 되었을 때도 이런 기분일까?

물론, 언젠가 그런 날이 오기만 한다면.

생일 선물처럼, 배아 이식 이후 기다리던 메일을 방금 받았다. 시험관

시술은 성공하지 못했다. 두 번째 시도와 두 번째 실패. 알렉스는 언젠가는 될 거라고 말했는데, 나도 알렉스처럼 확신이 있었으면 좋겠다. 가끔은 그냥 포기하고만 싶었다.

1년간의 헛된 시도 끝에 우리는 상담을 받으러 갔다. 온갖 검사를 거친 끝에 나에게 문제가 있다는 판정을 받았다. 나는 자궁내막증을 앓고 있었고, 난관에도 병변이 있었다. 아무리 진통제를 먹어도 가라앉지 않았던, 엄마는 내가 꾀병을 부린다고 몰아붙였던 그 끔찍한 생리통도 설명이 되었다. 엄마는 나를 '엄살쟁이'라고 불렀지만 나는 창자가 찢어지는 듯한 고통을 느꼈었다.

산부인과 의사는 솔직하게 말했다. 아기를 가질 확률은 그리 높지 않다고. 나는 더 이상 주사와 채혈, 의료화된 과정, 호르몬 치료, 헛된 희망과 끝없는 기다림을 견딜 수가 없었다. 언젠가 내가 엄마가 될 수 있을지조차 모른다는 사실을 더는 감당하기 힘들었다.

사람들은 내가 너무 집착해서 오히려 잘 안 되는 거라고 말했다. 마르고는 여행을 다녀오라고 조언하며, 자기 친구도 마음을 내려놓았을 때 임신에 성공했다고 말했다. 심지어 알렉스조차도 가끔은 내가 이 일에 집착한다고 나를 탓했다.

이 공허함 앞에서 혼자가 된 기분이었다. 점점 예민해졌고, 배가 불러 오는 친구들을 보며 질투했다. 왜 우리만 이런 행복을 누릴 수 없는 걸까. 다른 사람들에게는 이렇게 쉬운 일인데.

아가트는 그게 당연한 거라며, 아기를 품에 안게 되면 이런 감정은 다 사라질 거라고 말했다. 하지만 그런 말조차 짜증이 났다. 어떻게 아가트가 그런 확신을 가질 수 있을까. 또 내가 그때 어떤 감정을 느낄지 어떻게 알 수 있을까.

결국 나는 혼자 남아 신경질적인 사람이 되어버릴 것이다.

휴대전화가 울렸다. 아가트에게서 온 메시지였다. 오늘만 벌써 일곱 번째로 내 생일을 축하하고 있었다. 서른 번을 채워 보낼 생각인 게 틀림없었다.

나는 휴대전화를 끄고 다시 누웠다.

현재

8월 12일

아가트

0시 23분

우리는 케밥과 감자튀김을 사 들고 왔다. 흔들그네에 앉았다. 별들이 떠 있고, 시간이 꽤 늦었는데도 아직 더웠다. 멀리서 고양이들이 싸우는 소리가 들렸다.

"우리의 로버트 레드퍼드는 아니어야 할 텐데." 언니가 말했다.

"아마 형이랑 싸우는 걸지도. 그런 일도 있잖아. 그렇다고 서로를 사랑하지 않는 건 아니야."

언니가 나를 빤히 바라봤다. 아마 어떻게 이렇게나 섬세한 사람이 있을 수 있나 하고 생각하는 눈치였다.

"가끔은 다른 방법이 없을 때도 있지." 언니가 대답했다.

침묵이 내려앉았고, 긴장이 높아졌다. 마침내 내가 기다리던 이야기를 나눌 순간이 온 것만 같았다. 언니는 감자튀김을 하나, 또 하나 집어 먹더니 마침내 입을 열었다.

"나는 널 버리고 싶었던 게 아니야. 평생을 다른 사람들을 나보다 앞에 두고 살아왔어. 특히 너를. 네 욕구와 필요 앞에서 내 욕망과 필요를 눌러왔지. 억지로가 아니라 자연스러웠고, 그게 기쁘기도 했어. 네 불안에 동행하려 했고, 네가 필요할 때마다 곁에 있으려고 했어. 네 롤러코스터 같은 기분을 따라가려 했지만, 어느 순간부턴가… 더 이상 널 이해할 수 없었어. 네가 전혀 노력하지 않는 것 같다는 생각이 들었고, 그 안에서 분노가 점점 커져갔어. 나는 벗어나야만 했어. 끊어야만 했어. 알렉스가 알자스에서 일자리 제안을 받았을 때, 나는 고민조차 하지 않았어. 이사하면서도 널 계속 볼 수 있었겠지. 하지만 난 진짜 쉼이 필요했어. 아무런 사건도 없는, 안정되고 고요한 삶 말이야. 몇 주, 길어야 몇 달이면 될 줄 알았는데, 어느새 5년이 훌쩍 지나버렸어. 소식은 들었어. 할머니와는 자주 통화했으니까. 그걸로 충분했고 더 이상 얽히고 싶지 않았어. 그저 맨 뒤에서 지켜보는 관객이고 싶었을 뿐이야. 널 외면한 걸 설명하지 못해 미안해. 사실은 네게 직접 말하다간 흔들릴까 봐 두려웠던 것 같아. 널 버리고 싶었던 게 아니야. 나는 단지 나 자신을 구하고 싶었던 거야."

언니는 잠시 말을 멈추더니 자신을 원망하냐고 물었다.

"한때는, 그래, 원망했지. 언니가 알자스에서 살게 됐다고 할머니가 말해줬을 때 처음엔 걱정이 앞섰어. 보통은 뭐든 나한테 다 말했잖아. 그런데 그렇게 중요한 일을 두고 아무 말이 없으니까 도저히 이해가 안 됐어. 그러다 점점 버림받았다고 느꼈고, 그래서 언니를 원망했지. 화를 넘어서, 내 생애 누구에게도 해본 적 없는 원망을 했었어. 그걸 이해하는 데 시간이 오래 걸렸어. 언니도 알잖아. 나라도 할 수만 있었다면 나 자신을 떠났을 거야."

언니가 내 허벅지 위에 손을 얹었다. 나는 말을 이어갔다.

"정말이야, 언니. 언니 마음도 이해가 돼. 양극성 장애는 당사자도 힘들지만 곁에 있는 사람에게도 마찬가지잖아. 그래도 나는 언니 대신 다른 어떤 자매도 원하지 않아. 언니는 완벽했어."

"그렇게 생각해?"

"말로 표현하는 것보다 훨씬 더 그렇게 생각하고 있었어. 언니가 없었으면 어린 시절을 어떻게 버텼을지 모르겠어. 아, 설마 또 울기 시작하는 건 아니지!"

언니는 소매로 코를 닦았다.

"너도, 우주에서 제일 좋은 동생이야."

"됐어. 이제 진지한 얘기하자. 언니, 케밥 다 안 먹을 거야?"

언니가 눈을 크게 뜨고 샌드위치를 한입 베어 물며 말했다.

"꿈 깨. 너는 정말 멋진 동생이지만 이건 안 되지."

2시 14분

오랜만에 불안 발작이 찾아왔다. 심하진 않았지만 충분히 불쾌해서 잠의 신 모르페우스가 나를 안아주지 않았다. 머릿속에는 언니의 말, 나의 말, 삼켜버린 5년, 내일을 향한 바람들이 뒤엉켜 돌았다. 한 시간 넘게 뒤척이며 심호흡을 하고 호흡에 집중했지만, 머릿속 소음을 잠재우는 데는 아무 소용이 없었다. 나를 진정시킬 수 있는 건 오직 한 가지뿐이었다.

침대에서 일어나 언니가 자는 방으로 갔다. 방의 창문이 어린 시절의 어떤 밤처럼 열려 있었고, 달빛이 비쳤다. 나는 언니의 작은 침대에 몸을 뉘었고, 언니는 깜짝 놀랐지만 이내 안심했다. 언니가 투덜거리며 자리를 내주고 내 주위로 팔을 감았다. 나는 그렇게 잠이 들었다.

과거

2011년 9월

아가트, 스물여섯 살

"여보세요?"

"아가트, 나 임신했어!"

"뭐? 말도 안 돼!"

"그래. 세상에, 안 믿긴다. 드디어 나 임신했어! 내가 이런 말을 하게 될 줄은 몰랐어!"

"언니, 정말 기뻐! 이럴 줄 알았어. 당연히 일어날 일이라고 생각했다니까!"

"너한테 제일 먼저 말하는 거야. 알렉스한테는 전화로 말하고 싶지 않거든."

"화장실에서 전화하는 거야?"

"아니, 방금 실험실 결과 메일로 받았어. 그래도 네가 원하면 거기 갈 수도 있어."

"…"

"아가트?"

"응?"

"너 울어?"

"아니, 절대. 그건 언니잖아!"

"아하하! 우는 소리 다 들려, 거짓말쟁이!"

"나 이제 이모 된다!"

"넌 최고의 이모가 될 거야."

"약속할게. 시끄러운 장난감도 사주고, 욕도 가르쳐주고, 클럽에도 데려가고, 좋은 음악도 들려주고, 좋은 영화도 보여줄 거야. 그래도 더러운 기저귀는 못 갈아주니까 기대하지 마."

"메일을 계속 다시 읽고 있어. 내가 꿈꾸는 게 아니길 확인하려고. 흥분하면 안 돼. 유산할 수도 있으니까."

"제발 흥분해! 이 행복을 즐기라고. 모든 게 잘될 거야. 그리고 아홉 달 후면 언니는 엄마가 되는 거지."

"…"

"우는 거야?"

"아니, 우는 건 너잖아."

과거

2011년 12월

엠마, 서른한 살

"선생님?"

내 뱃속에 있는 이 작은 생명이 모든 것을 차지하고 있다. 나는 배를 쓰다듬고, 이야기도 해주고, 작은 이름도 붙여주었다. 속에서 무슨 일이 일어나는지 상상하며, 매일 아기의 크기와 발달 과정을 알려주는 책 두 권도 샀다. 지금 아기는 딸기 크기이고, 모든 장기가 제자리에 있다. 산부인과에서 초음파를 했는데, 얼굴이 많이 보이진 않았지만 심장이 뛰는 소리를 들을 수 있었다. 알렉스는 심장소리를 듣고 울었다.

"선생님?"

첫 공식 초음파는 2주 후였다. 마음이 편할 줄 알았는데, 실수로 의료 관련 포럼을 봐버리고 말았다. 차라리 몰랐으면 좋았을 많은 것들을 알게 되었다. 나는 이미 이 아기를 너무 사랑한다. 만나본 적도 없는 사람에게 이렇게까지 걱정할 수 있다는 걸 몰랐다.

"선생님!"

나는 크게 아픈 곳은 없었고, 약간의 메스꺼움만 있었다. 하지만 꽃향기나 커피 향은 견디기 힘들었다. 커피를 끊고 허브차를 마시기 시작했다. 채소도 먹고 있다. 내 몸을 제대로 돌보려면 내 몸에 세입자가 들어와야 한다는 걸 깨달았다.

"선생님, 일부러 그러시는 거예요?"

나는 매일 아침 거울 속 내 모습을 살피며 확실히 배가 커지고 있다고 생각했다. 알렉스는 아니라고 하지만 나는 분명히 보였다. 모두가 그 변화를 알아보기를 기다리고 있다. 아기가 움직이는 걸 느껴보고 싶다. 품에 안고 싶다. 그 모든 순간을 기다린다….

"선생님! 무슨 생각하고 계신 거예요!"

작은 손 하나가 내 어깨를 흔들었다.

"마티스? 여기서 뭐 하는 거야?"

"한 시간째 선생님을 부르고 있었어요. 딴생각하고 계셨네요! 우리 문제 다 풀었는데 채점해도 돼요?"

내 뱃속에 있는 이 작은 생명이 나의 모든 것을 차지하고 있다.

현재

8월 12일

엠마

8시 9분

이곳을 떠나기 전날 아침, 아가트는 나와 함께 수영하겠다고 고집했다. 나는 밤새 잠을 이루지 못했다. 아가트가 내 곁에서 이렇게 평화로위하는 걸 느끼며, 이 평화를 깨버릴까 봐 두려웠다. 때가 다가오고 있었다. 이제 아가트와 이야기를 나눠야만 했다.

우리는 옷을 벗고 물가로 달려갔다.

"목 뒤쪽을 적셔!" 내가 아가트에게 외쳤다.

"알겠어요, 할머니!"

아가트가 지나가며 물을 튀기고, 나는 그런 아가트를 밀쳤다. 아가트는 머리부터 물에 떨어졌고, 한 줌 모래를 집어 내 배에 던졌다. 고통에 몸이 두 동강 났다.

"장난 그만해!"

내가 웃지 않자 아가트가 나를 쳐다봤다.

"괜찮아?"

"어젯밤 아팠거든. 아마 케밥 때문일 거야."

"집에 갈래?"

"꿈 깨시지! 바위섬에 마지막으로 도착한 사람이 다른 사람에게 마사지해주기로 했어."

우리는 파도를 뛰어넘고, 잠수하고, 수영했다. 아가트는 처음 몇 미터만에 나를 앞섰지만, 나는 끝까지 버텼다. 아가트보다 한참 늦게 도착해 숨을 헐떡였다.

"내가 언젠가 언니를 이길 거라고 누가 생각이나 했겠어?" 아가트가 자랑했다.

"나도 몰랐어! 네 체력은 거의 펑크 난 타이어 수준이었는데, 놀랍다."

나는 등을 대고 물에 둥둥 떠 있었다. 바다는 거칠었지만 나를 흔들며 달랬다. 이 감각을, 이 마지막 순간을 즐겼다. 내일 아침에는 수영할 시간조차 없을 테니까. 내가 탈 기차는 오전에 출발하고, 그전에 렌터카도 반납해야 했다.

빗방울이 내 얼굴 위로 튀었다. 눈을 뜨니 회색 구름이 파란 하늘을 가리고 있었다. 며칠 전 저녁, 우리 둘이 빗속에서 춤추던 순간이 떠올라서 나는 소나기를 피하지 않기로 했다. 물이 내 이마, 입술, 눈꺼풀 위로 흐르게 두면서 내 몸을 맡겼다. 팔과 다리를 벌리고 힘을 풀었다. 나는 물과 하나가 되었다. 아가트의 손가락이 내 손가락을 스치더니 서로 맞잡았다. 나는 고개를 돌렸고 아가트는 옆에서 평온하게 배영을 했다. 하늘에서 내려다본 모습으로, 광활한 공간 속에 떠 있는 우리를 상상했다. 혼자이면서도 함께 있는 우리, 나는 아가트를 곁에 둔 것이 무한히 행운이라고 느꼈다.

우리는 그곳에 몇 시간 동안 머물렀다. 아마 더 짧았을 수도, 더 길었을 수도 있다. 밖으로 나올 때쯤 비는 그쳤다. 그 노인이 거기 있었다.

"안녕하세요, 레옹!" 아가트가 인사했다.

그는 눈썹을 찌푸리며 아가트를 바라봤지만 대답은 하지 않았다.

"아쉽다." 내가 말했다. "떠나기 전에 마지막으로 다정한 한마디를 듣고 싶었거든."

"나한테도 그런 말은 안 하셔. 요양원 직원들에게는 불친절하지만 모욕적이지는 않아. 하지만 다른 입주민들에게는 완전히 다르지. 지난주에 레이노 씨에게 "죽은 사람이나 먹어라!"라고 했대. 그분은 아직도 충격에서 못 벗어나셨어."

나는 그 장면을 상상하며 웃음을 참을 수 없었다. 우리는 수건 위에 앉아 정오를 향해 떠오르는 햇볕을 마주했다.

"늦으면 안 돼, 언니한테 깜짝선물이 있어." 아가트가 말했다.

"이런…."

"별 말씀을."

"네 깜짝선물은 믿을 수가 없어. 예전에 나를 스케이트장에 데려갔던 거 기억나? 내 자존심이 아직도 얼음 위에 있어."

아가트가 깔깔 웃었다.

마지막으로 나는 그 노인의 주위로 날아다니는 갈매기들의 춤을 감상했다. 아가트가 이제 떠날 시간이라고 말했다.

"좋은 하루 보내세요, 레옹!" 아가트가 그의 키 높이에 맞춰 인사했다.

그는 아가트에게조차 한 번도 시선을 주지 않았다.

"앞으로도 잘 지내세요, 선생님!" 내가 인사했다.

그러자 나를 기쁘게 하기 위해서인지, 그는 공손하게 대답했다.

"꺼져, 쓰레기 같은 년아!"

과거

2012년 5월

아가트, 스물일곱 살

우리는 첫 기차를 탔다. 역을 달려 건넜다. 할머니가 숨을 돌릴 수 있도록 잠시 쉬었다. 택시에 뛰어올랐다. 모든 빨간불을 무시했다.

우리는 작은 대기실에서 기다려야 했다.

신음이 들렸고, 언니의 목소리일지도 모른다고 생각했다.

알렉스는 밖으로 나가 바람을 쐬었다.

"아직 한참 걸릴 거야." 그가 말했다.

한 사람만 언니를 볼 수 있었다. 나도 언니를 보고 싶은 마음이 간절했지만 할머니에게 자리를 양보했다.

우리는 끔찍한 샌드위치를 먹었고, 입구 가게에서 산 잡지를 읽었다.

로리가 노래를 그만둔다는 소식과 미카엘 벤데타의 존재를 알게 되었다. 아기가 우는 소리가 들렸다. 심장이 두근거리는 걸 느꼈다. 기다렸다. 그리고 그 아이가 그가 아님을 깨달았다.

할머니는 벽에 머리를 기대고 입을 벌린 채 잠들었다.

나는 할머니의 코 고는 소리를 세었다.

두 명의 여성이 방으로 들어가는 것을 보았다.

그녀들이 다시 나오지 않는 것도 보았다.

격려하는 말소리와 신음이 들렸다.

우리는 손을 맞잡았다.

작게 응애 하는 소리가 들렸다.

알렉스가 작은 투명 요람을 밀고 나왔다.

우리는 아기의 작은 코, 작은 손, 긴 속눈썹을 보았다.

그렇게 우리는 사샤를 만났다.

과거

2012년 7월

엠마, 서른두 살

나는 행복해야 한다.

수년간 나는 그저 행복을 바라며 살아왔다. 치료와 검사, 실망을 겪었고, 우리는 결코 성공하지 못할 거라고, 결코 부모가 되지 못할 거라고 믿었다.

나는 경이로운 임신 기간을 보냈다. 단지 아기를 잃을지도 모른다는 두려움만이 그 시간을 흐리게 했다. 나는 아기가 내 안에 자리 잡았다는 걸 알자마자 사랑하기 시작했다. 매번 초음파를 볼 때마다 내 마음은 조금씩 더 사랑으로 차올랐다.

나는 아기의 탄생까지 남은 날들을 세고, 조급함을 달래며 아기방을 꾸몄다.

나는 평온하고 충만한 마음으로, 아기를 품에 안은 모습을 상상했다.

나는 행복해야 한다. 하지만 죽고 싶은 마음이 든다.

나는 지쳤다.

가슴이 아프다.

계속 울고 있다.

아기가 트림할 때, 트림하지 않을 때, 똥이 단단할 때, 똥을 누지 않을 때, 울 때, 울지 않을 때, 잠을 많이 잘 때, 잠을 잘 자지 않을 때마다 걱정이 됐다.

머릿속에서 상상하던 평온함을 어디서든 찾으려 해봤지만, 나는 불안과 절망 덩어리에 불과할 뿐이었다.

아기가 우는 소리가 들렸다.

알렉스는 일을 다시 시작했다.

아가트가 살짝 문틈으로 얼굴을 내밀었다.

"좀 쉬어, 내가 돌볼게."

나는 기분이 좋지 않다고 말하고 싶지 않았지만, 알렉스는 더 이상 나를 도울 방법을 몰랐다. 아가트는 나를 만나기 위해 스페인에서의 휴가 기간을 줄였다.

아가트와 함께 있어도, 나는 괜찮은 척할 수 없었다.

내가 아가트를 보호하지 않은 건 이번이 처음이었다.

아가트가 도착한 다음 날, 아가트는 나를 데리고 의사에게 갔다. 의사는 산후우울증에 대해 말하며 약을 처방해주었다.

나는 멍한 상태로 병원에서 나왔다.

내가 우울증에 걸릴 이유가 없었다.

아기를 갓 낳았으니 나는 행복해야 한다.

현재

8월 12일

엠마

9시 34분

"내가 먼저!" 아가트가 할머니 집에 도착하며 외쳤다.

아가트는 샤워하러 계단을 달려갔다. 평소에는 내가 이기지만 마지막 날만큼은 아가트에게 승리를 양보했다.

내 차례를 기다리며, 아가트가 준비한 깜짝선물을 발견할 순간을 기대하며 나는 안락의자에 앉았다. 햇살이 창문을 뚫고 들어와 내 허벅지 위로 퍼졌다. 오직 시계의 똑딱거리는 소리만이 고요를 깨트렸다. 어릴 적 아가트는 이 소리에 겁을 먹곤 했다. 할아버지는 천과 스펀지로 소리를 줄여주었다.

아가트의 휴대전화가 울렸다. 두 번째, 세 번째. 급한 일일지도 모른다는 생각에 일어나 휴대전화를 집어 들었다. 화면에는 '엄마'라고 크게 쓰여 있었다. 생각할 틈도 없이 나는 전화를 받았다.

"여보세요, 엄마."

"안녕, 아가트. 목소리가 이상한데, 무슨 일 있어?"

"엠마예요."

"또 무슨 일을 벌인 거니?"

"아니요, 제가 엠마라고요. 아가트가 아니에요."

잠깐의 정적.

"아, 내 작은 아가! 정말 오랜만이구나! 어떻게 지내니? 아가트가 너희가 함께 있다고 하더구나. 솔직히 말하면 나도 가고 싶었는데, 아가트가 내가 가면 절대 다시는 나랑 말하지 않겠다고 협박하더라. 이미 딸 하나 잃었는데 둘은 안 되지!"

엄마가 크게 웃었다. 어색함이 전해졌다.

"잘 지내요. 엄마는요?"

"나? 그냥 그래. 오락가락하지. 불평은 안 해. 은퇴까지 아직 2년 남았고, 관절염이 조금 시작됐어. 하지만 네 동생이 말해줬겠지… 아니, 아니지. 바보같이. 너희가 나에 대해 이야기할 리 없지."

"아가트한테 다시 전화하라고 할까요? 지금 샤워 중이에요."

"응, 부탁해. 내일 떠나는 거 맞지?"

"네."

"정말 내가 가면 안 되겠니? 차로 4시간 거리니까 오늘 저녁까지 갈 수 있을 거다."

"아니요, 엄마, 미안해요. 안 그러는 게 좋겠어요."

"말하고 싶지 않다면 전화는 왜 받은 거야?"

"엄마에게 할 말이 있어서요."

"할 말?"

더 이상 말하고 싶은 마음이 없었다. 전화를 받지 말았어야 했는데 후회가 됐다. 처음 생각대로 다시는 엄마와 말하지 않는 게 좋았을 텐데. 하지만 이미 받았으니 끝까지 말해야 했다.

"엄마, 엄마는 우리에게 상처를 줬어요. 우리를 망쳐 놓았어요."

"음, 그럼 나는…."

"제발, 내 말 좀 들어줘요. 허벅지에 있는 엄마의 벨트 버클 자국은 절대 사라지지 않을 거예요. 하지만 진짜 자국은 내 안에 있어요. 나는 나 자신을 믿지 못하고, 항상 다른 사람보다 못하다고 느껴요. 전화를 거는 것조차 힘든 일이에요. 내가 가장 사랑하는 사람들에게조차, 특히 가장 사랑하는 사람들에게조차 경계심을 가져요. 나는 불면증에 시달리고, 누군가 뒤에서 다가오는 걸 견디지 못해요. 놀라는 걸 싫어하고, 사랑한다고 말하는 것조차 노력해야 해요. 어둠 속에서 잘 수 없고, 나는 내가 끔찍한 엄마라고 확신해요. 파촐리 향도 더 이상 참을 수 없고, 문이 쾅 닫히면 벌벌 떨어요. 나는 내 얼굴을 싫어해요. 엄마 얼굴을 닮았으니까요."

전화 너머로 엄마의 짧은 숨소리가 들렸다.

아가트가 젖은 머리로 거실에 들어왔다. 아가트는 바로 상황을 이해하고 내 손을 잡았다. 나는 스피커폰을 켜 아가트가 들을 수 있게 했다.

"지금 복수하는 거니?" 엄마가 속삭였다.

"제발, 엄마, 금방 끝낼게요. 나는 엄마를 다치게 하려고 이 모든 말을 하는 게 아니라 나 자신을 위해 하는 거예요."

"나는 이런 헛소리를 들을 필요 없어! 내 마음을 아프게 하려는 거야? 나도 내가 너에게 상처 준 걸 알아. 너희 둘 모두에게 상처를 줬다는 것도 알아. 이야기를 다시 쓰고 나를 나쁜 사람으로 몰아가는 건 쉽겠지만, 모든 게 간단하지 않았단다, 내 작은 아가야. 내 안에는 큰 공허함이 있었어. 나는 나아지려고 노력했단다. 너도 내가 노력하는 걸 봤잖아. 그렇지, 엠마? 너도 봤지? 너는 내가 치료받으러 간다고 떠난 걸 탓했어. 하지만 선택의 여지가 없었어. 게다가 너도 그렇게 쉽지 않았어. 아무 말 안 해도 너의 시선 속에 비난이 느껴졌거든. 바깥세상은 장밋빛이 아니란다. 나는 네가 그것을 이해하길 바랐고, 아가트한테도 마찬가지였지. 나는 너희를 돕고 싶었고, 강인해지는 법을 가르치고 싶었어. 그리고 지금 넌 이렇게 되었잖아, 그렇지? 봐, 내가 다 망치진 않았어."

아가트가 내 손을 꼭 잡았다.

"좋아요, 엄마. 그냥 제가 엄마를 용서했다는 걸 말하고 싶었어요. 더 이상 화나지 않아요. 심지어 엄마가 그렇게 했던 이유를 찾을 수도 있고요."

엄마는 대답이 없었다.

"엄마?"

나는 화면을 바라봤다. 엄마가 전화를 끊었다.

아가트가 나를 꼭 안았다.

"잘했어. 언니가 자랑스러워. 나는 그렇게 못했을 거야. 아마 언니 덕분에 내 기억이 적어서 그렇겠지. 엄마가 절대 변하지 않을 걸 알지만, 나는 엄마를 완전히 잊을 수가 없어." 아가트가 일어났다. "앞으로 절대 언니 마음에 거슬리지 않아야겠다. 세상에, 언니 진짜 총으로 쏘는 수준이었어!"

과거

2013년 8월

아가트, 스물여덟 살

    일주일 동안 밖에 나가지 않았다는 걸 방금 깨달았다. 일을 그만둔 이후로 밖에 나갈 의무가 없어졌고, 그래서 시원한 집 안에 머물고 있다. 할머니는 내 생각을 바꾸려 했지만, 나는 바보 같은 짓을 하고 있다고, 그 일이 나에게 딱 맞는 일이라고 확신했었다. 처음에는 나도 그렇게 생각했다. 하지만 이제는 그 열망이 사라졌다. 최근에는 마음이 내키지 않아 억지로 출근했고, 아침에 일어나지 못할 때도 있었다. 다른 걸 찾으면 되겠지. 그래도 씻기는 해야겠다.

    며칠 전부터 내가 샤워를 안 하는 걸 다비드가 눈치채서 나는 매일 조금씩 물을 틀어 놓았다. 샤워젤을 욕조에 붓고, 수건을 빠르게 적셨다. 머리는 더러웠지만, 씻고, 빗고, 트리트먼트를 바르고, 헹구는 걸 생각만 해도 피곤했다.

    어차피 다비드가 날 짜증 나게 했다. 그와 함께 살게 되어 기뻤지만 만약 그가 날 감시하려는 거라면 곤란했다. 며칠 전에는 다비드가 점심시간에 들어와 나와 같이 밥을 먹고 싶어 했다. 운 나쁘게도 그때까지 나는 자고 있었다. 다비드는 얼굴을 찌푸리며 내가 그렇게 늦게 일어날 수 있다는 사실에 충격을 받았다. 이게 연애라면 차라리 내 바이브레이터가 더 나았다.

뤼카는 서핑하러 가자고 했지만, 가고 싶지 않았다. 할머니는 내가 밥 먹길 바랐지만, 먹고 싶지 않았다. 그냥 날 좀 내버려 두었으면 좋겠다. 나는 블라인드를 내리고 낮잠을 자다가 텔레비전을 봤다. 어떤 프로그램이든 상관없었다. 그저 전쟁, 불안, 실업, 빈곤, 오염, 정치, 괴롭힘, 비리, 질병, 죽음, 사고, 폭력에 대한 내용만 아니면 다 괜찮았다. 모든 게 나를 우울하게 했고, 모든 게 나를 두렵게 했다. 세상이 무채색으로 보였다.

이 모든 게 다 무슨 소용이지?

인생이 너무 무의미하다.

언니가 내게 문자메시지를 쏟아내는데 답장할 생각도 들지 않았다. 아주 사소한 몸짓조차 감당하기 힘들었다.

내 시간은 내 존재처럼 텅 비어버렸다. 그냥 자고 싶다.

수면제를 먹는다. 그리고 그냥 잠든다.

과거
2013년 11월
엠마, 서른세 살

"바스크 지방으로 이사 가고 싶지 않아?"

알렉스가 눈을 크게 뜬다.

"거기로 가고 싶어?"

"응, 가고 싶어."

"그곳에서 살고 싶은 거야, 아니면 동생 때문이야?"

"아가트가 잘 못 지내고 있어. 몇 달째 점점 더 깊이 빠져드는 것 같아. 여기서는 내가 무력한 기분이야."

"그건 이해하지만 여기엔 우리 일도 있고, 아기 어린이집도 있고, 친구들도 있어. 게다가 앙글레에서 겨우 두 시간 거리인걸!"

"매일 보러 가기엔 두 시간이 너무 멀어."

알렉스가 한숨을 쉬었다.

"이해해, 정말 이해해. 게다가 알다시피 나도 아가트를 정말 좋아해. 하지만 항상 아가트를 구할 수는 없어. 언젠가는 아가트가 스스로를 책임져야 하잖아. 곧 서른 살이 되는데, 더 이상 어린애가 아니잖아."

"알아…."

"아가트가 힘들다고 해서 매번 달려갈 수는 없어. 당신 거의 매주 주말마다 가잖아. 그거면 충분히 한 거야, 그렇지?"

"응, 물론이지. 하지만 아가트는 내 동생이야, 걱정돼. 나는 항상 이 세상이 너무 가혹하다고 느꼈고, 아가트가 기댈 수 있는 어깨가 없다고 생각했어. 아가트를 떠올리면, 나는 그 애가 아주 작게 느껴지고 거대한 산들에 둘러싸여 있는 모습을 상상해."

"아마도 아가트는 스스로 해낼 수 있다는 걸 증명할 필요가 있을 거야. 알지? 과보호하는 것도 도움이 되지 않아."

"내가 들어본 말 중에 가장 바보 같은 말이다."

알렉스가 웃었다.

"맞아, 말하면서 나도 깨달았어. 하지만 당신이 아가트의 삶을 대신 살아줄 수는 없어. 아가트는 혼자가 아니야. 게다가 할머니나 삼촌이랑 숙모도 계시잖아…."

"농담하는 거지? 지난달 할머니가 아가트의 집세를 도와줬다는 걸 알게 됐을 때, 장이브 삼촌이 난리를 쳤어. 할머니를 후견인 관리하겠다고 협박하고, 아가트에게는 게으르다고 메시지를 보냈어. 그게 무슨 지원이야."

"좋아, 그럼 삼촌과 숙모는 잊자. 다음 휴가 때 거기서 잠깐 지내도 되고, 원하면 아가트한테 여기로 오라고 해도 돼. 하지만 아가트 곁에 살기 위해 모든 걸 포기할 수는 없어. 이해하지?"

나는 고개를 끄덕였다. 알렉스의 말이 옳다는 걸 알고 있었다.

나는 컴퓨터를 다시 켜서 앙글레에서의 아파트 찾기를 이어갔다.

현재

8월 12일

아가트

13시 23분

언니가 항구 근처 주차장에 차를 댔다. 나는 우리가 제시간에 도착하지 못할 줄 알았다. 이렇게 느리게 운전하는 사람은 처음 봤다. 문워크로 가는 게 훨씬 빨랐을 거다. 언니는 여전히 우리가 왜 여기에 왔는지 몰랐다. 이동하는 내내 내게 계속 질문했지만 곧 서프라이즈가 드러날 것이었다.

"배 타는 거야?" 언니가 부두 위를 걸으며 물었다.

"통찰력이 대단한데!"

언니가 기뻐서 박수를 쳤다. 이번 보트 나들이의 이유를 알게 되면 아마 뒤구르기를 할지도 몰랐다.

줄리와 아멜리가 배에서 우리를 기다리고 있었다. 언니는 그들을 여러 번 만난 적 있지만 그들이 무슨 일을 하는지는 몰랐다. 그들은 재빨리 설명했다. 줄리와 아멜리는 생물학자고, 캅브르통 만에 사는 고래를 연구하는 일을 했다.

"깊이가 4,000미터가 넘는 협곡이에요." 줄리가 언니에게 설명했다. "이곳이 특별한 이유는 해안에서 단 몇 백 미터 떨어진 곳에서 시작된다는 점이에요."

"이곳은 다양한 생물들이 서식하는 곳으로, 특히 많은 종류의 고래류가 있어요." 아멜리가 덧붙였다. "우리의 역할은 이들을 연구해 더 잘 이해하고, 사람들에게 보호의 중요성을 알리는 것이죠."

"아가트에게 듣기로는 돌고래를 무척 좋아하신다고요. 돌고래에 큰 애정을 가지고 있다고 들었는데, 맞나요?"

언니의 눈이 반짝였다.

"아, 맞아요! 한동안 제 방에는 〈그랑블루〉 포스터가 걸려 있었고, 돌고래를 보고, 함께 수영하는 꿈을 꾸었어요. 심지어 「쥬르날 드 미키」에 편지를 보내서 돌고래와 일하려면 어떤 공부를 해야 하는지도 물어봤지만, 답장을 받은 적은 없어요."

세월이 지나도 실망감은 남아 있었다. 언니는 그 좌절을 떠올리며 눈살을 찌푸렸다.

"난 미키가 교활하다는 걸 알고 있었어." 내가 말했다.

"돌고래와 함께 수영하지는 않을 거예요. 돌고래를 방해하고 싶지 않거든요. 그래도 돌고래를 보기 위해 시도해볼 거예요." 줄리가 말했다.

"진짜야?" 언니가 나를 바라보며 물었다.

"아니, 농담이야. 우리 예수님처럼 물 위를 걸을 거야. 준비됐어?"

언니가 웃었다.

"너무 행복해, 아가트! 돌고래 많이 보면 좋겠어!"

14시 7분

언니는 전혀 행복해 보이지 않았다. 아니, 그렇게 보일 뿐일지도 몰랐다. 어쩌면 난간에 매달려 토하는 게 언니에게는 큰 행복일 수도 있으니까.

배가 멈췄다. 줄리는 헤드셋을 쓰고, 끝에 마이크와 일종의 안테나가 달린 케이블을 물속으로 내려보냈다.

"고래를 찾고 있는 거예요." 아멜리가 설명했다. "한여름이라 더 복잡해요. 요트 이용객들로 인한 소음 공해가 많거든요. 그래도 소리를 들을 수는 있어요."

잠시 후, 줄리가 고개를 저으며 말했다.

"좀 더 멀리 가보자."

17시 34분

아직 돌고래는 보지 못했지만 좋은 소식은 언니가 더 이상 물고기에게 먹이를 주지 않게 되었다는 것이었다. 줄리는 하이드로폰을 여러 위치와 깊이에 담가보았지만 소용이 없었다.

언니가 내 옆에 앉았다.

"네 서프라이즈에 감동했어."

"아, 그냥 언니가 토하는 걸 보고 싶었거든."

언니가 내 어깨에 머리를 기댔다.

"원하면 네 위에다 해줄게. 그동안 네가 욕조에서 똥 쌌던 그 모든 날들에 대한 복수야."

"거짓말 하지 마. 그거 다 지어낸 거잖아."

언니가 고개를 들어 수평선을 바라봤다. 바다와 하늘의 푸른빛이 섞여 있었다.

곁눈으로 보니 언니가 뺨을 닦고 있었다.

"사랑해, 아가트."

언니가 내 쪽으로 몸을 돌렸다. 눈에서 나는 20년 전 알렉스와 함께 찍은 사진 속 그 빛을 다시 보았다. 언니가 팔꿈치로 나를 찔렀다.

"다시 말해달라고 하지 마. 상상도 못할 만큼 힘들었어."

"미안. 잘못 들은 줄 알았어! 세상에, 오늘은 축제 날이네. 언니가 감정을 드러내다니!"

"나를 후회하게 하려는 거면 아주 잘 하고 있는 거야."

"미안, 깜짝 놀라서 그랬어."

언니가 웃었다.

"너 진짜 짜증나, 아가트. 이제 다시는 말 안 해줄 거야!"

"괜찮아. 똑똑히 들었고 증인도 있어. 얘들아, 너희도 들었지?"

줄리와 아멜리가 고개를 끄덕이며 웃었다.

바로 그 순간, 배에서 몇 미터 떨어진 곳에서 한 개의 지느러미가 물을 가르고, 이어서 두 개, 여섯 개의 지느러미가 나타났다.

언니는 넋을 잃고 바라봤다. 돌고래들이 우리 주변에서 뛰고 장난쳤다.

"세상에…. 이 멋진 광경 보여?"

그 광경을 바라봤다. 하지만 나를 감동시키는 건 또 다른 광경이었다. 바로 어린아이 같은 기쁨과 놀라움으로 반짝이는 언니의 눈빛.

19시 17분

집으로 돌아오니 로버트 레드퍼드가 대문 앞에 서 있었다. 그는 길을 잘 알고 있어서 우리 도움 없이도 조르주의 집을 찾아갈 수 있었다. 그럼에도 나는 고양이를 품에 안고 할머니의 연인의 집으로 향했다.

언니는 질문 한마디 없이 따라왔다. 언니도 상황을 이해한 듯했다.

그림을 발견했을 때, 나는 충격에 휩싸였다. 할머니에게도 성생활이 있을 수 있다는 사실, 그리고 아이들이 황새로 배달된 것이 아니라는 사실은 감당하기 벅찼다. 조르주에게 어떤 말도 할 기운조차 없어서 그냥 그림을 건네고 그가 고맙다고 한 뒤 떠나는 것으로 그날은 마무리되었다.

14번지 문은 거리로 통했다. 나는 철제 문을 두드렸다. 조르주가 문을 열어주었고, 로버트 레드퍼드가 내 품에서 뛰쳐나갔다.

"들어오세요." 조르주는 마치 우리를 기다리고 있었던 것처럼 말했다.

집 안은 시원했다.

"방금 블라인드를 열었어요. 하루 종일 닫아두거든요." 조르주가 설명했다.

우리는 그를 따라 복도를 지나 넓은 거실에 들어섰다. 붉은 테라코타 타일 위에 무거운 가구들이 놓여 있었다. 조르주는 우리를 갈색 가죽 소파에 앉혔다.

"뭐 마실래요?"

언니는 물 한 잔을 부탁했고, 나는 와인 한 잔을 받았다. 조르주가 음료를 가지러 간 사이에 언니는 내 의도를 확인했다.

"너도 알다시피 조르주는 나이 든 남자야, 아가트."

"왜 그렇게 말하는 거야?"

"친절하게 대해줘."

"내가 평소에 친절하지 않은 편인가?"

"그럴 수도 있지."

더 말할 틈도 없이 조르주가 돌아와 우리 맞은편에 앉았다.

"궁금한 점이 있겠죠."

내 뇌가 문장을 정리하기도 전에 첫 질문이 입술을 떠났다.

"할머니랑 만나는 사이셨던 거예요? 아니면 모든 이웃 여성과 누드 초상화만 남기신 건가요?"

그가 웃었다.

"당신 할머니의 비밀을 누설하게 되어 마음이 무겁습니다. 그 사람은 이 비밀을 매우 소중히 여겼거든요. 하지만 그리움이 견딜 수 없을 정도이고, 그 사람에 대해 이야기할 사람이 아무도 없네요."

"왜 우리에게 아무 말도 안 하셨을까요?"

언니가 나를 날카로운 눈빛으로 바라봤다. 내 말투가 거칠었던 것을 깨닫고 만회하기 위해 덧붙였다.

"제발, 할머니가 왜 우리에게 아무 말도 안 했는지 알려주세요."

"여러분의 할아버지는 우리가 사랑에 빠졌을 때 이미 세상을 떠나신 지 몇 년이 되었어요. 하지만 그녀는 여러분이 할아버지를 얼마나 사랑했는지 알고 있었기에 상처를 줄까 두려워했습니다. 시간이 흘렀고, 여러 번 그녀는 여러분에게 이 사실을 알려주려 했지만 결국 적절한 순간을 찾지 못했죠."

조르주는 시선을 허공에 두고 생각에 잠긴 듯했다. 우리는 침묵 속에 그의 말을 기다리며, 우리가 알지 못했던 할머니의 기억에 매달렸다. 마침내 그는 말을 이어갔다.

"아시다시피 그녀는 처음에는 저항했어요. 자신의 감정을 억누르려 했죠. 할아버지 외에는 다른 남자를 사랑하지 않으려 했습니다. 하지만 사랑은 의지보다 강했습니다. 우리는 행복했습니다. 오, 정말⋯ 무한히 행복했습니다."

조르주의 목소리가 떨렸다. 내 목이 메어왔다. 사랑에 빠진 여자의 모습을 한 할머니를 상상하니 감정이 북받쳤다. 나는 할머니가 누리지 못했던 그 행복이 오히려 기뻤다.

"두 분이 함께 살 생각은 하지 않으셨나요?"

언니가 물었다.

"여러 번 생각해봤지만 우리의 관계가 너무 완벽해서 망칠까 두려웠어요. 우리에게 시간이 있다고 믿었죠. 세월은 믿을 수 없을 만큼 빠르게 흘러갔어요. 하지만 절대 어기지 않은 우리만의 규칙이 하나 있었죠. 매일 만나는 것. 몇 시간 동안이든, 잠깐이든 말이에요."

"말도 안 돼요." 내가 반박했다. "제가 할머니 집에서 몇 년을 살았고, 그 후에도 자주 찾아갔어요. 분명 알 수밖에 없었을 거예요."

조르주는 마치 산타클로스가 없다는 사실을 깨달은 아이를 보듯 나를 바라봤다.

"우리가 만나지 않은 날은 단 하루도 없었어요." 그는 미소 지으며 강조했다.

언니가 웃었다.

"우리에게 이런 깜짝선물을 남긴 것도 진짜 할머니답다!"

20시 14분

우리는 조르주에게 작별을 고하며 연락을 이어가겠다고 약속했다.

"나는 저분이 마음에 들어." 언니가 할머니 집으로 걸어가며 말했다.

"나도 그렇지 싶은데."

"섭섭하진 않아?"

"당연히 괜찮지."

언니는 내가 거짓말하는 걸 충분히 알고 있을 것이다. 물론 섭섭했다. 할머니가 조르주 이야기를 해주고, 나처럼 할머니의 비밀을 나에게 털어났으면 좋았을 텐데. 할머니가 내게 거짓말을 하지 않았다면 좋았을 텐데. 내 죄책감을 덜어줬다면 좋았을 텐데. 내가 할머니를 떠날 때마다 느꼈던 바로 그 죄책감. 할머니가 집에 혼자 있는 모습을 상상하면 가슴이 조여왔다. 마치 할머니를 버리는 것 같은 기분이었다. 나는 할머니가 행복하길 바랐을 뿐이다. 가장 마음 아픈 건, 할머니가 그걸 의심했을 수도 있다는 것이었다.

가르시아 부인의 집 앞을 지나가다 정원에서 조아킴을 봤다. 조아킴이 손을 들어 인사했고, 나도 손가락 하나만 들어 인사했다.

과거

2014년 2월

아가트, 스물여덟 살

누가 내 아파트 문을 두드리는지 시간을 전혀 모르겠다. 나는 3일 동안 씻지 않았고 튀긴 생선 냄새가 났지만, 누군가가 계속 재촉해서 문을 열었다.

삼촌과 숙모였다. 얼굴을 보니 모노폴리를 하러 온 건 아닌 듯했다.

"할머니가 너 8킬로그램이나 빠졌다고 하더구나." 삼촌이 말했다.

"…."

"할머니한테 그런 건 필요 없어. 네 문제를 자꾸 이야기하는 걸 멈춰야 해. 상처받으실 거야. 너도 알잖아."

"정신 차려야 해." 숙모가 덧붙였다. "이해가 안 되는구나. 너는 행복할 만한 모든 조건을 갖췄잖니."

"우리도 더 이상 가만히 있을 수는 없어." 삼촌이 계속 말했다. "네가 무너지고 싶다면 그건 알겠지만 우리 엄마까지 끌어들이지 마."

"아무도 끌어들이지 않았어요."

"네가 할머니에게 계속 속마음을 털어놓으면서, 그게 아무렇지 않다고 생각하는 거니?"

"그럼 여기 좀 봐라." 숙모가 창문을 열면서 말했다. "그리고 싱크대엔 설거지가 넘쳐. 이런 환경에서 살 수는 없어!"

재판은 20분 정도 계속됐다. 삼촌과 숙모는 마치 검사처럼 나에게 적용된 모든 혐의를 하나씩 나열했고, 나는 조용히 들었다.

"모든 직장을 때려치우고, 남자는 셔츠 갈아입듯 바꾸지. 너희 아빠가 자랑스러워할 것 같아?"

"사람들이 말하잖아. 가족들 부끄럽게 한다고. 우리를 조금이라도 생각해본 적은 있는 거니?"

"더는 못 참겠구나. 넌 항상 예민했지만 이제 점점 심해지고 있어."

"할머니에게 말하는 거 그만둬. 계속 그러다간 할머니가 정말 돌아가실지도 몰라!"

"이제 네 집으로 돌아가렴."

두 사람은 나에게 입맞춤하고 떠났다. 아마도 자기들이 할 일을 다 했다는 것에 만족한 듯했다. 나는 그들이 나를 흔들어 깨웠고, 나를 위해 그렇게 했다는 사실에 서로 칭찬하는 모습을 상상해봤다.

나는 24시간 동안 잤다.

할머니가 세 번이나 전화했지만 받지 않았다.

아무런 출구가 보이지 않았다. 몇 달째 이런 상태였고, 앞으로 나아질 수 있다는 생각조차 안 들었다.

지금 내 마음을 털어놓고 싶은 유일한 사람은 언니였다.

우리는 한참 동안 이야기를 나눴다. 주로 언니가 말했다. 나는 이미 기운조차 없었다.

"내일 갈게." 언니가 말한다. "너 지금 도움을 받아야 해. 내가 병원에 데려갈 거야. 나아질 때까지 거기 있자."

"아니."

언니가 다음 날 나타났을 때도 나는 여전히 아니라고 했지만, 그래도 언니가 내 짐을 챙기고, 내 어깨에 코트를 걸쳐주고, 신발 끈을 묶어주며, 나를 정신과로 데려가는 것을 허락했다.

아마 언니는 결코 알지 못하겠지만, 언니 덕분에 나는 목숨을 구했다.

과거

2014년 6월

엠마, 서른네 살

    우리는 새벽에 일어나 방에서 아침을 먹었다. 가족용 방이어서 큰 침대는 할머니에게 맡기고, 나는 아가트와 소파 침대를 나누어 썼다.

    할머니와 나는 아가트의 병원 퇴원을 축하하기 위한 깜짝 이벤트를 계획했다. "아가트가 체중을 좀 늘려야 해." 할머니가 말했다. 이탈리아가 자연스럽게 선택되었다. 우리의 뿌리가 있는 나라보다 다시 일어서기 좋은 곳이 있을까?

    할머니는 어렸을 때 두 번, 그리고 할아버지와 함께 한 번 이탈리아에 간 적이 있었지만 우리는 한 번도 가본 적이 없었다. 어릴 적에 할머니는 언젠가 로또에 당첨되면 우리를 조상의 나라로 데려가주겠다고 말씀하시곤 했다. 나는 침대에 누워 잠드는 시간을 늦추기 위해 이야기를 해달라 졸랐던 우리의 모습을 떠올린다. 그러면 할머니는 레무스와 로물루스, 팔라티노 언덕, 아이스크림의 맛, 등나무 향에 대해 이야기해주셨다. 하지만 우리가 가장 좋아했던, 등골이 오싹해지는 이야기는 '보카 델라 베리타' 이야기였다. 할머니는 어린 시절 이 조각상의 입속에 손을 넣었는데, 전설에 따르면 거짓말을 하는 사람의 손을 물어버린다고 했다. 당시 할머니는 바로 전에 남동생의 장난을 덮기 위해 거짓말을 한 참이었다. 무릎은 떨리고 심장은 두근거렸는데, 우리는 결과가 행복하게 끝난다는 걸 알고 있었음에도 매번 언니와 나는 같은 마음으로 긴장하곤 했다.

어제, 로마에 도착해서 우리가 가장 먼저 보고 싶었던 것이 바로 그것이었다. 조각상 쪽으로 다가가 손을 내밀며, 우리 셋 모두 열 살쯤 되었던 것 같은 기분이 들었다.

호텔을 떠난 시간은 겨우 7시가 조금 넘었다. 아가트를 깨우는 데 시간이 걸렸다. 항우울제와 항불안제가 아가트를 몹시 나른하게 만들었기 때문이다. 아가트는 삶의 의욕은 되찾았지만 예전의 활기는 잃었다. 작은 돌멩이에 감탄하던 아가트는 구름 위를 나는 비행기를 보면서도 아무런 반응도 보이지 않았다. 아가트는 마치 감정이 닿지 않는 투명한 거품 속에 갇힌 기분이라고 털어놓았다. 기분으로부터 안전하게 보호된 상태라고 했다. 만약 아가트가 고통받지 않기 위해 치러야 하는 대가라면 받아들일 수 있지만, 나는 원래 아가트의 모습과 너무 멀어진 것 같은 모습에 마음이 아팠다.

트레비 분수에 도착했다. 할머니는 행복해했다. 관광객들이 몰리기 전에 꼭 오고 싶어 했던 곳이었기 때문이다. 몇몇 사람들만 사진을 찍고 있었고, 신혼부부 한 쌍이 포즈를 취하고 있었다.

할머니가 지갑에서 동전 세 개를 꺼내 우리 각자에게 하나씩 건넸다.

"분수에 던지고 소원을 빌어야 해." 할머니가 말했다.

"이 분수에 매년 백만 유로가 모인다는 거 아세요?" 아가트가 말했다. "어디에 쓰이는지는 모르겠지만 좋은 계획인 것 같아요!"

"냉소를 얘기하기엔 너무 이른 시간이란다." 할머니가 대답했다.

할머니는 한 여성에게 사진을 찍어 달라고 부탁하며 자신의 카메라를 맡겼다.

"적어도 한 장은 선명한 사진이 나올 거야." 할머니가 우리 사이에 자리 잡는 동안 내가 말했다.

아가트는 웃지 않았지만 사실 이건 우리 즐겨하는 농담 중 하나였다. 할머니는 사진을 찍는 데 엄청난 시간을 쓰곤 했는데, 확인해보면 언제나 흐릿하게 나와서 우리는 그 사진을 보며 항상 크게 웃었다.

"준비됐니?" 할머니가 전통에 따라 분수를 등지고 자리 잡으며 물었다.

할머니는 여기, 우리와 함께 있다는 사실에 너무 행복해했다. 로또에 당첨된 것도 아닌데.

"하나, 둘, 셋!"

각자 뒤로 동전을 던졌다. 나는 할머니와 내가 마음속으로 같은 소원을 빌었을 거라고 확신했다.

현재

8월 12일

아가트

21시 3분
"다음 방학 때 언니 집에 가도 돼?"
언니가 고개를 끄덕였다.
"물론이지. 우리 아파트가 크진 않아도 위치는 좋아."
"바다에서 너무 멀어서 위치가 좋다고는 못 하겠어."
"네가 오면 애들이 좋아할 거야."
"그건 당연하지!"
마지막 밤을 위해, 우리는 보리수나무 그늘 아래에 담요를 깔고 즉석에서 소풍을 즐겼다. 우리 둘 다 말로 표현하진 않았지만, 주변에 사람이 있는 건 원치 않았다.
휴가가 끝나감을 알리는 분위기가 감돌았다. 즐거운 무심함 속에 그리움이 섞여 있었다.
"나도 언니를 사랑해."
언니가 미소 지었다.
"답장하는 데 네 시간이나 걸렸네. 꽤 괜찮은 속도야."
"보고 싶었어, 언니. 언니가 얼마나 그리웠는지 몰라."
언니가 와인 한 잔을 따랐다.

우리의 추억은 이곳에 남아

"네가 받아줄지 확신이 없었어." 언니가 말했다.

"장난해? 난 언니 연락만 기다렸어. 그리고 기대 이상이었고. 그래! 매년 일주일씩 휴가를 보내는 건 어때?"

언니는 대답하지 않고, 빵 위에 놓인 페타 치즈 조각을 내밀었다. 난 이미 배가 불렀지만(방울토마토를 너무 많이 먹어서 내 장이 케첩을 만들지도 몰랐다), 치즈를 맛봤다.

"행복해?" 언니가 물었다. "그러니까 전체적으로 말이야. 네 삶이."

그 질문에 나는 놀랐다. 최근에는 스스로에게 그런 질문을 던져본 적이 없었다. 그럼에도 불구하고, 아마도 이 순간이 내가 행복하다는 가장 확실한 증거일 것이다.

나는 내 삶의 대부분을 스스로를 다르다고 느끼며, 감정에 휩쓸리고, 기분에 의존하며, 거의 받아들이기까지 하며 살아왔다. 평온함을 결코 누릴 수 없을 것이라고. 나는 행복을 목표로 삼지 않았다. 우선 그것이 무엇인지 제대로 이해하지 못했고, 또 그것은 목표라기보다는 한낱 환상처럼 보였기 때문이다. 아무도 나를 이해하지 못했고, 나 자신조차도 그랬다. 나는 문제를 일으키는 존재였고, 믿을 수 없는 존재였으며, 초대받기 두려운 존재였고, 과장하고, 지나치게 행동하며, 주변을 지치게 하고, 점점 연락이 줄어드는 사람이었다. 결국 과거의 한편에 남게 되는 사람이었다.

내 친구들 대부분은 이 끝없는 반복에 지쳤다. 이해할 수 있었다. 누군가를 돕고, 일으켜 세워주며, 안도감을 느끼지만, 결국 다시 같은 추락, 같은 말, 같은 반복, 들어주지 않는다는 느낌, 도움이 되지 않는다는 느낌. 정신적 문제는 주변에도 피해를 남기곤 했다.

우울증이 깊을 때, 나는 누구에게도, 나 자신에게조차도 존재하지 않앉다. 우울증이라는 건 그런 것이었다. 사람들은 우울증을 부끄러운 일이나 쇼라도 되는 것처럼 쉬쉬하거나, 눈을 흘기며 말했다. 사람들은 병든 이가 스스로 정신을 차리고, 의지를 보여주길 기대했다. 마치 그 사람이 절망 속에서 허우적거리는 걸 즐기기라도 하는 듯이, 마치 언젠가는 빛을 보게 될 거라는 기대조차 갖지 않는 듯이.

그건 무서운 일이다. 나는 그렇게 생각한다. 누구도 안전하지 않다는 걸 알고 있다. 누군가가 추락하는 걸 보고, 자신의 무력함을 목격하는 건 정말 두렵다. 나는 누구에게도 화를 내지 않는다. 특히 언니에게는 절대 그럴 수 없다.

경조증이 올 때면, 나는 들떠 있었고 온몸이 아이디어로 가득 찼다. 잠은 거의 자지 않았고, 하루 만에 월급을 다 써버리기도 했으며, 새로운 활동에 뛰어들고, 사랑에 빠지고, 사랑을 끊임없이 나눴다. 나는 아름다웠고, 똑똑했고, 무적이었다. 모두가 나를 좋아했고, 모두가 나를 초대했다. 나는 괜찮았다. 하지만 그건 결코 오래가지 않았다. 길어야 몇 주. 그 황홀한 상태가 가끔은 그리웠다.

치료 덕분에 내 격랑 같은 바다는 잔잔한 호수로, 폭풍우는 여름 아침으로 바뀌었다. 부작용은 견디기 힘들었다. 처음에는 약을 끊은 적도 있었다. 약이 효과를 보이고, 상태가 나아지면, '나는 사실 병이 아니었어. 진짜 필요 없었어'라고 생각했다. 당연히 약을 끊고 나면 재발이 도사리고 있었다. 결국 할머니가 내 처참한 상태를 보고, 내가 할머니에게 끼친 상처를 눈으로 확인했을 때에야 나는 치료를 받아야 한다는 걸 깨달았다.

언니는 손에 잔을 들고 내 대답을 기다렸다.

"괜찮아. 아주 괜찮아."

언니가 미소 지었다.

"그 말을 듣고 싶어서 왔어."

"언니는?" 내가 담배에 불을 붙이며 물었다.

"난 행복해."

언니는 갑자기 내면을 들여다보는 듯한 표정을 지었다.

"내 아이들이 정말 사랑스럽고, 남편은 훌륭하고, 내 일은 나를 열정적으로 만들고, 나는 할머니의 사랑 속에서 성장했으니까…. 그리고 지구상에서 가장 특별한 동생을 가졌지."

"그건 확실하지!"

"당연히 그렇지. 맞아. 만약 바꿀 수 있다 해도 다른 사람은 원하지 않아. 진심이야. 요즘 많이 생각해봤는데, 내 인생이 정말 아름다워. 내가 꿈꾸던 삶이지."

"그거야말로 최고의 계획이네. '아름다운 인생 살기'. 내 버킷리스트 가장 위에 올려야겠어."

"장 폴 고티에 패션쇼 전이야, 후야?"

나는 빵을 삼키다 거의 질식할 뻔했다. 언니는 장난에 웃으며 내 어깨에 팔을 둘렀다.

"네 아름다운 삶이 이루어지길 바랄게, 우리 아가트."

23시 59분

우리는 대화 주제를 다 소진해버렸다. 추억의 실타래를 따라가며 서로 염색해주다가 내 머리가 초록색으로 변해버린 날, 제모 크림을 너무 오래 두었던 날, 보리수나무 뒤에서 담배 피우는 걸 할머니에게 들켰던 날, 할머니의 요리 레시피를 선호도 순으로 정리했던 날, 장이브 삼촌과 주느비에브 숙모를 흉내 냈던 날까지. 더 이상 편안한 자세를 찾을 수 없을 정도로 몸이 눕자고 아우성쳤고, 언니는 내일 운전하려면 쉬어야 하는데도 우리는 계속해서 의미 없는 이야기들을 던지며 시간을 늘릴 뿐이었다.

과거

2015년 2월

아가트, 스물아홉 살

할머니 집에 일찍 도착했다. 매주 금요일, 늘 그랬던 것처럼 나는 할머니와 점심을 함께 먹었다. 오늘은 교육을 받는 날이라 평소보다 일찍 출발했다. 그 시간을 이용해 빵과 디저트를 샀다. 할머니가 미리 준비하지 않았기를 바라면서.

스쿠터를 대문 앞에 세우려는 순간, 한 남자가 정원에서 나왔다. 할머니는 집 앞에 서 있었다.

"안녕, 사랑스러운 아가! 오, 이럴 필요 없었는데, 오늘은 팬케이크를 준비하려고 했어!"

"저 왔어요, 할머니. 이분은 누구세요?"

"개를 찾는 이웃이야. 들어오렴. 안에는 따뜻하단다."

우리는 뉴스가 나오는 텔레비전 앞에서 식사를 했다. 할머니의 습관이었다. 할아버지가 살아계실 때는 거의 텔레비전을 보지 않았다. 하지만 이제는 텔레비전이 할머니의 동반자가 되었다.

"언니 소식은 없고?" 할머니가 갑자기 물었다.

"최근 며칠 동안은 없었어요. 지난주 월요일이 끝인 것 같은데. 왜요?"

"어제 혈액검사를 받았던 것 같구나."

"전화하지 않은 걸 보면 결과가 안 좋았다는 거겠죠."

할머니가 포크를 내려놓으며 물었다.

"너희 사이에 무슨 문제 있니?"

"조금 싸웠어요."

"그래도 지금처럼 힘든 순간에는 옆에서 지켜주는 게 먼저 아니겠어? 엠마는 나에게 전화할 때마다 네 소식을 물어보거든."

나는 하늘을 올려다봤다.

"할머니도 알잖아요. 내가 늘 나쁜 역할이라는 걸. 언니는 완벽하고, 뭐든 잘하고, 정말 훌륭하고요."

할머니가 웃었다.

"세상에, 너희 둘을 어쩌나? 난 여동생은 없고 남동생만 있었는데, 우리 사이에도 가끔 질투가 있었어. 그건 피할 수 없는 일이거든."

"첫째, 저는 하나도 질투 안 해요. 둘째, 언니가 나를 질투할 일도 없을걸요. 그럴 이유가 전혀 없으니까요."

"요즘 엠마가 그러더구나. 너처럼 재밌고 자유롭고 싶었다고. 그리고 내가 너를 제일 좋아하는 것 같다고 덧붙였어."

"안 믿겨요."

"그럼 지금 할머니가 거짓말한다는 거니?"

" 중국 장기 둘 때 빼고 말이죠?"

"이 장난꾸러기!"

돌아갈 시간은 다가왔고, 할머니가 두 장의 크레페를 알루미늄 호일에 싸며 말했다.

"간식으로 가져가렴."

"이미 열흘 치는 먹었어요!"

할머니가 윙크했다.

우리의 추억은 이곳에 남아

"내가 너를 제일 좋아한다잖아. 잘 챙겨줘야지."
"언니가 정말 그렇게 말했어요? 내가 재밌고 자유로운 것 같다고?"
"정말이야."

과거
2015년 5월
엠마, 서른다섯 살

사샤가 세 살이 되었다. 믿기지 않았다. 어제 태어난 것만 같은데.

사샤의 옹알이, 서툰 단어들, 내 목에 두른 작은 팔을 영원히 간직하고 싶었다. 사샤의 문장에는 언제나 '어쨌든'이 들어가 있고, 매일 아침 "이러나두 돼?"라고 물었다. 내가 청소를 하면 미니 청소기를 들고 따라다니고, 하루 종일 '엄마'를 반복했다. 때로는 곯아떨어지기 직전까지, 밤새도록 나를 부를 때도 있었다. 이 행운을 음미하기까지 시간이 걸렸다. 나를 구렁텅이에서 끌어올리기 위해 치료와 약물이 필요했다. 이제는 행복이 너무 강해서 오히려 아플 때가 있었고, 눈물이 날 만큼 강하게 느껴질 때가 있었다. 단지 내 아들을 바라보는 것만으로도 말이다.

"이리 와, 엄마!" 사샤가 내 손을 잡고 냉장고 쪽으로 끌며 말했다. "이모가 초콜릿케이크 먹고 싶대."

"이봐, 작은 장난꾸러기야!" 아가트가 깔깔 웃으며 말했다. "네가 먹고 싶은 거잖아. 나는 아무 말 안 했어!"

사샤는 놀란 표정을 짓지만, 난 속지 않았다. 사샤는 자신의 행동을 남에게 뒤집어씌우는 데 능숙했다. 얼마 전 내가 벽에 내 립스틱으로 그림을 그렸냐고 물었을 때도 사샤는 고개를 저으며 말했다. "아니야, 절대 아니야! 분명 두두아!"

할머니와 아가트는 생일파티 때문에 왔고, 어제 도착했다. 엄마도 새로운 남자친구 제라르와 함께 왔다. 마르고와 알렉스의 형도 있다. 알렉스의 부모님만 도착하면 사샤는 초콜릿 케이크를 먹을 수 있었다.

"이리 와봐, 우리 아가!" 엄마가 사샤를 안으며 말했다.

사샤가 버둥거렸지만 엄마는 사샤의 뺨에 소란스럽게 입맞춤을 하며 할머니를 흘깃 바라봤다.

"할머니 좋아하지, 그렇지 사샤? 할머니 사랑해요, 해봐!"

사샤는 간신히 몸을 비집고 빠져 방 쪽으로 도망쳤다. 알렉스는 테이블 위에 음료를 놓고, 나는 손님들에게 사탕을 나눠줬다. 아가트가 에피소드를 하나 이야기하자 모두 웃었다. 즐거운 분위기에 오늘 아침에 들은 검사 결과도 잠시 잊을 수 있었다.

"의자 하나가 부족해." 아가트가 말했다.

"방에 있는 걸 가져올게."

나는 복도를 지나 방 한쪽 구석에 놓인 의자를 들어 올렸다. 알렉스가 옷을 벗으면 그냥 세탁 바구니에 넣거나 옷장에 넣을 수 있는데, 굳이 여기다 던져 놓는 곳이었다. 그럴 때면 정말 미칠 것 같았다.

어떤 소리가 들렸다.

딱딱거리는 소리.

울음소리.

나는 바로 그 소리를 알아들었다. 그리고 사샤 방으로 달려갔다. 안방 바로 옆이었다. 내 아들은 울고 있었다. 작은 몸이 딸꾹질로 떨렸고, 팔은 할머니 손에 꼭 잡혀 있었다.

현재

8월 13일

아가트

7시 56분

언니가 나를 깨우지 않고 일어나려 했지만 실패했다. 오늘 밤은, 평생 처음으로, 언니가 내 침대에 와서 나와 함께 잤다. 오들오들 떨고, 몸을 부르르 떨었지만, 말을 하려 하지 않았다. 그냥 내 옆으로 몸을 슬며시 밀고 와서 인형처럼 나를 꼭 안았다.

"샤워하고 올게." 언니가 속삭인다. "졸리면 조금 더 자."

나는 다시 눈을 감았지만 잠은 이미 도망가버렸다. 남은 건 끝없는 슬픔뿐이었다. 같은 날, 할머니의 집과 언니에게 작별을 고하는 건 너무 버거운 일이었다.

8시 10분

커피 향이 주방에 가득했다.

"너 기차 몇 시야?" 내가 물었다.

"11시 24분인 것 같아. 확인해봐야 해."

"직행이야?"

"아니, 파리에서 갈아타야 해."

대화는 우리가 슬프다는 사실을 서로에게 말하지 않으려는 핑계처럼 들렸다.

현관문이 열리며 우리의 대화는 끊겼다. 시간 엄수하는 삼촌과 잔소리 심한 숙모가 인사했다. 이제 정말 속옷 차림으로 돌아다니는 걸 그만둬야겠다.

"너희 아직 안 갔니?" 장이브 삼촌이 놀라며 물었다.

나는 주위를 둘러봤다.

"잠깐 확인해볼게요. 아, 아직 안 갔네요."

"어제 예정 아니었나?" 진지하게 아무 유머도 못 알아듣는 주느비에브 숙모가 물었다. "지금 나가라고 하는 거 아니야. 우리는 그냥 몇 가지 물건을 가지러 왔을 뿐이야."

"그런데 온 김에 열쇠도 가져가야 하는데. 아무 피해는 없었지?"

이건 삼촌이 아니라 종기 같았다.

"변기만 부쉈어요." 언니가 답했다. "매운 걸 먹었더니 변기 안이 녹아버렸거든요."

그들은 반응하지 않았다. 그들은 언니에게는 호의적이었는데, 언니도 이제는 나처럼 기피 대상이 되어버렸다.

그들은 커피를 따라 테이블에 앉고, 텔레비전 프로그램을 열어 십자말풀이를 채우기 시작했다. 명백히 우리가 떠날 때까지 여기 있을 작정인 듯했다. 나는 오래전부터 해야 했던 일을 실행할 기회를 얻었다.

"자, 삼촌, 이걸 받으세요." 나는 동전을 건네며 말했다.

"이게 뭐냐?"

"1993년 8월에 삼촌한테 빌린 20센트를 갚는 거예요. 그때부터 계속 말씀하셨잖아요. 제가 계산해봤는데, 프랑을 유로로 환산하고 화폐가치 하락까지 고려하면 정확히 4.80유로를 갚아야 하는데 이자도 좀 얹었다고 치죠, 뭐."

삼촌은 동전을 받고 고맙다고 말했다. 태어날 때 유머 감각을 장착하지 못한 사람이었다.

나는 언니가 있는 방으로 돌아갔고, 언니는 큰 소리로 무슨 말을 하고 있었다.

"뭐 하는 거야?"

"집 안 구석구석마다 감사를 표하는 중이야. 새 주인이 그렇게 하라고 했거든. 물론 그 사람이 한 말을 신경 쓰진 않지만, 그래도."

욕실. 언니랑 "내가 먼저!" 하면서 실랑이하던 곳, 할머니가 우리 머리에 발라주던 손질용 제품, 할머니의 향기가 떠다니던 곳, 화장실이 막혔을 때 몰래 소변 보던 비데.

아빠 방. 모든 밤, 모든 꿈, 10대 시절의 모든 슬픔, 할머니가 문을 두드리며 나를 깨우던 곳.

할아버지와 할머니 방. 트램펄린 침대, 숨겨진 옷장, 마법의 스카프 서랍, 그들이 내가 몰래 끼어들어도 못 본 척하던 밤들.

주방. 뇨키, 자바이오네, 할머니가 앞치마를 두르고 있는 모습, 초콜릿 냄비를 핥던 기억, "맘마 미아!" 소리가 터져 나오던 곳(주방만큼은 할머니가 이탈리아어로 말하던 유일한 곳), 달콤한 간식으로 가득한 찬장, 식기 세제 거품.

거실. 할머니가 몰래 조작하던 중국 장기 게임, 담요 아래서 보던 텔레비전 밤, 의자 위에서 할머니가 안아주던 시간, 햇살이 바닥에 쏟아지던 모습, 사촌들과 식탁 주위를 뛰어다니던 추격 놀이, 겨울마다 기대던 주철 난로, 할머니의 목소리, 할아버지의 목소리, 아빠의 목소리, 그리고 나의 부재한 사람들의 목소리.

그리고 우리는 떠났다.

9시 12분

언니가 나를 집까지 따라왔다. 스쿠터에는 우리가 가져가기로 한 할머니의 짐을 다 싣기에는 공간이 부족했다.

"여기 산 지 오래됐어?" 언니가 물었다.

"2년 됐어."

"예전 집보다 크네. 더 좋겠어."

"응, 여기서 잘 지내고 있어. 음, 언니를 내보내고 싶진 않지만 기차 놓치고 싶지 않으면 오래 머물면 안 되겠다."

"알아. 근데 나…."

언니는 말을 멈추고 잠시 서 있다가 나를 껴안았다. 세게, 아주 세게.

"살인 같은 포옹이야, 언니. 숨 막혀."

언니는 포옹을 풀고 나를 바라봤다.

"곧 올 거라고 약속하는 거지? 아이들이 널 보면 기뻐할 거야."

"약속할게. 자, 이제 가. 내가 또 울기 전에."

언니가 마지막으로 한 번 더 나를 꼭 안고, 내 뺨에 입맞춤을 하고 떠났다.

과거

2016년 11월

아가트, 서른한 살

    줄리와 아멜리가 협회 설립 서류를 제출했다. 오늘부터 공식적으로 카프브레트롱만의 고래들을 연구할 수 있게 되었다. 이를 축하하기 위해 우리는 클럽에서 만났다. 열 명 정도였고 대부분 아는 사람들이었지만 다 알지는 못했다.

    이번 주에만 벌써 네 번째 파티였다. 오늘 아침에는 지각을 해서 상사에게 혼이 났다. 짜증이 났다. 매일 늦게 퇴근할 때는 그런 잔소리를 듣지 않는데 말이다.

    "고래를 위해!" 줄리가 잔을 들며 외쳤다.

    "고래를 위해!" 우리 모두 따라 외쳤다.

    어차피 신경 쓰지 않았다. 불만이면 나를 자르면 그만이었다. 나는 일을 잘했고, 아이들은 나를 좋아했다. 지각을 몇 번 했을 뿐, 나에게 흠 잡을 일은 없었다. 그들은 내게 그럴 자격이 없었다. 그리고 나는 언제든 일자리를 구할 수 있다.

    "같이 춤출래요?"

    나는 잘 모르는 줄리의 친구였다. 내 스타일은 아니었지만 그렇다고 끌리지 않는 것도 아니었다.

    우리는 춤을 췄다. 나는 가장 좋아하는 검은 드레스를 입었고, 머리를 올려 묶었다. 몇몇 시선이 나를 향하는 걸 느꼈다. 오늘 내가 좀 섹시한 가 보다. 나는 바 위로 올라갔고, 그는 내게서 시선을 떼지 못했다. 나를 원하고 있었다.

그가 나에게 술을 권했고 우리는 테이블에 앉았다. 그의 손이 내 허벅지 위에 올라오는 걸 그냥 두었다. 그가 내 귀에 뭐라고 속삭였는데 음악 때문에 잘 들리지 않았다. 나는 그를 밖으로 이끌었다.

그의 차는 길가에 주차되어 있었다. 우리는 서둘렀다. 그는 청바지도 벗지 않았다.

"미안해요. 스타킹 찢어버렸네."

"번호 알려줄래요?"

"당신 번호가 좋겠어요. 나는 결혼했거든요."

나는 다시 맨다리로 춤을 추러 갔다. DJ가 브루노 마스의 '24K Magic'을 틀었고, 줄리와 아멜리가 합류했다. 우리는 새벽까지 춤을 췄다.

과거

2016년 12월

엠마, 서른여섯 살

사샤가 입원했다. 나는 겁이 났다.

수업 중에 사샤의 학교에서 전화가 왔고, 쉬는 시간에야 메시지를 확인했다. 사샤는 이미 병원으로 옮겨진 상태였다. 내 상태가 좋지 않아 동료가 나를 병원까지 데려다주었다. 교장선생님은 상황을 직접 보지 못했지만, 사샤가 그림 수업 중에 의자에서 떨어져 경련을 일으켰다고 설명해주었다.

내가 도착했을 때 알렉스는 이미 와 있었고, 검사가 진행 중이었다. 알렉스는 나를 안심시키며 말했다. 사샤의 의식이 돌아왔고, 이미 대화도 나눴다고 했다.

내 인생에서 가장 길게 느껴지는 순간이었다. 휴대전화로 경련의 원인을 찾아봤는데 읽는 내용마다 최악의 상황만 떠올리게 했다.

"사샤가 죽는 걸 견딜 수 없어."

"왜 그런 생각을 해? 지금 병원에 왔잖아. 그런 일이 일어날 이유가 없어."

"당신은 안 무서워?"

"물론 걱정되지. 하지만 모든 게 잘될 거라는 걸 알아."

나도 알렉스의 확신에 기대고 싶었지만, 불안이 내 생각을 장악해버렸다. 내가 원하는 건 단 하나. 내 아이를 돌려받아 집으로 데려가는 것뿐이었다.

전화가 울렸다. 아가트다. 전화를 끊었다.

아가트가 다시 전화했다. 나는 문자메시지를 보냈다.

엠마: 나중에 다시 전화할게.

아가트: 나 차였어.

엠마: 지금 통화 못해. 가능한 한 빨리 전화할게.

아가트: 수업 중이야?

엠마: 아니.

아가트를 걱정시키지 않기 위해 더 이상 말하지 않았다. 아가트도 더 이상 답하지 않았다.

처음으로 아가트를 보호하기 위해 내가 얼마나 많은 걸 감수해왔는지 실감했다.

나는 나 자신을 위한 공간을 허락하지 않았고, 아가트가 나를 도울 기회도 주지 않았다. 이 패턴이 한계를 맞이하기 시작했다. 아가트가 도움을 받기만 하는 것에 대해 원망스러울 때가 있었다. 하지만 사실 아가트가 내게 도움을 주는 걸 내가 허락하지 않은 거였다.

아가트가 태어날 때부터 나는 언니 역할이라는 옷을 입었고, 이제 그 옷이 점점 꽉 끼는 것이 느껴졌다.

참을 수 없었던 기다림 끝에 의사가 우리를 불렀다. 사샤는 링거를 맞으며 침대에 누워 있었고, 내 얼굴을 보자 미소를 지었다. 나는 사샤를 품에 안고 입맞춤을 하며 그의 살에 코를 대고 숨을 깊이 들이마셨다. 손끝으로 곱슬머리를 느끼고, 사샤의 목소리를 처음 듣는 것처럼 귀 기울여 들었다.

뇌파검사와 MRI에는 아무런 이상이 나타나지 않았다. 의사의 설명에 따르면, 사샤는 경련 발작을 일으켰다. 이것은 한 번만 일어난 일이라 다시는 발생하지 않을 수도 있지만, 어떤 질병의 징후일 수도 있다고 했다. 이틀 동안 지켜보고 아무 이상이 없으면 집으로 돌아갈 수 있다고 했다.

알렉스는 짐을 챙기러 집으로 돌아갔고, 간호사는 사샤를 병실로 옮겼다. 나는 사샤 곁에서 밤을 보내기로 했다.

사샤는 내가 쓰다듬는 손길과 사랑의 말 속에서 금세 잠들었다.

짐을 챙겨 온 알렉스와 병원 입구에서 만났다. 우리는 서로를 끌어안고 눈물을 흘리며, 안도감과 불안 사이에서 흔들렸다.

병실로 올라가기 전, 아가트에게 전화를 걸었다. 이번만큼은 내 필요를 말하고 동생에게 위로받기로 결심했다.

"사샤가 입원했어. 학교에서 발작을 일으켰거든."

"정말? 지금 상태는 어때?"

"더 지켜봐야겠지만 우선 아무 이상은 없대."

"아… 불안하다. 계속 알려줘. 알겠지?"

"응."

"근데 있잖아…. 그 자식이 문자메시지로 날 차버렸어."

현재

8월 13일

엠마

9시 31분

도로 옆에 차를 세울 수밖에 없었다.

눈물이 너무 흘러 길이 보이지 않았다.

겁이 났다.

해내지 못했다.

이걸 하기 위해 이곳에 왔는데, 결국 하지 못한 채 돌아가고 있다. 눈물에 내 혼란과 두려움, 죄책감이 함께 흘러내렸다. 몇 분이 지나고 나서야 눈물이 서서히 그쳤다. 라디오에서는 키오가 '마지막 춤'을 부르고 있었다.

나는 뺨을 닦고, 차를 돌렸다.

과거

2017년 10월

아가트, 서른두 살

미안해, 더는 못하겠어. 사랑해.

쪽지를 테이블 위에 잘 보이도록 놓았다.
약을 진토닉과 함께 삼켰다. 하나씩. 상자에 있는 약을 모두.
그리고 나서 침대에 누웠다.

언니에게 문자메시지를 보냈다.

과거

2017년 12월

엠마, 서른일곱 살

아가트를 돌보기 위해 주말마다 오가고 있다. 아가트는 병원에 겨우 일주일만 머물렀고, 더 있기를 원하지 않았다. 할머니에게는 아무 말도 하지 않았다. 이 일을 감당하기에 할머니는 나이가 너무 많았다.

나는 아가트에게 집으로 와서 살라고 제안했지만 아가트는 거절했다. 사실 아가트가 거절하자 안도감이 들었다. 동시에 그 안도감 때문에 죄책감도 들었다.

아가트는 회복 중이다. 다시 일을 시작했고, 외출도 다시 하고 있다.

사샤가 나를 찾는다. 사샤는 자주 실수로 오줌을 싸곤 했다.

나는 지쳐 있다. 요즘에는 소리를 많이 질렀다.

식사를 끝내지 못했다.

알렉스와 나는 시험관시술 계획을 중단했다. 이런 상황에서 임신하는 것은 상상할 수 없었다.

알렉스가 나를 도와주고 있지만, 충분하지 않았다. 누군가가 나를 붙들고 힘을 불어넣어주길 바랐다. 점점 빠져드는 기분이었다.

"아직도 바스크 지방으로는 가는 건 싫어?"

저녁 식사를 하다가 내가 알렉스에게 물었다.

"아니, 자기야. 좋은 생각이 아니야."

"알았어."

"대신 스트라스부르에 좋은 자리 하나가 생겼어."

알렉스는 마치 상상도 못할 일이라는 듯 웃었다. 알렉스의 입에서 나온 말은 '스트라스부르'였지만, 내 귀엔 '떠나자'라는 말로 들렸다.

"지원해."

알렉스가 눈썹을 치켜올렸다. 내 말이 농담이 아님을 알아차린 것이다. 알렉스는 고개를 끄덕이고, 나는 다시 그라탱을 떠먹었다.

현재

8월 13일

아가트

10시 48분

침대에 누워 우울해하며 팔에 반딧불이 인형을 안고 있는데 언니가 문을 두드렸다. 내가 문을 열기도 전에 언니가 들어와 내 옆 침대에 앉았다.

"할 말이 있어."

언니의 숨이 가빴다. 나는 숨을 죽였다.

"병원에서 의사가 몸에 안 좋은 게 보인다고 하더라고. 췌장암이래."

피가 내 몸에서 다 빠져나가는 것 같았다. 내가 반딧불이 인형을 꼭 안아서 인형 머리가 빛났다.

"화학치료는 효과가 없었고, 방사선치료도 마찬가지야."

갑자기 모든 게 이해되기 시작했다. 언니의 짧아진 머리도, 살이 많이 빠졌고, 자주 숨이 차 보였던 것도, 할머니 장례식에 오지 않은 일도….

"종양이 수술할 수 없는 위치에 있대." 언니의 목소리가 떨렸다. "수술할 수가 없대, 아가트."

숨이 막히고 머리가 핑 돌았다. 모든 것이 흐려졌다. 머릿속으로 비명을 질렀다. 더 이상 이야기를 듣고 싶지 않았다.

언니는 내가 말하지 않아도 내 상태를 이해했다. 언니가 고개를 끄덕이며 속삭였다.

"미안해. 내 동생."

온 몸이 떨리고 구역질이 났다. 몸을 일으키니 반딧불이 인형이 바닥에 떨어졌다. 나는 온 힘을 다해 언니를 안았다. 내 품 안에서 언니가 처음으로 완전히 자신을 맡기는 것을 느꼈다. 나는 공포에 질렸다. 언니를 더 꽉 안았다. 언니의 고통을 잠재우고 싶었다. 언니의 두려움을 부수고 싶었다.

"언니를 놓지 않을 거야. 약속할게."

1년 후
아가트

하늘은 창백한 푸른빛이었다. 구름 사이로 막 떠오른 태양이 분홍빛을 내뿜었다. 거리는 거의 비어 있어 차들만 가끔 지나갔고, 고양이 몇 마리가 내 스쿠터를 보고 달아났다.

잠에서 깼을 때는 아직 밤이었다. 다시 잠들 수 있기를 바라며 몸을 뒤척였지만 생각의 흐름이 나를 침대 밖으로 이끌었다. 몸과 뇌가 몇 달째 마치 이혼 직전의 부부처럼 완전히 불협화음을 이루고 있었다. 몸은 무기력한 반면, 뇌는 창문을 활짝 열고 찬장을 모두 비우고 칫솔로 타일을 문지르고 있었다.

나는 지난 일주일 동안 잠을 잤던 소파에서 일어나 어둠 속에서 옷을 입고 살금살금 아파트를 나섰다. 어젯밤 우리는 늦게까지 깨어 있었다. 별들의 밤을 보기 위해 아이들을 잇사수로 데려갔다. 사샤가 모든 별자리를 알고 있어서 나를 놀라게 했다.

"이모가 준 책 덕분이에요!" 사샤가 말했다.

크리스마스 때, 언니의 조언에 따라 조카에게 천문학 책을 선물했었다. 사샤가 기뻐하기는 했지만 내 선물은 사샤의 엄마 아빠가 크리스마스트리 밑에 놓은 운동화 한 켤레와 비교할 수 없었다. 나는 신발 크기에 깜짝 놀라며 물었다.

"세상에, 신발 사이즈가 몇이야?"

"250밀리미터래요." 사샤가 시큰둥하게 대답했다.

"말도 안 돼! 너 겨우 열 살인데!"

사샤가 웃었다.

"진정해, 사샤! 이러다 네 발이 몸만큼 커지면 반 친구들이 너를 각도기 대신 쓸 거야."

"이모…."

"물론 장점도 있지. 스키를 빌릴 필요가 없잖아. 이미 준비되어 있으니까."

사샤는 하늘을 올려다보며 말했다.

"이모가 없을 때가 더 좋았어요."

나는 얼어붙었다. 모두 굳어버렸고 말썽꾸러기 꼬마는 우리가 말을 멈춘 사이에 폭소했다.

"농담이에요, 이모! 봐요. 나도 장난칠 줄 안다고요!"

나는 사샤의 머리에 뽀뽀를 해주었다. 아주 자랑스러운 내 조카. 언니와 알렉스는 숨을 골랐고 알리스는 내 목에 매달렸다. 알리스는 항상 자기 오빠를 안아주는 사람을 보면 그랬다.

그날이 내 생애 가장 아름다운 크리스마스였다. 마지막 순간들의 맛이 담긴, 특별한 날.

차가운 공기가 얼굴을 스쳤다. 나는 스쿠터를 인도로 세우고 해변으로 내려가는 계단을 걸었다. 햇살이 바위틈을 비추고, 건물들이 드리운 모래 위 그림자를 조금씩 갉아먹었다. 저 멀리 한 여자가 개를 데리고 산책하고 있다.

어젯밤에 우리는 별똥별 열일곱 개를 셌다. 알리스는 별똥별을 더 많이 봤다고 했지만 그게 비행기라는 사실은 굳이 말해주지 않았다. 알렉스가 잠든 알리스를 안아 차로 데려갔다.

다음 주에는 처음으로 알리스와 사샤를 혼자 돌보게 되었다. 아이들과 나만 함께 보내는 휴가였다. 일주일 동안 많은 활동을 계획했고, 앞으로 더 많은 날들이 기다리고 있었다. 우리는 다시 라룬 산에 갈 것이다. 아이들이 포토크를 아주 좋아했었다. 사샤가 서핑을 배우고 싶어 해서 줄리가 우리를 바다로 데려가준다고도 했다. 돌고래를 볼 수 있으면 좋겠다.

잃어버린 5년을 되찾는 것은 불가능했지만 우리가 만들어가는 추억이 그 빈틈을 채웠다. 나는 이 아이들을 미친 듯이 사랑한다. 한편으로는, 그들이 언니의 아이들이기 때문이다. 알리스는 언니의 웃음을 닮았고, 사샤는 언니의 깊은 눈빛을 닮았다. 나는 아이들에게서 언니를 봤다. 아이들의 관계를 관찰했다. 서로를 대하는 방식, 둘만의 순간, 오빠의 다정함, 여동생의 순수함, 그들만의 언어…. 그리고 나는 우리, 언니와 내가 말하지 않고도 서로 이야기하던 모습, 서로 기대어 잠들던 모습, 손을 잡고 더 강해진 듯 느꼈던 순간들을 떠올렸다. 또 한편으로는, 아이들이 그들 자신이기 때문이다. 사샤는 날카로운 유머 감각과 넘치는 감수성을 가졌고, 열정적이며 에너지 넘치는 흥분과 화산처럼 폭발하는 분노를 지녔다. 사샤는 나에게 어떤 사람을 떠올리게 했다.

알리스는 다정하고 붙임성이 좋지만, 혼자 있는 것을 견디지 못했다. 사랑받기 위해 분투하며, 인형들을 안고 자고, 케이크를 훔쳐 자기 방으로 가져가 먹었다. 며칠 후에는 빈 포장지만 발견되었다.

이 아이들은 이제 내 삶에 없어서는 안 될 존재가 되었다.

모래알이 내 발가락 사이로 스며들었다. 시원하고, 촉촉했다. 짐을 물가에 내려놓았다. 조수가 빠져나가고, 발자국이 더 어두운 색으로 흔적을 남겼다. 나는 물까지 걸음을 옮겼다. 발에 물이 닿는 첫 느낌은 항상 강렬했다. 그다음에는 익숙해졌다.

나는 아이들과 더 가까이에서 사는 것을 고민했다. 알자스에서 살 수도 있겠다고, 설령 그로 인해 내가 사랑하는 바스크와 바다를 떠나야 한다 하더라도 말이다. 어제 아이들이 잠든 후에 알렉스가 직장에 전근 신청을 했다고 내게 말했다.

"어디로 갈 예정이야?" 내가 물었다. "너무 멀리 가지 않으면 좋겠다. 이미 세상의 끝에 와 있는 기분이니까!"

"여기." 알렉스는 대답했다. "바욘에 지사가 있거든. 수요가 엄청 많긴 하지만 내 근속 연수로 보면 허락받을 가능성이 높아."

내 눈에 눈물이 고이는 것을 느꼈다.

"그러면 여기서 살게 되는 거야?"

"정확해, 아인슈타인. 아이들이 널 정말 좋아해, 왜인진 모르겠지만. 나도 저항할 수 없고 말이야."

나는 울면서 웃기까지 했다. 참 보기 안 좋았다.

"정말 최고의 형부야, 식어 빠진 감자튀김!"

알렉스는 그저 미소를 지었고, 그 미소만으로 모든 것을 말해주었다. 바다가 내 허리 주위를 춤추듯 흔들었다. 나는 수심이 충분히 깊은 곳에 몸을 담갔다. 모래 위를 가까이 헤엄치며 숨을 헐떡였고, 고요함이 나를 감쌌다. 언니는 2월 2일에 세상을 떠났다. 나는 언니와 함께 있었다. 우리 모두 언니와 함께 있었다. 언니가 죽기 며칠 전, 나는 노트북을 들고 병원에 찾아가 〈타이타닉〉을 틀었다. 언니는 피곤함에 지쳐 여러 번 잠들었고, 엔딩크레딧이 올라갈 때 깨어났다.

"놓친 거 하나도 없어." 내가 말했다. "잭은 결국 마지막에 죽어."

언니는 약하게 미소 지었다.

"잭의 죽음이 영화의 끝이 아니야, 아가트. 영화의 끝은 로즈가 날아오르며 삶을 만끽하는 거야."

나는 바로 이해하지 못했다. 언니가 나에게 메시지를 전하고 있었다.

언니가 그립지 않다고 말할 수 있으면 좋겠다. 나는 언니 없이 사는 법을 배우고 있지만, 별로 의욕이 생기진 않았다. 아직도 이 악몽에서 깨어나길 바라고 있다. 언니의 목소리를 다시 들을 수 있다면 무엇이든, 정말 무엇이든 줄 텐데. 수천 개의 영상 속에서만이 아니라, 언니의 목에 얼굴을 파묻고, 이상한 헤어스타일을 해주고, 새로운 춤을 만들어주고, 칼을 제대로 정리하지 않는다고 타박받고, 참을 수 없는 웃음을 억누르려는 언니의 눈빛을 마주치고, 늦을 걸 알면서도 느껴지는 조바심을 알아채고, 셀린 디옹의 노래를 엉망으로 부르는 소리를 듣고, 장보기 목록을 알파벳순으로 적는 걸 보고, 무엇보다도 언니의 손이 내 손 안에 있는 느낌을 다시 느끼고 싶었다. 진실은, 내가 언니의 부재로 가득 차 있다는 것이었다. 나는 사샤의 눈동자에서, 알리스의 미소에서, 알렉스의 모든 행동 속에서 언니를 찾고 있다.

아직 언니가 없이 어떻게 살아야 할지 모르겠다.

하지만 나는 서 있다.

더 나아가, 나는 살아 있다.

언니 말이 맞았다. 잭의 죽음이 영화의 끝은 아니다.

아직도 연기해야 할 장면이 산더미처럼 남아 있다.

약속할게, 언니. 나는 영화의 엔딩크레딧이 나오기 전에 삶을 마음껏 즐길 거야.

나는 수면 위로 올라와 깊게 숨을 들이쉬었다.

몸속 모든 세포에서 느껴졌다. 마치 충동처럼, 본능처럼, 절박함처럼. 온 몸이 요동친다.

수평선에는 파도 하나 없고, 바다는 잠들어 있다. 나는 몸을 뒤로 젖혀 바다에 등을 대고 눕는다. 머리카락이 내 주위에 떠 있고, 태양 빛이 눈꺼풀을 통해 붉게 스며든다.

언니는 이렇게 떠 있는 걸 정말 좋아했다.

손을 뻗으면 언니의 손을 잡을 수 있을 것만 같다.

감사의 말

마리, 여섯 살부터 내 손을 잡아줘서 고마워.

부모님이 동생을 가진다고 했을 때 내가 심통을 부렸다고 하더라. 하지만 너의 반질반질한 대머리와 욕조에 둥둥 떠다니던 작은 똥방울들 덕분에 내 마음은 곧 녹아버렸지. 이 길고 긴 삶을 함께 건너는 데 너보다 더 든든한 내 편은 없을 거야. 네가 내 피를 나눈 동생이 아니었더라도, 나는 기꺼이 너를 동생으로 택했을 거야. 사랑해, 내 동생.

우리 아이들, 고마워. 너희는 내게 가장 큰 영감을 주는 존재야. 손을 맞잡고 자라나는 너희를 바라보는 일, 너희끼리만 알아듣는 얘기에 깔깔 웃는 소리를 듣는 일, 다투고도 금세 잊고 함께 추억을 쌓는 모습을 바라보는 일. 모든 순간 얼마나 큰 행복인지 몰라.

남편, 고마워. (가끔은 너무 열정적이긴 하지만) 내 원고의 첫 번째 독자가 되어주고, 내 소설 속 인물들이 식탁에 앉아도 아무렇지 않게 받아들여주고, 이 미친 듯한 모험 같은 삶을 함께 살아가는 기쁨을 나와 나누어줘서.

가족들, 늘 응원해주고, 자랑스러워해주고, 사랑해줘서 고마워. 여러분 곁에서 태어난 건 정말이지 큰 행운이에요. 엄마, 기회가 될 때마다 함께해줘서 고마워요. 엄마가 곁에 있으면 모든 게 더 좋아져요.

친구들, 언제든 곁을 지켜주고, 웃음과 눈물을 함께 나눠주고, 내가 글에 사로잡혀 침묵하고 있을 때조차 탓하지 않아줘서 고마워.

사랑하는 편집자 폴린 파우르, 매번 아니라고 하지만, 이 책을 쓰는 내내 주신 도움이 얼마나 귀중했는지 말로 다 할 수 없어요. 그리고 '파키르' 대사를 떠올려준 카미유에게도 특별히 고마움을 전합니다!

플라마리옹 출판사, 특히 소피 드 클로제와 카롤 소드조, 이 새로운 보금자리에서 다시 뵙게 되어 기쁩니다. 기욤 로베르, 라에티시아 르게, 마리 나르도, 줄리 코바르스키, 뱅상 르 타콩, 프랑수아 뒤르크하임, 클레르 르 멘, 소피 라우에. 따뜻하게 환영해주셔서 감사합니다.

르 리브르 드 포슈 팀에게도 감사드립니다. 여러분과 함께 이 모험을 계속하게 되어 정말 기뻐요! 특별히 베아트리스 뒤발, 오트리 프티, 조에 니에우단스키, 실비 나벨루, 안 부이시, 니농 르그랑, 플로랑스 마스, 도미니크 로드, 윌리엄 쾨니히, 베네딕트 보주앙, 앙투아네트 부비에, 마이쑨 아바지드, 셀린 셀본에게 감사드립니다.

가장 먼저 원고를 읽어준 아르놀드 뮈리엘, 세레나 줄리아노, 소피 루비에, 신시아 카프카, 마리 바레이유, 바티스트 보리유, 카미유 앙소므, 앨리스 모르가도, 에바 벵게르, 프랑수아 쿠네. 여러분의 피드백은 제게 정말 소중했습니다.

서점인 여러분, 독자와 작가 사이를 이어주는 다리가 되어주셔서 감사합니다. 제 책을 열렬히 지지해주셔서 고맙습니다.

영업·대표 여러분, 보이지 않는 곳에서 책을 독자들에게 실어 나르는 여러분께도 진심으로 감사드립니다.

블로거 여러분, 여러분이 열정을 나누기 위해 들이는 시간과 에너지에 저는 늘 감동합니다.

그리고 독자 여러분, 이미 여러 번 말했지만, 이 모험이 이토록 아름다울 수 있는 건 여러분과 함께하기 때문입니다. 글쓰기는 제 어린 시절의 꿈이었고, 제 이름이 표지에 오르는 것만으로도 충분히 행복할 거라 생각했습니다. 물론 지금도 그렇습니다. 하지만 제가 상상하지 못했던 가장 큰 충만함은, 바로 이 이야기들이 여러분과 맺어주는 연결고리라는 사실이었어요.

여러분의 답장을 읽는 건 언제나 강렬한 경험이고, 직접 만나 뵙는 건 더욱 벅찬 일입니다. 새 소설을 쓸 때마다 저는 스스로에게 묻습니다. '나 말고 누가 이 이야기에 공감해줄까?' 저는 지극히 사적인 감정들, 나를 뒤흔드는 느낌들, 나를 뒤집어 놓는 상황들에 대해 씁니다. 그리고 글을 쓰는 내내 스스로에게 속삭입니다. '아무에게도 닿지 않겠지.' 그럼에도 그런 생각에 얽매이지 않고 계속 씁니다. 기대에 휘둘리지 않으려, 배가 똘똘 뭉치는 듯한 불안과 눈가에 맺힌 눈물을 안고서라도.

   그런데 매번, 여러분은 그 불안이 틀렸음을 증명해줍니다. 저는 그 이유를 설명할 수 없어요. 제 이해를 넘어선 현상이지만, 덕분에 이렇게 생각합니다. 결국 우리는 조금씩 닮아 있구나, 하고요.

   그러니 여러분의 말, 미소, 열정, 그리고 존재 자체에 감사합니다. 온통 뒤죽박죽인 세상에서, 우리가 혼자가 아니라는 것은 참으로 큰 위안이 됩니다.

비르지니 그리말디

UNE BELLE VIE

AMBASSADE DE FRANCE EN RÉPUBLIQUE DE CORÉE
Liberté
Égalité
Fraternité

주한
프랑스
대사관

문화과

Cet ouvrage, publié dans le cadre du Programme d'aide à la Publication Sejong, a bénéficié du soutien de l'Institut français de Corée du Sud - Service culturel de l'Ambassade de France en République de Corée.
이 책은 주한프랑스대사관 문화과의 세종 출판 번역 지원프로그램의 도움을 받아 출간되었습니다.

옮긴이 **박주리**

　　가톨릭대학교 프랑스어문화학과를 졸업했다. 현재 프랑스어 통번역대학원을 준비하며 공부하고 있다.『우리의 추억은 이곳에 남아』를 번역했다.

우리의 추억은 이곳에 남아

초판 1쇄 인쇄　2025년 11월 15일
초판 1쇄 발행　2025년 11월 30일

지　은　이　비르지니 그리말디
옮　긴　이　박주리
발　행　인　정수동
편 집 주 간　이남경
책 임 편 집　김유진

발　행　처　저녁달
출 판 등 록　2017년 1월 17일 제2017-000009호
주　　　소　경기도 파주시 문발로 203, 203호
전　　　화　02-599-0625
팩　　　스　02-6442-4625
이　메　일　book@mongsangso.com
인 스 타 그 램　@eveningmoon_book
유　튜　브　몽상소

I S B N　979-11-89217-84-6　03860

* 저작권법에 의해 보호를 받는 저작물이므로 무단전재와 무단복제를 금합니다.
* 잘못 만들어진 책은 구입하신 서점에서 교환해드립니다.